小学館文庫

突きの鬼一　饗宴

鈴木英治

小学館

目次

突きの鬼一（おにいち）　饗宴（きょうえん）

第一章

一

冬が戻ってきたかのような冷たい風が吹き過ぎて、厚山鯛三（あつやまたいぞう）は身を震わせた。手をこすり合わせ、寒いな、とつぶやく。

その声が届いたようで、前を行く中間（ちゅうげん）の前吉（まえきち）が歩調を緩め、ちらりと振り返った。

だが、すぐになにもなかった様子で再び足を進め出す。

鯛三と肩を並べて歩いている相役の臼田耕助（うすだこうすけ）もこちらを少し見ただけで、前を行く中間の磯六のほうへと顔を向けた。

またしても強い風が吹き、前吉と磯六が手にする二つの提灯が大きく揺れて、近くの塀をゆらりと照らし出した。

暮れ六つを半刻ほど過ぎたばかりで、深更にはまだほど遠いが、武家屋敷が延々と連なる町らしく、人けはすっかり絶えている。

風に押され、目の前の門がたわむようにきしむ。ぎしぎしと耳障りな音を立てているのは、その屋敷の雨戸や扉だろう。

――もう春も終わろうというのに、この寒さはいったいなんだ。桜もほぼ散ったというのに……。

桜といえば、と鯛三は身震いを抑えて願った。来年の花見は、なんとか天気に恵まれてほしいものだ。

今年の花見はときおり雨が降り、今宵以上に風が強かった。

不意に風がやみ、一瞬にしてすべての物音が消えた。静寂の幕にすっぽりと包み込まれて、鯛三は、こいつは静かすぎるくらいだな、と付近を見回した。あまりに静かで、不気味さすら感じられる。

臼田や磯六、前吉のひたひたという足音以外、なにも聞こえない。蓋をされた釜の底にいるような気分で、息苦しさが鯛三の心を覆った。

この静けさは不吉の前触れではあるまいな、と鯛三は案じた。しかし目当ての屋敷まで、あと二町ほどしかない。なにも起きるわけがないではないか、と自らに言い聞かせる。

――杞憂に過ぎぬ。

しかし次の瞬間、鯛三は、おや、と心中で声を上げた。前を行く前吉のすぐ先で、人らしき影が動いたような気がしたのだ。

今のはなんだ、と鯛三は提灯の明かりの先をじっと見た。

神経を集中して目を凝らしても、人影らしきものは二度と見えなかった。それとおぼしき物音も聞こえない。

はて、と鯛三は首を傾げた。

――勘ちがいだったか。まさか、物の怪の類があらわれたのではあるまいな。この静けさも、物の怪がもたらしたものではなかろうか。

不安を抱きながら十間ほどを用心して歩き続けたが、結局はなにも起きなかった。

ふっ、と鯛三は軽く息をついた。

――前吉のそばを風が吹きすぎ、路上のごみでもさらっていったのだろう。

そうに決まっておる、と鯛三は断じた。それが人影に見えたに過ぎない。

さらに歩き進むと、武家屋敷の連なりが切れ、道の左側が急に開けた。そこは広い空き地になっている。

——ここは火事で屋敷が焼けてしまったと聞いているが、この様子では、まだ当分なにも建ちそうにないな……。

空き地を突っ切るようにして、またしても冷たい風が吹き寄せてきた。ううぅ、と鯛三はうめき声を上げそうになった。

——いくらなんでも寒すぎる。

前吉や臼田がまた顔を向けてくるかもしれないのが億劫で、鯛三は今度は声に出さず、手もこすり合わせなかった。

空き地からの風がやんだ。少しだけ暖かさが戻ってきて、鯛三はほっとした。その瞬間、人影らしきものがまた動いたような気がした。

鯛三が眉根を寄せたとき、ばしっ、と鋭い音が響いた。前吉が持つ提灯がばさりと落ち、路上で赤々と燃えはじめる。

ぎくりとして体がかたまりかけたが、鯛三はすぐに声を放った。

「前吉、どうした」

その呼びかけに前吉は応じようとせず、ただ佇立している。

「前吉……」

つぶやいて鯛三は足を進ませ、前吉の肩へ手を伸ばした。すると、指一本触れたわけでもないのに前吉がへなへなと膝からくずおれ、どたりと路上に倒れた。

「前吉っ」

かがみ込むや、鯛三は前吉の体を両手で抱えた。

前吉はぐったりとして、身動き一つしない。

生温かなものが鯛三の手を濡らしていく。紛れもなく血である。強烈な鉄気臭さが鼻孔に入り込み、鯛三はむせそうになった。

――前吉は斬られたのだ……。

迂闊だったが、まさかそんなことが起きようとは、まるで頭になかった。先ほど見えた人影は、と鯛三は確信した。風にさらわれたごみなどではなかった。凶悪な賊だったのだ。

すでに息がない前吉を地面に横たえ、鯛三はすっくと立ち上がった。腰に帯びた長脇差を抜き放ち、あたりを見回す。

路上の提灯が燃え尽き、あたりが暗くなった。わずかに焦げ臭さが漂う。

「厚山、どうしたのだ」

不審そうな声を上げて臼田が寄ってきた。提灯を掲げて磯六も近づいてくる。

「前吉が斬られた……」

「なんだと……」

形相を変えた臼田も長脇差をすらりと抜いて、正眼に構えた。いかにも遣い手らしい立ち姿だ。

磯六も驚きを隠せずにいる。手にしている提灯をこわごわと前に出したが、その灯りに浮かび上がるような人影はなかった。

「前吉は誰にやられた」

正面の闇に目を据えて臼田がきく。

「わしには、なにも見えなかったぞ」

「俺にもろくに見えなかった。前吉は、提灯を持ったまま斬られたようなのだが……」

「厚山、いま我らのそばには誰もおらぬ。それらしき気配も感じぬ」

臼田ほどの遣い手がいうのだから、まちがいないのだろう。前吉を斬った者はとうに逃げ去ったのか。

——そうではあるまい。

即座に鯛三は判断した。たったいま凶刃を振るった者の狙いが、前吉のみだとは思えない。今も、闇の向こうに身を隠しているにちがいない。賊は鯛三と臼田も、亡き者にするつもりでいるのではないか。

——我らを葬ることこそ、賊の狙いであろう。きっとそうだ。

「臼田。気をつけよ。賊は、提灯の灯りが届かぬところから見ているはずだ」

「磯六、提灯を空き地に当ててみよ」

このようなときでも冷静さを崩さずにいる臼田の命に応じて、磯六が提灯を空き地に向かって突き出す。

しかし、提灯に照らし出されて闇に浮かび上がる影はなかった。

――誰もおらぬか……。

だが空き地は広い。賊が提灯の灯が届かない場所にひそんでいることは十分に考えられる。

――賊は、いったいなんのために我らを狙ってきたのか。

鯛三は自らに問うた。答えはすぐに出た。

――我らの口を封ずる気であろう。それ以外、考えられぬ。

「厚山、どうする」

刀尖(とうせん)を少し動かして臼田がきいてきた。

「往来の真ん中で、ずっと立っているわけにはいかぬぞ。我らは糸山(いとやま)さまのお屋敷に行かねばならぬ」

「その通りだが……」

どうすればよい、と鯛三は思案した。前吉の骸(むくろ)をこの場に置いて、とりあえず糸山玄蕃の屋敷に赴くべきか。

――なにが起きたか、まず糸山さまにお話しするほうがよいのか……。

鯛三が逡巡したとき、びしっ、と肉を断つような音がした。誰がやられた、と鯛三は音がしたほうに目を向けた。

磯六が、悲鳴も上げずにどうと地面に倒れ込んだ。磯六の手を離れた提灯が路上に転がり、炎を上げはじめる。新たな血のにおいが鯛三の鼻先を漂っていく。

「磯六っ」

叱りつけるような声を発し、臼田が横たわった磯六の体に触れる。鯛三を見て、無念そうにかぶりを振る。

――磯六までも殺られた……。

敵の姿はまったく見えなかった。まるで闇に身を溶かす術を心得ているような相手である。

だからといって、このままむざむざと手をこまねいているわけにはいかない。

――やってやる。なんのために懸命に剣術に励んできたのだ。こんなところで死んでたまるか。

闘志が鯛三の全身に満ち、熱湯のようにたぎった。

「何者だっ。出てこい」

長脇差を上段に構えた鯛三は、目の前の闇に向かって怒号した。それを待っていたかのように、空を切る鋭い音が鳴った。

賊が刀を振り下ろしたのは明白で、鯛三は長脇差を構え直した。だがその斬撃は、自分に振り下ろされたものではなかった。

鯛三の横で、うぐっ、と身もだえて、臼田が前のめりに倒れた。地面にうつ伏せになり、苦しそうにうめいている。

「臼田っ」

鯛三は鋭く呼びかけた。

「どこを斬られた」

だが臼田から応えはない。ひたすらもだえ苦しんでいる。

――臼田ほどの腕前の者も、一瞬でやられてしまった。果たして俺がどこまでやれるものか……。

弱気になるな、と鯛三は自分を叱咤した。気づくと、眼前に巨大な影が立っていた。

「何者だっ」

腰を落とし、鯛三は声をぶつけた。人影から応えはなく、鯛三をじっと見据えているようだ。

「きさま、我らを徒目付と知って、ここまでしてのけたのか」

それにも返事はなかったが、かすかにうなずいたようにも見えた。

当たり前だとでもいいたげだな、と鯛三は思った。息を深く入れ、長脇差を握る手にほんの少し力を込めた。

戦いの際、あまり力まないほうがいいのは、数少ないとはいえ、これまでの捕物の経験から知っている。

眼前の賊を捕らえ、なにゆえここまでしてのけたのか、白状させなければならない。

それこそが、自分の使命である。

——行くぞっ。

気合を入れ、鯛三は地面を蹴った。長脇差を八双に構え、影に向かって肉薄する。

「死ねっ」

不意に影が声を発した。意外に甲高い声をしていた。

同時に白刃が降ってくるのが、鯛三の視野に入った。長脇差を上げて鯛三は賊の斬撃を受け止めようとした。だが、手応えはまったくなく、ずん、という音を聞いた。

なにか冷たいものが、体を鋭く通り過ぎていった。

鯛三は、自分が斬られたのを知った。まるで男の刀が、長脇差を通り抜けたように感じられた。

——なんだ、今の技は……。

体から力が抜け、おのれの意思とはまったく関わりなく膝が割れた。

――ああ……。

心で声を上げて、鯛三は地面に倒れ伏した。しゅうしゅうと音がするのは、傷口から血が噴き出しているからだろう。

それでも、まだ長脇差を握ったままだ。斬られても、長脇差を取り落とさなかった自分を鯛三は褒めたかった。

血は噴き出し続けているようだが、痛みはろくに感じない。まだ戦える、と鯛三は立ち上がろうともがいた。だが、残念ながら力は戻ってこなかった。

「なにゆえこのような真似を……」

なんとか顔を上げて、鯛三は喉の奥から声をしぼり出した。

男が冷たい目で、鯛三を見下ろしているのが知れた。

「きさまらは、目付の糸山のもとに行こうとしていたのであろう」

案の定だったか、と鯛三は納得した。糸山に例の一件を報告されては困る者が暴挙に出たのだ。

「なにゆえきさまは、我らが糸山さまに会うことを知っている」

それには男は答えず、ふん、と鼻を鳴らしただけだ。

「きさまらのどちらかが、大事な物を携えているはずだ」

大きな手が伸びてきて、鯛三の懐をまさぐる。鯛三は抗おうとしたが、身じろぎ一つできなかった。

「あった」

少し弾んだような声を上げて、男が一通の書を手にした。

「ふむ、こいつでまちがいあるまい」

つぶやくや書から目を離し、男が小さく声を放った。

「こっちに来い」

誰に命じたのだ、と鯛三はいぶかしんだが、どうやら空き地に仲間がひそんでいたようだ。

「骸を片づけろ。血だまりには、土をしっかり撒いておけ」

――骸だと。俺はまだ死んでおらぬぞ。

だが、相変わらず体には力が入らない。冷え切った地面に横たわっているのに、冷たさも感じない。

死が間近に迫っていることを、鯛三は意識せざるを得なかった。

数人のものと思える足音が響き、まず前吉のものらしい骸を動かしはじめた。

骸をどこに運ぼうというのか。考えるまでもなかった。空き地であろう。

そこには、すでに深い穴が掘ってあるのではないか。四つの骸が楽々と入る穴である。

——つまりこやつらは、この場で我らを待ち構えていたのだ。

今宵、鯛三たちが糸山のもとに行くことを、誰かが漏らしたにちがいない。今はそうとしか考えられなかった。

ふと、なんの物音も届かなくなったことに鯛三は気づいた。賊どもの足音も、臼田のうめき声も聞こえなくなっていた。

鯛三の両目は、今も開いている。星空がうっすらと見えるのがその証である。

——臼田は、もうあの世に行ってしまったのだな。俺も、すぐ続くことになろう。ああ、俺はもう花見に行けぬのか……。

鯛三は苦笑を漏らした。

——死が間近だというのに、そんなことが気になるのか。しかし、あれが最後の花見になるのだったら、やはり天気に恵まれたかった。もっと楽しんでおけばよかった。酒も、存分に飲んでおくべきであった……。

それにしても、と続けて鯛三は思った。

——まさか今日、死ぬことになるとは夢にも思わなんだな。俺だけでなく臼田や前吉、磯六も同じだろうが……。

くそう、と毒づき、鯛三は歯嚙みした。死を目前にして、急激に無念さが募ってきた。

こんなところで死にたくない。まだまだ生きていたい。

賊を捕らえ、八つ裂きにしたい。だが、それはもはや叶(かな)うことではない。

——俺に代わって、必ず誰かが成敗(せいばい)してくれよう。

鯛三には確信があった。そのとき不意に星空が消えた。

それも束(つか)の間(ま)、鯛三の視野は闇よりも深い暗黒に閉ざされた。

二

足を止め、百目鬼一郎太(どうめきいちろうた)はかたわらに立つ一本の桜の木を見上げた。花はすべて散っているようだ。

——もはや江戸のどこを探しても、桜が見頃の場所など一つもなかろう。

ここ地久山仙壽院天栄寺(ちくさんせんじゆいんてんえいじ)と同様、桜の名所はすべて葉桜(はざくら)になっているにちがいない。

桜が散ると物悲しく感じるのはなにゆえだろう、と一郎太は首を傾げた。桜花が咲いているのは、せいぜい十日ばかりでしかない。その散りようはあまりに潔い。

桜が持つその儚(はかな)さが、おのれの死にざまに通じるように感じるからか。いつか終わりを迎える人生の最後が思い起こされ、物悲しさを覚えるのだろうか。

「よくわからぬ……」

首を小さく振って一郎太はひとりごちた。

——俺は、できるだけ長生きしたい。

これまでに、一郎太は何人もの命を奪ってきた。それゆえ、その者たちの分まで生きようとの思いが、ひときわ強くなっている。

死に方も潔くなくて構わない。むしろ、往生際が悪いほうがよい。じたばたして死んでいくほうが、自分には似合いではあるまいか。

——あっさりと死を迎えるなど、まっぴらごめんだ。どんなことがあろうと、俺は最後までしぶとく生きてやる。

そんなことを思った直後、一郎太は、おっ、と目を見開いた。冷たさを覚えさせる風にあおられて、桜の花びらが頭上から舞い落ちてきたのである。

まだ花が残っておったのか、と一郎太は桜の木を再び見上げた。だが、どこにも花がついているようには見えなかった。

——もしや母上が、花を散らしてくれたのではあるまいか……。なにしろ母上も、桜がことにお好きであったゆえ。

一郎太の父である斉継が死に、出家した母が自身の戒名を桜にちなむものにしたのも、それが理由だ。

――それにしても、母上が亡くなってもう一月半がたったのか。月日が過ぎるのは早いものだ。

一郎太は目を閉じた。桜香院の顔が浮かんでくる。それは笑顔ではなく、死顔だった。どこか無念そうにしている。もっと生きていたいと表情が語っていた。

桜香院が木曽の御嶽山を根城にする羽摺りと呼ばれる忍びの頭の東御万太夫に殺されたのが、今年の一月二十六日のことだ。今日は三月十四日である。

実の母だったにもかかわらず、桜香院と一郎太はずっと不仲だった。桜香院は一郎太の弟の重二郎がかわいくてならず、百目鬼家の家督につけたいと心から願っていた。そのために、長いあいだ一郎太は桜香院から忌み嫌われていた。

一郎太自身は、別に桜香院のことが嫌いではなかった。会うたびに嫌味をいわれるがゆえに、桜香院にはあまり会わないようにはしていたが、ときおり無性に顔が見たくなることがあった。

それはきっと、桜香院を慕っていたからだろう。子として、母の愛を肌で感じたかったのではないか。

桜香院が死ぬ直前だったが、和解できたと一郎太は信じている。少なくとも、気持ちが通じ合う瞬間があったと思っている。

――先ほどの花びらは、やはり母上が降らせてくれたのだろう。俺がこの寺に来たことを歓迎してくれているのだ。

不意に本堂のほうから、線香のにおいが漂ってきた。まるで、こちらにおいでといざなうかのようなかぐわしさだ。顔を上げ、一郎太は本堂のほうを見やった。

――おっ。

内心で声を上げたのは、本堂のかたわらに立ち、こちらを見て微笑んでいる桜香院の姿が見えたような気がしたからだ。

その姿は一瞬で消え失せたが、一郎太は錯覚だとは思わなかった。

「母上……」

会いたいな、と一郎太は改めて思った。桜香院を失ったのが、取り返しのつかない過ちに思えてきた。

しかし、どんなに悔いたところで、もう二度と相まみえることはない。

――悲しくてならぬが、それが世の習いだ。俺が母上より先に逝くよりずっとよかったのだ。よし、そろそろ行くとするか。母上も本堂でお待ちのようだ……。

今から、ここ天栄寺において桜香院の四十九日法要が営まれるのだ。葬儀や四十九日の法要などは、と一郎太は桜の木のそばを離れて思った。この世を生きている者が、死者への気持ちの区切りをつけるために行うものだろう。死者の弔いのためばかりではない。

――それに、そろそろ住職が見える頃であろう。遅れるわけにはいかぬ。

だが、桜の木から数歩も行かぬうちに、一郎太は足を止めることになった。ふと血の臭いを嗅いだように感じたのだ。

これはなんだ、と思ったのも束の間、欅(けやき)の大木の陰から一人の侍があらわれた。頭巾(ずきん)を深々とかぶった二本差の侍で、袴(はかま)もしっかりと穿(は)いている。一瞬、桜香院の法要に来た者かと思ったくらいだ。

しかし侍は、こちらを圧してくる強い気を放っていた。

明らかに殺気である。実際、その侍はいつでも腰の刀を引き抜けるように鯉口(こいぐち)を切っていた。

いったいなにやつだ、と一郎太は侍を見つめた。腰を落とし、愛刀に手を置く。

これまで、一度も会ったことがないような気がする。だから、目の前の侍に命を狙われるような心当たりはない。

だが、それは勘ちがいに過ぎないのだろうか。命で代償を支払わなければならないようなうらみを買ったのか。

心当たりはあまりに多すぎる。侍の形(なり)はしているが、羽摺りの残党ということも考えられた。

「なにか用か」

油断することなく一郎太は低い声できいた。

「身ぐるみ脱いで置いていけ」

くぐもった声を男が発した。

「れっきとした武家にしか見えぬが、おぬしは強盗なのか」

「まあ、そうだ」

この言葉を鵜呑みにするわけにはいかない。強盗をするのに天栄寺よりやりやすい場所はいくらでもあるし、外のほうが金持ちは見つけやすいだろう。それに、金がほしいのなら一郎太のような者ではなく、年寄りのほうがよほど狙いやすいはずだ。

つまり、と一郎太は心の中で合点した。

——こやつは俺を狙ってここに来たのだ。

「ここで身ぐるみ剝がれては迷惑だ。断る」

「ならば、きさまを殺す」

本音が出たな、と一郎太は思った。

「殺せるか」

「やれるさ」

自信満々の口調で侍が応じ、言葉を続けた。

「きさまはなかなか遣えそうだが、残念ながら俺には勝てぬ。やり合えば、俺が勝つのは決まっておる」

確かに目の前の侍は強い。これまでにない強敵かもしれない。そのことは、物腰の落ち着きぶりと殺気の強さからわかる。

——東御万太夫より上か。

顔が頭巾で隠れているために歳(とし)ははっきりしないが、侍はまだ三十には届いていないのではないか。

——その若さで、それほどの強さだというのか。

頭巾を脱がせ、顔を見たい。正体をあばきたくてならない。

「果たしてそなたが俺に勝てるかな」

ふふ、と余裕の笑いを漏らして、一郎太はかぶりを振ってみせた。

「まことに俺はやるぞ。真剣での場数も踏んできておる」

「それははっきりと感じ取れるが、場数についても俺のほうが上だな」

殺しに慣れている男なのだろうか、と一郎太は考えた。先ほど嗅いだ血の臭いは、侍に染みついたものではないか。

「しかし金目当てなら、なにゆえ俺を狙う。俺はただの浪人に過ぎぬ」

「浪人だろうと構わぬ」

「もしや俺を殺すよう、誰かに頼まれたのか」

ふっ、と音がし、頭巾の口のところがふくらんだ。どうやら笑ったようだ。

「そうかもしれぬぞ」

「誰に頼まれた」

いくら待っても、それに返事はなかった。

「では行くぞ」

すらりと刀を抜くや、侍が一気に踏み込んできた。一郎太を間合に入れるや、袈裟懸けを繰り出してくる。

——まことに場慣れしておるな。

真剣で戦う際、斬られるという恐怖が先立ち、大きく足を踏み出そうという覚悟はなかなか固められないものだ。

それが、目の前の侍は当たり前のようにできている。相手よりも深く踏み込んだ者が勝つということを、数々の実戦で体に覚えさせたからではないか。

一郎太はさっと飛ぶように後ろに下がって男の斬撃をかわし、すぐさま抜刀した。正眼に構えると、一郎太の愛刀が、午前中の柔らかな陽射しを浴びてきらきらと輝いた。

これまで何度となくこの刀とともに強敵を相手に戦ってきたが、いまだに刀身には傷一つつない。こんなときだが、惚れ惚れと刀身を見つめた。

――この摂津守順房がありさえすれば、どんな相手だろうと後れを取るはずがない。

一郎太にはそれだけの自信があった。

摂津守順房の輝きがまぶしかったのか、正眼に刀を構え直した男が目を細めた。

おや、と一郎太は思った。男の瞳に迷いらしき色が見えているのだ。一郎太に斬りかかるべきなのか、それともやめておくほうがよいか。

――これほどの遣い手が今さら迷うとは、わけがわからぬ……。

まだ一合も交えていない。まさか摂津守順房の威光に畏れ入ったわけでもあるまい。

ふむう、と鼻から太い息をつき、男が二歩ばかり下がった。一郎太はそれを逃さず、一瞬で間合を詰めた。

摂津守順房を持ち上げ、一郎太は袈裟懸けを見舞おうとした。

その刹那、きえー、と裂帛の絶叫を発し、男が刀をかざした。男のほうが、攻撃の体勢を取るのが一郎太よりわずかに早かった。

――やはり腕前はこやつのほうが上か。

そんなことを一郎太は冷静に考えた。腕が劣っているのを認めたくはなかったが、今は受け入れざるを得ない。

男が上段から、目にも留まらぬ速さで刀を落としてくる。一郎太はその斬撃を弾き上げようとしたが、摂津守順房はなぜか空を切った。むっ、と一郎太はうなりそうになった。

いつの間にか男が刀を引いていたのだ。なにゆえそのような真似をするのだ、と一郎太はいぶかった。

「ここまでだ」

宣(せん)するや、ばっと音を立てて袴の裾(すそ)を翻し、男が駆けはじめた。待てっ。すかさず一郎太は追った。

だが、男の足は思った以上に速く、あっという間に十間ばかり引き離された。

男は天栄寺の山門には向かわず、西を目指している。そちらに寺の出入口はない。

走っているうちに、境内を囲む塀が見えてきた。塀の高さは三尺ほどしかない。あれを飛び越える気か、と一郎太は覚(さと)った。

塀の際に迫るやいなや、男が跳躍した。体が宙を飛び、塀の向こう側にあっさりと降り立った。間髪(かんはつ)を容(い)れずに道を走りはじめる。

そこまで見届けて一郎太は走るのをやめた。

――もはや追いつけぬ。それに、これ以上ときを取られるわけにはいかぬぞ。

ふう、と大きく息をついて踵(きびす)を返し、一郎太は本堂へと急いだ。住職は来ているのではないか。法要は、もうはじまってしまったのではないだろうか。

――しかし、いったい何者だ。金がほしいというのは、口実に過ぎぬ。誰かに頼まれて俺の命を取ろうとしたのは疑えぬが、ならば、なにゆえあんなにあっさりと引き上げたのか。

冷たい風に吹かれながら一郎太は足早に歩いた。視野の中で、立派な本堂が徐々に大きさを増してくる。

――あの侍のことは、今は忘れよう。どうせまた襲ってくるに決まっておる。考えるのはそのときでよい。

五段の階段を上がって回廊に上り、雪駄を脱ぐ。一礼して本堂に入った。

本堂内には何本ものろうそくが灯されており、夕闇ほどの明るさに保たれていた。線香の煙が霧のように立ち込めていたが、そのせいでなく一郎太は、うっ、とうめき声を上げそうになった。

――なんと、冷え切っておるではないか。

本堂は、まるで冬のような冷気に包まれていた。炭が赤々と熾きている火鉢がいくつも置かれているが、この寒さには抗しきれていない。陽射しがある分、外のほうがよほど暖かかった。

しかも頭巾の侍と戦い、あとを追ったせいもあって一郎太は汗をたっぷりとかいていた。これでは風邪を引いてしまうかもしれない。

――じきに春が終わろうというのに、この寒さはいったいなんだ……。

一郎太は怒りを覚えた。桜が終わったのだから、あとはひたすら夏に向けて暖かくなるだけなのに、これほどの寒さが居座っているとは許しがたい。

早く夏が来てほしい、と一郎太は心から願った。夏ならどんなに薄着でいようと、寒さに震えるようなことはない。

冷え切った本堂には、十枚ほどの座布団が敷かれていた。この寒さの中、汗をかいたままじっと座っていなければならないのだ。ぞっとしたが、母上のためだ、と一郎太は自らに言い聞かせた。

――気合を入れろ。気合さえあれば、寒さなど感じぬ。風邪も引かぬ。

一郎太は本尊の前に向かって歩みを進めた。まだ住職は来ていないようだ。間に合ったか、とさすがにほっとした。

一郎太は徳兵衛と志乃に会釈すると、妻の静が端座しているところで足を止めた。静ににこやかに笑いかけて右隣に座る。

その途端、座布団のあまりの冷たさに、顔をしかめた。

一郎太のその様子を目の当たりにして、静が気の毒そうな顔をする。

「あなたさま、座布団が冷たいのでございますね」

「うむ、尻が痺れるほどだ」

「申し訳ございませぬ」

いきなり静がこうべを垂れたから、一郎太は瞠目した。

「なにゆえ静が謝る」

「私が座布団を温めて差し上げればよかったのです。いえ、あなたさま、この座布団をお使いになりますか。温かいですよ」

静が自分の座布団を勧めてきた。

「いや、遠慮しておこう」

すぐさま一郎太はかぶりを振った。

「そのような真似をすれば、静が凍えることになろう。それは男のすべきことではない」

「やせ我慢ではございませぬか」

「その通りだが、やせ我慢をしなくなったら、男は終わりであろう」

「確かにそういうものかもしれませぬな……」

一郎太を見つめて静が同意する。

「ところであなたさま、お一人でどちらにいらしていたのですか」

真顔で静がきいてきた。

「境内の桜のそばで、母上を偲んでいた」

低い声で一郎太は返した。

「それにしては、ずいぶん汗ばんでいらっしゃるようですね。顔も上気しているように見えます」

　さすがに静は鋭い。剣の遣い手だけのことはある。

「汗を拭いて差し上げましょう」

　懐から手拭きを取り出し、静が一郎太の顔をぬぐいはじめた。

「かたじけない」

「妻ですから、このくらいは当たり前でございます」

「済まぬな」

「いえ、別に謝らずとも……。あなたさま、襟の中や首筋はご自分で拭いてください。手が届きませぬ」

「わかった」

　静から手拭きを受け取り、一郎太は胸元や首の汗を拭いた。さすがにさっぱりする。

「この手拭きは借りておいてよいか」

「いえ、私が持ち帰り、侍女に洗濯してもらいます」

にこりとして、静が手のひらを差し出してきた。済まぬな、と一郎太は、小さな手のひらの上に手拭きを置いた。

　手にした手拭きを丁寧に折りたたんで、静が懐にしまい入れる。

「俺の汗がついた手拭きだぞ。着物が臭くならぬか」

「あなたさまの汗なら、かぐわしいくらいでございますよ」

一郎太を見つめて静が楽しそうに笑った。すぐに口元を引き締める。

「ところで、なにゆえあなたさまはそんなに汗をかいているのでございますか。なにかわけがあるのでは……」

ここは正直にいうべきだ、と一郎太は一瞬たりとも躊躇しなかった。この世で最も愛しい女に、隠し事は一切したくない。

しかも東御万太夫との戦いにおいて、一郎太と静は雪崩に巻き込まれ、生死をともにした仲なのだ。なおさら隠し事などするべきでなかった。

一郎太は、静以外の誰にも聞こえないように声を殺して、先ほどの出来事を語った。

「えっ、そのようなことが……」

話を聞き終えた静が息をのんだ。背後でなにかが動いたのを一郎太は感じた。

そっと振り返ると、少し離れたところに座っている神酒藍蔵が、いったいなにを話しているのだろうといいたげな顔で、こちらを見ていた。

「襲ってきた者が何者か、まことにわからぬのですね」

静に問われ、一郎太は向き直った。

「わからぬ。来し方を振り返ってみたが、これまでに一度も会ったことのない者だ」

「さようでございますか。とにかく用心するしか、今のところ手立てはございませぬな」

うむ、と一郎太はうなずいた。

「決して気を緩めぬつもりだ。あの侍はいずれまたあらわれよう」

「そのときは――」

突き刺さるような光を瞳にたたえて、静が一郎太を見つめる。

「必ず引っ捕らえてくださいませ」

「よくわかっておる。約束しよう」

しばらく強い眼差(まなざ)しを一郎太に注いでいたが、静がほっと小さく息をついた。体から力を抜いたのが知れた。

「ところであなたさま、桜のそばで義母上(ははうえ)さまを偲んでいらっしゃるとき、お姿をご覧になりませんでしたか」

いきなり静にそんなことを問われ、なんと、と一郎太は腰を上げそうになった。

「確かに姿をお見せになったぞ」

座り直した一郎太は、桜の木の近くでなにがあったか、低い声で語った。

「しかし静、よく母上があらわれたとわかったな」

はい、と静が点頭(てんとう)する。

「先ほど、ご本尊が鎮座されているおそばに、義母上さまではないかと思えるお姿を目にしたものですから。義母上さまが私のそばにいらしたのなら、なおさらあなたさまのお近くにいらしたのではないかと思ったのでございます」

「なるほど、そういうことか」

一郎太は合点がいった。

「ならば、母上は重二郎のもとにもいらしたのではないかな……」

「きっとさようにございましょう」

一郎太の右隣の座布団は空いているが、そこが重二郎に用意された座である。

「重二郎はまだ来ておらぬのか」

一郎太と静のほかに桜香院の法要にやってきているのは、一郎太の供をつとめる藍蔵、一郎太と藍蔵が江戸で厚い世話を受けている槐屋（さいかちや）のあるじ徳兵衛、その娘の志乃である。

「しかし、じきに来るであろう。重二郎が母上の法要に遅れることはあるまい」

はい、と静がうなずいた。

「百目鬼家の家督を継がれたばかりで、いろいろとお忙しいのでございましょう」

その通りだな、と一郎太は思った。大名家の当主となれば、やらなければならないことは数え切れないほどある。

将軍への目通りもその一つだ。もう重二郎は済ませたと聞いているが、きっと気疲れしたことであろう。

重二郎の妻子も領国の美濃北山からじき江戸にやってくる手はずになっているらしいが、その用意も万端ととのえなければならない。

重二郎の妻の将恵は、今は亡き元国家老黒岩監物の娘である。監物を手にかけたのは桜香院も殺した東御万太夫だった。しかし将恵は、こたびの騒動に関して、すべて悪かったのは監物であるといっているそうだ。それゆえ将恵は一郎太に対して、遺恨を一切抱いていないという。

重二郎のせがれは重太郎といい、この正月で五歳になった。重二郎の跡を継ぐのは重太郎であり、百目鬼家にとってかけがえのない嫡子である。つい最近、重太郎は大病をした。幸いにも快復したが、一粒種のためにできるだけのことをしてやりたいと、重二郎は考えているに決まっている。

将恵と重太郎の好みを最もよく知っているのは、重二郎本人である。家臣たちに、二人を迎え入れるための指図もしなければならないだろう。

ふと、背後の出入口のほうがざわついた。

――どうやら重二郎が来たらしいな。

一郎太はちらりと振り返った。ちょうど本堂に入ってきた重二郎と目が合った。

重二郎がにこりとして、一郎太に目礼する。一郎太も笑みを浮かべ、うなずきを返した。

重二郎の後ろを百目鬼家の重臣が何人か続いた。その者たちは重二郎と分かれ、出入口そばの座布団に次々に座っていく。

静かに足を進ませた重二郎が、一郎太の横にやってきた。一郎太と静に低頭してから、座布団に遠慮がちに座す。

「一別(いちべつ)以来だな」

一郎太が小さく笑いかけると、はい、と重二郎が首肯(しゅこう)した。

「兄上、ご無沙汰しておりました」

「こちらこそ、そなたが来ているのを知っていたにもかかわらず上屋敷に足を運ばず、申し訳ないことをした。重二郎、壮健そうでなによりだ」

「兄上も、顔色が実によろしいようですね」

「ここはひどく暗いが、重二郎は俺の顔色がわかるのか」

「もちろんです」

快活な口調で重二郎が答える。

「兄上は、すこぶる元気になられたように見えます。なにかよいことがございましたか」

あったさ、と一郎太は首を縦に振った。

「そなたに、百目鬼家の家督を押しつけたことだ」

「ほう、それですか」

一郎太を見つめて重二郎が目を丸くする。ああ、と一郎太は応じた。

「俺はすっかり肩の荷が下りた気分だ。その上、徳兵衛のおかげで、大好きな江戸でなに不自由なく暮らしておる。元気にならぬはずがない」

その言葉を聞いて、ふふ、と重二郎が苦笑を漏らした。

「ならば、それがしは体に気をつけねばなりませぬな」

一郎太は重二郎をじっと見た。

「大名家の当主は、まことに激務だ。本当に気をつけてくれ」

「承知いたしました。我がせがれもまだ幼いことですし、それがしが先に死ぬわけにはまいりませぬ」

万が一、もしそんなことになれば、重二郎の息子の重太郎が成長するまで、一郎太は後見として百目鬼家に戻らなければならなくなるだろう。できればそんな事態は避けたい。

「そなたは百目鬼家の大黒柱だ。具合が悪いときは決して無理をせず、庄伯に診てもらうのだぞ。そして、庄伯のいうことに逆らわぬようにするのだ。さすれば、まず大事に至ることはあるまい」

庄伯とは百目鬼家の御典医である。この広い江戸にもそうはいない名医であると、一郎太は信じている。

「兄上の仰せの通りにいたします」

重二郎がかしこまった。

「それはよいのですが、しかし兄上、ここは寒すぎませぬか」

「重二郎も寒いか」

「いえ、それがしは平気ですが、兄上はこの世に二人とおられぬ寒がりゆえ、それがしは案じられてならぬのです」

「正直にいえば風邪を引きそうなくらい寒い」

「それはいけませぬ」

顔をしかめた重二郎がさっと立ち上がり、少し離れたところにあった火鉢を持ってきて一郎太の前に置いた。大名家の当主と思えない素早さで、一郎太が止める間もなかった。

「重二郎にそのような真似をさせて、まことに済まぬ」

いいえ、と重二郎がかぶりを振る。

「このくらいのこと、兄上のためならお安い御用です」

相変わらず重二郎は優しいな、と一郎太は感激した。これなら、北山の領民にも情け深い政をしてくれるだろう。

——俺がわざわざ口出しをするまでもない。

火鉢のおかげで、ずっと暖かくなった。これで風邪を引くことはまずあるまい、と一郎太は思った。ほっと息をつき、重二郎、と呼びかけた。

「実のところ、大名としての暮らしはどうだ。窮屈ではないか」

「確かに窮屈さがないわけではありませぬが、部屋住の頃のような重苦しさはまったく感じませぬ」

なに、と一郎太は思った。

「部屋住のとき、そなたは重苦しさを感じていたのか」

それは知らなかったな、と一郎太は反省した。はい、と重二郎が顎を引く。

「実を申せば、常に押し潰されるような不安を覚えておりました」

「そうであったか……」

そのことが申し訳なく感じられ、一郎太は深く息をついた。

「それがしは兄上にご心配をかけたくなく、いつも明るく振る舞っておりました。兄上が気づかれなかったのも、無理ないことと……」

「重二郎は、将来のことを不安に思っていたのか」

いえ、と重二郎が首を横に振った。

「それについては、いずれどこかに養子に入れるだろうと、気楽に考えておりました。気持ちが重苦しかったのは、やはり母上がそれがしのことばかりかわいがり、兄上を疎(うと)んじていたからです。母上がなにゆえそのような真似をするのか、それがしにはさっぱりわかりませんでした。お二人に仲よくしてほしいと、それがしは常々願うておりました」

「重二郎らしいな」

桜香院は一郎太を亡き者にして百目鬼家の当主に重二郎をつけようと、のちに江戸家老となった黒岩監物と組み、いろいろと画策した。一郎太が東御万太夫に命を狙われたのも監物の差し金だ。

だが、その策謀に重二郎が乗るようなことは決してなかった。重二郎は常に一郎太を立ててくれていたのだ。

「不仲ではあったが、亡くなる前に母上は俺のことを認めてくれた……」

一郎太が口にすると、重二郎が、はい、と同意してみせた。

「母上が亡くなったのち、北山にて兄上からそのことをうかがい、それがしは心の底より安堵(あんど)いたしました……」

「ところで重二郎。話が変わるが……」

背筋を伸ばして一郎太は問うた。

「母上がそばにいると感じるようなことはなかったか」

えっ、と重二郎が目をみはった。

「なにゆえ兄上はそのことをご存じなのです」

「やはりそうであったか」

どうしてそんなことをたずねたか、一郎太は重二郎に説いた。

「今日、母上が兄上と義姉上さまのそばにあらわれたのですか」

重二郎の目は一郎太を通り越し、静を見ている。静が笑顔でうなずいた。

「さようでございましたか。それがしはほぼ毎日、母上の気配を感じております」

「もしかすると、今日を最後に母上の気配を感じることはなくなるかもしれぬな」

「この法要を境に、まことにあの世に逝かれるということですね」

「そうだ」

一郎太が首肯したとき、住職の報賢が本堂の横の出入口に姿を見せた。二人の若い僧侶をしたがえて、しずしずと一郎太たちのほうへと近づいてくる。

三人の僧侶は本尊の前で立ち止まり、こちらに向かって頭を下げた。

報賢が響きのよい声を発する。

「刻限に遅れてしまい、まことに申し訳ございません」

おそらく報賢は、重二郎が来るのを待っていたのだろう。百目鬼家の当主抜きで、法要をはじめるわけにはいかない。

「では、ただ今より桜香院さまの四十九日法要をはじめさせていただきます」

三人の僧侶が本尊に向き直って座した。間を置かずに報賢が読経をはじめた。腹の底から出しているのがわかる、朗々たる声である。

――実に素晴らしい声だ。

一郎太は感心するしかない。自分には決して出せない声である。

すぐに二人の若い僧侶が報賢に合わせて経を唱えはじめる。

一郎太は目を閉じ、本堂内を浸すように流れる経に聞き惚れた。

三

半刻ほどで読経が終わり、しわぶきがいくつか上がった。

いかにも世間話のような気取らない法話をしたのち、低頭して報賢が立ち上がった。

一郎太たちの前をゆっくりと歩きはじめる。若い二人の僧侶がそれに続いた。

厳(おごそ)かな様子で本堂を去っていった三人を見送って、一郎太は腰を上げようとした。その前に重二郎が声をかけてきた。

「兄上は、これからどうされるのです。家に戻られるのですか」

「家には戻るつもりだが、ここの庫裏(くり)に昼餉(ひるげ)の用意がしてあるという話だ。馳走(ちそう)になろうと思っている」

「ああ、さようでしたか」

重二郎が残念そうな顔をする。

「重二郎は来ぬのか」

「はい。いろいろとありまして……」

「そうであろうな。大名になったばかりで今は特に忙しかろう」

「新米大名は大変です」

重二郎が少し疲れたような顔を見せた。

「重二郎、そんな大変な役目を押しつけてまことに済まなんだ」

「いえ、兄上が謝られるようなことではありませぬ」

重二郎があわてて笑顔をつくる。

「それがしはただ面食らっているだけで、忙しいことをむしろ喜んでおります」

重二郎が部屋住のときは、と一郎太は思った。きっと暇を持て余していたのだろう。

「それならよいのだが」

「もし兄上がまた百目鬼家の当主に戻りたいとおっしゃっても、それがしは決して譲りませぬぞ」

一郎太を見つめて、重二郎がそんな軽口を叩いた。

「その気はまったくないゆえ、重二郎、安心してくれ」

重臣たちと一緒に上屋敷に戻るという重二郎と別れ、一郎太は静、藍蔵、徳兵衛、それに志乃と連れ立って本堂を出た。

回廊のところで、おっ、と驚きの声を上げて立ち止まる。

「弥佑ではないか」

笑みを浮かべ、興梠弥佑が頭を下げる。

「月野さまを初め、皆さま方にはご無沙汰してしまい、まことに申し訳ありませぬ」

一郎太は江戸では本名を名乗らず、『突きの鬼一』という異名から『月野鬼一』という名を用いている。弥佑はむろん一郎太の本名を知っているが、ほかの皆が呼ぶのと同じように月野で通していた。

「弥佑、やはり無事であったか」

万感の思いを籠めて一郎太は告げた。弥佑は、前の江戸家老で今は国家老をつとめている神酒五十八の小姓だった。五十八が江戸を離れるときに、一郎太の警固につくように命じたのだ。

一郎太が黒岩監物や東御万太夫と決着をつけるために領国の美濃国北山に向かった

際、弥佑も同道するはずだったが、姿を見せなかった。弥佑の身になにかあったのだ、と一郎太は案じていたが、その後の消息はずっと不明のままだった。

弥佑は恐ろしいまでの遣い手で、忍びの術も身につけている。もしや東御万太夫の魔手にかかったのではあるまいかと一郎太は思ったりしたが、まず死んではおるまいと確信していた。仮に万太夫に敗れたとしても、弥佑がそんなにたやすくたばるはずがないのだ。

「月野さまは、それがしが生きているとおわかりでしたか」

「弥佑ほどの者があっさりと殺(や)られるわけがないと思っていた。しかし弥佑、よく来てくれた。積もる話はいくらでもあろう。一緒に飯を食べながら語り合おうではないか」

「かたじけなく存じます」

一郎太たちは天栄寺の庫裏に入った。襖(ふすま)を取り払った三十畳ほどの広間に膳が並んでいた。

思い思いに座につき、一郎太たちは食事をはじめた。臨済宗(りんざいしゅう)の寺らしく、質素な膳だったが、材料は吟味されているらしく、美味だった。

向かいに座った弥佑から、一郎太はなにがあったか話を聞いた。四谷仲町(よつやなかちょう)の黒岩屋敷に忍び込んだ際、気づかれて弥佑は二十人に及ばんとする万太夫の配下に追われたが、七人を倒して、なんとか虎口を脱した。

その後、黒岩屋敷を外から見張っていたところ、外に出てきた三度笠をかぶった男を万太夫ではないかと疑い、弥佑はあとをつけていった。その男を襲って気絶させたものの、残念ながら万太夫ではなかった。嶺瞑寺という寺に男を運んだが、弥佑はそこで万太夫の襲撃を受けたのだ。

「黒岩屋敷を出てきた三度笠の男は、ただの餌に過ぎなかったのです」

悔しげに弥佑が口を開いた。

「万太夫は、弥佑が黒岩屋敷を見張っているのを知っていたのだな」

「そういうことでございましょう。それがしは、万太夫の罠にかかってしまったのでございます」

端整な顔をゆがめ、弥佑が認めた。

「万太夫はそれがしに、雪崩に巻き込まれるという幻を見せる妙な術を使いました。その上、短筒まで持っておりました。それが火を噴き、それがしのここに玉が中りました」

弥佑がさすってみせたのは、右胸である。

「短筒の玉が胸に……。よく無事だったな。その後、弥佑はどうしたのだ」

「深手を負いましたが、闇に紛れてなんとかその場を逃げ出しました。寺の墓地に走り込んだところで、いきなり地面が陥没し、それがしはそこに埋まり、気絶しました。それからどのくらいたったかわかりませぬが、目を覚まし、急いで穴から抜け出しました。そのときには、万太夫の姿はどこにもありませんでした」

「さすがの万太夫も、陥没した穴に嵌(は)まった弥佑を捜し出すことはできなんだか。弥佑はそのあと医者にかかったのだな」

「医者を求めて町を歩き回りました。なんとか腕のよさそうな医者を捜し当て、手当を受けました。しかしあまりに深手だったために、その後まったく動けなくなりました。その上、ひどく熱が出たせいで、記憶があやふやになってしまい、一時は自分の名すら思い出せなくなったのです」

「なんと、そのようなことがあったのか……」

　はい、と弥佑がうなずいた。

「およそ一月半、その医者のもとでひたすら養生(ようじょう)に励んでおりました。記憶のほうは、おかげで今はもうほとんどすべて戻ってきています」

「それは重畳(ちょうじょう)」

　一郎太は心の底から喜んだ。

「そのようなことがあったから、弥佑の消息は知れなんだのだな。記憶を失って、我らにつなぎのつけようがなかったということか。それにしても、弥佑はとても腕のよい医者にかかったようだな」

「まことに名医と呼ぶにふさわしいお方でございました」

「弥佑は実に運がよい」

はっ、と弥佑が勢いよく首を上下させた。

「もし藪医者だったら、それがしはとうに命を失っておりました」

「短筒で撃たれた傷は、すっかり治ったのか」

いえ、と弥佑がかぶりを振る。

「まだ完全には治っておりませぬ。あと二月はかかるだろうと医者にいわれております」

「そんなにかかるのか。やはり大変な傷だったのだな」

「はい。――しかし月野さま」

背筋をすっと伸ばして、弥佑が一郎太を見つめてきた。

「剣の腕はまったく落ちておりませぬ」

きっぱりとした口調で弥佑が述べた。いかにも自信ありげだ。

「信じよう」

一片の疑いも挟むことなく、一郎太は大きく顎を引いた。

「ならば弥佑、今から俺の警固についてもらえるか」

それを聞いて弥佑が、おや、という顔になった。弥佑の隣に座っている藍蔵だけでなく、徳兵衛と志乃も怪訝(けげん)そうな目を向けてくる。

「月野さま、なにかあったのでございますか」

弥佑にきかれ、実はな、と一郎太は法要がはじまる前にどのようなことが起きたか、そこにいる全員に改めて話した。

「なんと、そのようなことがございましたか」

弥佑が厳しい表情になった。藍蔵も眉間にしわを寄せている。膳を動かして、膝を前に進めた。

「月野さま。それはまた容易ならぬことでございますな」

「どうだ、弥佑。頼めるか」

うむ、と一郎太は藍蔵に同意し、眼差しを弥佑に注いだ。

「わかりました。その者が捕らえられるまで、それがしは月野さまから決して離れぬようにいたします」

「いや、弥佑。できれば、俺から少し離れて警固についてくれぬか」

「えっ、なぜでございますか」

「弥佑ほどの遣い手がそばにいたら、あの侍はまず襲ってこぬからだ」

「では、月野さま自ら囮(おとり)になるおつもりでございますか」

「そういうことだ。先ほどの弥佑の言葉を借りるなら、俺が餌になることで、あの侍をおびき出す」

「餌になるなど、月野さま、大丈夫でございますか」

案じ顔で口にしたのは藍蔵である。

「心配なら、そなたは俺のそばを離れぬようにすればよい」

「それがしがそばにいても、その侍は襲いかかってまいりましょうか」

「来るだろう。やつは俺と藍蔵が相手なら、勝てると考えるはずだ」

「月野さまとそれがしを同時に相手にしても……。その侍は、そんなに強いのですか」

「かなりのものであるのは、まちがいない。しかし弥佑が守ってくれるのなら、あの侍を捕らえるのは、さして難しくはあるまい」

食事を終えた一郎太は茶をすすり、湯飲みを膳に戻した。横に端座(たんざ)している静が、あなたさま、と話しかけてきた。

「私はあなたさまのことが心配でなりませぬ。おそばを離れたくはございませぬ」

「静の気持ちはよくわかる。俺も同じ思いだ」

「しかし、今は離れざるを得ませぬ。私は、これから上屋敷に戻らねばなりません」

悲しげにいって静が瞳を伏せた。

「そうか、戻るか……」

一郎太は、徳兵衛から借り受けた根津(ねづ)の家で静と一緒に暮らしたいと思っているが、まだ当分は難しそうだ。なんといっても、静は将軍の娘なのだ。

将軍の許しを得ない限り、静が市井に住むことはできそうにない。もっとも、それについて一郎太は楽観している。子の多い将軍だが、その中でも静は特にかわいがられているのだ。静の願いは、なんの障りもなく叶えられるはずである。

とにかくじきに、と一郎太は思った。静を根津の家に迎え入れられる。新たな暮らしのはじまりが、待ち遠しくてならない。

全員が食事を終え、ご馳走さま、といって一郎太たちは庫裏の座敷をあとにした。

庫裏の玄関に乗物がつけられている。それに静かに乗り込んだ静が引戸を開け、一郎太をじっと見る。供頭(ともがしら)の掛け声とともに乗物が持ち上げられ、ゆっくりと動き出す。

「お元気で」

一郎太に向かって静が告げた。

「またすぐに会える。静、それまで息災でいてくれ」

はい、と静がうなずいた。引戸が閉まり、静の顔が見えなくなった。

静を乗せた乗物はしずしずと動き、やがて山門を出ていった。

行ってしまったか、と一郎太は一抹の寂しさを覚えた。すぐに会えるといってはみたものの、次は本当にいつ会えるのだろう。

——顔を見たくなれば、また上屋敷に忍び込めばよい。

生まれ育った屋敷だけに勝手は知っている。

「月野さま、手前ども店に戻ります」

徳兵衛も志乃と一緒に店へ帰るとのことだ。

「徳兵衛、志乃。母上の法要に出てくれて、感謝の言葉もない」

「月野さまには、とてもお世話になっておりますので……。御母堂さまのご法要に出るくらいでは、これまでの恩返しにはなりません」

「徳兵衛と志乃に恩を返したいと思っているのは、俺のほうだ」

「いえいえ、お気持ちだけでけっこうでございますよ。月野さまと神酒さまには、いつまでも手前どものそばにいていただきたく思っております」

一郎太たちに丁寧に頭を下げて、徳兵衛と志乃は庫裏を出ていった。一郎太と藍蔵は二人を見送った。

遠ざかる志乃の姿を、名残惜しそうに見ていた藍蔵が、気を取り直したように一郎太に向き直る。

「それで月野さま、これからどうされるのでございますか」

そばに立つ弥佑も、興味深げな顔を一郎太に向けている。

「決まっておるではないか」

「決まっているとおっしゃいますと……」

　その途端、むうっ、と声を上げて藍蔵がしかめっ面になった。

「月野さま。まさか賭場に行かれるつもりではないでしょうな」

　藍蔵を見やって一郎太は破顔した。

「相変わらず勘がよいな。そのまさかだ。実は深川によい賭場があるらしいのだ」

「なんと」

　藍蔵が呆れ顔になる。

「御母堂さまの四十九日の法要を終えたばかりだというのに……。それに、月野さまは何者とも知れぬ遣い手に命を狙われているのですぞ。そんなときに賭場に行くなど、仏罰が当たりますぞ」

「藍蔵が一緒に行かぬというのなら、俺は別に構わぬ」

「いえ、もちろんご一緒させていただきます。もしおそばを離れたのが知れたら、父上にこっぴどく叱られますからな。父上に叱られることほど、怖いものはありませぬ」

　父の五十八から藍蔵は百目鬼家に所属したまま、一郎太に付き従い、身を守ることをかたく命じられている。

「よいか、藍蔵。俺が賭場に行こうというのには、深いわけがあるのだ」

「深いわけとは……。月野さまは、ただ賭場で遊びたいのではございませぬか。賭場などこのあたりにもいくらでもあるのに、わざわざ深川まで足を延ばそうというのですからな」

「実を申せば、俺はもうこのあたりの賭場は行けぬのだ」

「なにゆえでございます」

不思議そうに弥佑がきいてきた。

「あまりに儲けすぎて、出入りを止められた」

「えっ、さようでございますか。博打で負けなしとは、うかがってはおりましたが……」

「俺が博打で決して負けぬ男であることが、このあたりの賭場に知れ渡ってしまった。それゆえ、新たな儲け場所をなんとしても探し出さねばならぬ」

「月野さまご自身、とんでもない新し物好きゆえ、新しい賭場に行ってみたくてならぬのでございましょう」

「確かに新し物好きだが、よいか、藍蔵。俺たちは金を稼がねばならぬ。江戸での暮らしはとんでもなく費えがかかる。賭場で稼がせてもらうのが最もたやすい。藍蔵、そなたは日傭取りで働きたいか」

「いざとなれば日傭取りでもなんでもやります……」

「歯切れが悪いな」

「日々の活計を得なければならぬのは、よくわかっているのでございますが……」

「俺たちは、いつまでも徳兵衛たちの世話になっていてはならぬのだ。自活をせねば。よし、まいるぞ」

「あの、月野さま。この恰好で賭場に行くのでございますか」

一郎太たちは裃姿である。むろん弥佑も同じだ。

「肩衣に袴という形で賭場に乗り込むのも、悪くはあるまい。なかなか趣きがあろう」

「趣きとは……。まことに物は言いようでございますな」

「四の五の言わずに、藍蔵、さっさとついてまいれ」

勇んで歩き出した一郎太は、天栄寺の山門を抜けようとした。その前に、お待ち下さい、と弥佑に止められた。

山門の陰に弥佑が静かに身を寄せた。山門の外の気配を嗅いでいるのだ。一人うなずいてから、一郎太のもとに戻ってきた。

「近くに怪しい者はおりませぬ」

一郎太を見つめて弥佑が断じた。

「弥佑、かたじけない」

「月野さま、深川へはどうやって行かれますか。歩かれますか」

「猪牙舟で行こうと思っている」

「ああ、舟で……」

「まずは、柳橋にある『心助』という船宿にまいるつもりだ」

そこには腕利きの船頭の千吉がいる。猪牙舟には必ず乗れるだろう。仮に千吉が仕事で出ていたとしても、ほかに船頭はいるはずだ。

「柳橋ですね。承知いたしました」

一郎太に向かって弥佑が低頭する。

「では、付かず離れず、月野さまの警固をさせていただきます」

「よろしく頼む」

山門を抜けて道に出た一郎太は、東に向かって歩きはじめた。後ろに藍蔵がついたが、気を張り詰めているのが気配から知れた。弥佑には及ばないだろうが、藍蔵も江戸にそうそういるはずもない遣い手だ。

俺のためにがんばってくれておるのだな、と一郎太はありがたく思った。

――藍蔵、頼りにしておるぞ。

足早に歩きつつ、一郎太は心で語りかけた。

四

潮が香る神田川沿いの道に、船宿が軒を連ねている。

そのうちの一軒に『心助』と看板が出ていた。一郎太と藍蔵は看板の下で足を止めた。

ここへ来るまでの目当てとした柳橋は、神田川が大川に合するすぐ近くに架かっている。神田川には何艘もの猪牙舟や屋形船が舫われ、悠々と流れる大川には猪牙舟や荷船がひっきりなしに行きかっていた。

『心助』の暖簾を払って三和土に立ち、訪いを入れると、幸いにも千吉は外出しておらず、奥の部屋で遅い昼飯をとっていた。

「おう、月野さまではありませんか」

廊下を歩いて戸口にやってきた千吉が一郎太の顔を見て、満面の笑みを見せる。

「千吉、元気そうだな」

「おかげさまで」

千吉が一郎太の後ろに控える藍蔵にも挨拶したが、すぐに目を丸くした。

「しかしお二人とも、ずいぶんご立派な恰好をされておりますな。お二人の裃姿など、初めて拝見いたしましたよ。どこかでお祝い事でもございますか」

「実は法要の帰りなのだ」

「ああ、法要の……。それは、ご無礼を申しました」

「なに、構わぬ。千吉、今から深川に連れていってくれぬか」

「お安い御用ですよ」

「昼餉（ひるげ）の途中ではないのか」

「いえ、今すんだところで」

にこやかに請け合った千吉が、三和土の壁にかけてある草鞋（わらじ）を手に取った。普通の草鞋よりだいぶ短く、かかとに当たるところが切られたようにない。

「それは足半（あしなか）だな」

「ええ、よくご存じで」

式台（しきだい）に腰を下ろした千吉が笑みを浮かべて一郎太を見上げる。

「足半のほうがただの草鞋よりも足の前のところに力が入りますし、水に濡れても滑りません。船頭のためにあるような履物ですよ」

千吉が立ち上がり、一郎太たちは『心助』を出た。潮の香りに再び包み込まれる。

「月野さま。深川といってもこう広うございますが、どちらまで行けばよろしいんですかい」

「深川西平野町だ」

　そこがどのあたりにあるのか、千吉は考える素振りをまったく見せなかった。

「富岡八幡宮の近くですね。仙台堀に面している町でしょう」

「さすがだな。江戸一といわれる船頭だけのことはある」

「江戸一だなんて、とんでもない。あっしより腕のいい船頭は、ごまんとおりますよ」

　謙遜ではなく、心の底からそう思っているのが千吉の表情から知れた。こうでなければ、船頭として成長が止まってしまうのを心得ているのだろう。

　千吉は今もおのれの技量を上げようと、常に心がけているにちがいなかった。見習わなければならぬ、と一郎太は強く思った。

「では、さっそくまいりましょう」

　千吉が、土手に設けられた階段を下りていく。一郎太たちも続いた。

　土手を下りた千吉が、船着場に舫われている一艘の猪牙舟に近づいていく。

「月野さま、弥佑どのはどうしますか」

　うしろから藍蔵が小声できいてきた。

「我らと一緒に猪牙舟に乗らぬのでございますか」

　弥佑のことは当然、一郎太の頭にもあった。

「弥佑は病み上がりも同然だ。ここから深川西平野町まで歩かせるのは、さすがにかわいそうだ」

船着場に立った一郎太は顔を上げ、西へと延びる神田川沿いの道を眺めた。船着場から十間ほど離れた柳の木のそばに弥佑が立ち、こちらを見下ろしていた。

一郎太は、それとわかるように弥佑を手招いた。少し戸惑ったようだが、弥佑がすぐに駆け出し、土手を下りてきた。

「弥佑、一緒に舟に乗ってくれ」

船着場にやってきた弥佑を、一郎太はいざなった。

「えっ、しかし……」

「俺たちが向かうのは深川西平野町だ。ここから歩いていくのは大変だ」

「深川西平野町ですか……。ええ、どのあたりかはわかります」

「けっこうあるだろう」

ええ、と弥佑が答えた。

「あの月野さま、まことに一緒に乗ってよろしいのですか」

「もちろんだ」

一郎太は快諾し、千吉に弥佑を紹介した。

「手前は千吉と申します。興梠さま、これからご贔屓(ひいき)にしてくださいましね」

「承知しました」

やわらかな笑みを浮かべて弥佑が会釈する。揺れないように船縁(ふなべり)を押さえる千吉に礼をいって、一郎太たちは猪牙舟に乗った。

「では、出しますよ」

艫(とも)に立った千吉が棹(さお)を手にし、川底を突いて猪牙舟を動かしはじめる。

柳橋の下をくぐった猪牙舟は、すぐに大川に出た。棹を船底に置き、千吉が艪(ろ)を握った。鮮やかな腰つきと手つきで猪牙舟を操る。あっという間に猪牙舟は大川を下りはじめた。

川風が実に気持ちよかった。天栄寺の本堂は恐ろしいほど冷えていたのに、大川を下る猪牙舟に座っていると、爽快としかいいようがない。昼を回って陽射しがやや強くなったこともあるのだろうが、寒さはまったく感じない。

——やはり舟はよいな。このままずっと乗っていたいものだ。

だが、楽しいときはあっという間に過ぎ去り、四半刻もたたないうちに猪牙舟は仙台堀に入った。

やがて、深川西平野町とおぼしき船着場が見えてきた。仙台堀に架かる短い橋の下を、船足を緩めた猪牙舟が通り過ぎる。

「頭の上の橋は海辺橋(うみべばし)というんですよ。正覚寺橋(しょうがくじばし)とも呼ばれているんですがね……」

千吉によると、橋の南側に正覚寺という寺があるのだそうだ。

「この橋ができた昔は、おそらくこのあたりが海辺だったんでしょうねえ。今は埋め立てがさらに進んで、海辺はだいぶ南に下がりました。海辺橋という名が合わなくなってきたので、正覚寺橋という呼び名がついたんでしょう」

「その名のほうが、飛脚など物を届ける者が迷わずに済むものな」

猪牙舟の船足がさらに遅くなり、千吉が櫓から棹に持ち替えた。猪牙舟は静かに船着場に着いた。

かたじけない、と軽く頭を下げて一郎太たちは猪牙舟を降りた。

「千吉。一刻ほどで戻ってくるゆえ、ここで待っていてくれるか」

「わかりました。お待ちしております」

では、と一礼して一郎太と藍蔵は道を歩き出した。五間ばかり遅れて弥佑がついてくる。

「月野さま、賭場の場所はおわかりですか」

後ろから藍蔵がきいてきた。

「わかっておる。船着場から三町ばかり北へ行けばいいらしい」

「たったの三町ですか。けっこう近くにあるのですね」

「船着場から近ければ、賭場も客を集めやすいのであろう」

「なるほど」

藍蔵は納得したようだ。

深川西平野町の町地を抜けると、武家屋敷が両側に建ち並ぶ通りになった。いかにも静謐さが漂っている。

すぐ先の角を左に曲がり、大名家の下屋敷とおぼしき屋敷を通り過ぎた。すると、こぢんまりとした寺が道の左側に建っていた。

船着場から、ちょうど三町ばかり来たあたりである。一郎太は足を止め、眼前の山門を見上げた。

掲げられた扁額には、『転明山録刻寺』と墨書されていた。

「ここだな」

山門は開いていたが、あたりにやくざ者らしき人影は一つもない。かなり大きな寺で、境内は広々としているが、庫裏や鐘楼以外の建物は見当たらなかった。どこか閑散としていた。

「そこに人がいるようですな」

一郎太に近寄って藍蔵がささやきかけてきた。むろん、その気配は一郎太も感じている。

「門扉の陰に四人ばかりおるな」

「さようにございます」

すり減った石畳に足をのせ、一郎太と藍蔵は少し前に進んだ。山門を通じて、熱気のようなものが本堂のほうから流れてきているのを感じ取った。いかにも鉄火場らしいな、と一郎太は胸が躍った。

「賭場はやっているようだな」

つぶやきを漏らした一郎太は、ごめん、と断り、弥佑を残して山門をくぐると境内に足を踏み入れた。

すかさず門扉の陰から、四人のやくざ者が姿をあらわした。いずれも荒んだ顔つきをしている。

一人が一郎太の前に立ち、ひどく充血した目を向けてきた。

「お侍、なにか御用ですかい」

「この寺で賭場が開かれていると聞いたのだが、遊ばせてもらえるか」

すると、残りの三人の男がずらりと前に出てきた。四人で一郎太と藍蔵を取り囲むようにする。

「お侍は、どなたからこの賭場のことをお聞きになりましたかい」

「お艶という壺振りだ」

それを聞いて四人のやくざ者が一斉に、えっ、という顔になった。

「お侍はお艶さんのお知り合いですかい」

「うむ。これまでも、さまざまな賭場を紹介してもらっておる」

「あのお侍、お艶さんがどこの一家の身内か、ご存じですかい」

「浅草花川戸の山桜一家だ」

それを聞いて、四人の男が顔を見合わせる。一郎太がお艶の知り合いだと男たちは確信したようだ。

おそらくお艶はどこの一家にも属していない流しの壺振りだと思われていて、やくざ一家の身内であると知っている者は、ほとんどいないのかもしれない。お艶はきっと親しい者だけにしか、その事実を告げていないのだろう。

「お艶さんのお知り合いなら、失礼な真似はできやせん」

四人のやくざ者が深々と低頭した。

「ところでお侍、お名を教えていただけますかい」

顔を上げたやくざ者の一人に丁重に請われ、一郎太は、月野鬼一という、と名乗った。藍蔵は一郎太の連れとみなされたようで、名はきかれなかった。

「月野さま、お足はお持ちですかい」

やくざ者がうかがうような目をして、たずねてきた。

「もちろんだ。見せたほうがよいか」

「できればお願いいたします」

わかった、と答え、一郎太は懐から財布を取り出し、中がよく見えるように少し広げた。財布には、三枚の小判と一分金が六枚ほど入っている。賭場で遊ぶには十分だろう。

「これくらいあればよかろう」

一郎太に笑いかけられて、やくざ者が少しまぶしげな顔になる。

「ずいぶんございますね。さすがに裃姿で賭場にお見えになるお大尽だけのことはありますよ」

「この程度の金で大尽呼ばわりは、ちと大袈裟であろう」

「いえ、なかなか大したものでございますよ。どうぞ、お入りになってください。──おい、こちらのお二人を案内して差し上げろ」

若いやくざ者に先導され、一郎太と藍蔵は本堂につながる石畳を進んだ。

「弥佑どのは境内に入ってきましょうか」

遠慮がちに一郎太に肩を並べた藍蔵が、ささやき声できいてきた。

「必ず来るさ。弥佑は忍びの術を身に着けておる。昼間とはいえ、やくざ者の目を盗むことなど造作もあるまい」

「まあ、さようでございましょうな」

二人がなにを話しているのか気にかかったのか、若いやくざ者がちらりと振り返った。左眉に、よく目立つ古い傷跡があった。

下足番に雪駄を預けると、一郎太たちは本堂に通された。

　賭場に入る前に、帳場のやくざ者に刀を預ける。刃物を取り上げておけば、負けが込んで熱くなった者が仮にいたとしても、刃傷沙汰(にんじょうざた)につながることはない。

まだ昼の八つを過ぎたくらいだろうが、舞良戸(まいらど)で閉め切られた本堂には百目(ひゃくめ)ろうそくが何本も灯され、かなり明るかった。

由緒ありそうな本尊が鎮座しているが、一郎太の目には、自分の足元で賭場が開かれるなど、いかにも迷惑そうな様子に見えた。

――あのご本尊にとっては、ここにいる者すべてが罰当たりであろう。いずれ仏罰が下されるかもしれぬ。

百目ろうそくの明かりに照らされて、大勢の者が熱を入れて勝負をしていた。客は二十人を優に超えているようだ。

お艶から聞いてはいたが、話にたがわぬ繁盛ぶりである。

賽(さい)の目が丁(ちょう)になるのを待って、一郎太は帳場に近づいた。賭場には、半のときは中に入らないという仕来(しきた)りがある。

財布から一枚の小判を出し、駒(こま)に替えた一郎太は、壺振りの斜め前に座った。壺振りがお艶だったらさぞかし楽しいだろうなと思ったが、今日は縁がなかったと考えるしかない。

――そのうちにまた会えよう。今は勝負にすべての力を注ぎ込むときだ。

丹田に力を込め、一郎太は背筋を伸ばした。

――果たして例の力は、今も俺の中で生きているだろうか。

壺振りが壺を伏せるたびに、一郎太は賽の目を読むためにじっと見た。

五度ばかり勝負を見送ってから、よし、と深くうなずいた。今日も、賽の目を読むことがしっかりとできた。

よかった、と一郎太は胸をなでおろした。いつも賭場に来るたび、力が失われているのでないか、と不安にかられるのだ。

――この分なら今日も勝てよう。

ただし、三度に一度はわざと負けるようにして、目立つことのないよう着実に駒を増やしていった。

ほんの一刻で、一両が七両にまで増えた。六両もあれば、と一郎太は心中で快哉の声を上げた。一月は楽に暮らせるだろう。

――今日はこれまでだ。

一郎太は、後ろに控えていた藍蔵を振り返った。

「引き上げよう」

「はい」

祝儀に二枚の駒を盆莫蓙に放って立ち上がり、帳場ですべての駒を換金した。返してもらった愛刀を腰に差す。

再び歩き出そうとしたそのとき、本堂の出入口のほうで怒号が聞こえてきた。人を罵るような声も耳に届く。

なにが起きた、と一郎太は目を向けた。藍蔵も、どうしたのか、という顔で見ている。賭場荒らしでもやってきたのではなかろうな、と一郎太は思った。

「手入れだっ」

やくざ者の一人が、盆莫蓙に向かって叫んだ。その男は背後からやってきた者に六尺棒で容赦なく殴られ、ぎゃあ、と悲鳴を上げて床に倒れ込んだ。

その後ろから、棒を手にした男たちがなだれ込んでくる。

「寺社奉行の手入れでしょうか」

冷静な声を出して、藍蔵が賭場に乗り込んできた者たちをじっと見る。中間だけでなく、同心らしい侍や小者もかなりいた。総勢で三十人ばかりはいるようだ。

「ちがう。あれは町奉行所の捕手だ」

「ああ、寺社奉行から手入れを頼まれたのですな」

寺社奉行は大名職で、全国の寺社を差配するのが大きな役目である。大名が奉行に就任すると、その大名家の家臣がそのまま寺社奉行所の役人となる。

捕物を行う際、実戦をくぐり抜けていない大名家の家臣たちが戦い方や賊の捕らえ方など知るはずもない。そのために、賭場の手入れなどがあると、実戦の経験が豊富で、捕物の技や術をおのがものにしている町方の手を借りることが多々あると聞く。

——しかし、まさか今日、町方が手入れにやってくるとは……。

たいていのやくざ一家は自分たちの息がかかった賭場に奉行所の手が入らないよう、役人たちに鼻薬を嗅がせるのを決して忘れない。

手入れを受けるなどしくじり以外の何物でもあるまい、と一郎太は少し呆れた。この賭場を差配するやくざ者は役人たちに賂を撒くことを、怠ったのかもしれない。

「月野さま、どうしますか」

藍蔵が渋い顔を向けてきた。面倒なことになったと表情が告げている。

「逃げるしかあるまい」

賭場荒らしの浪人なら懲らしめてやるところだが、罪のない町方役人や中間、小者たちを痛めつけるわけにはいかない。

——いや、少しは痛い目に遭ってもらうかもしれぬ。でなければ、逃げ切れまい。

捕手から目を外した一郎太は藍蔵に眼差しを注いだ。

「藍蔵、手ぬぐいはあるか」

「はい、ありますが……」

「何枚ある」

「一枚です」

「藍蔵、ほっかむりをしろ」

「顔を隠すのでございますな。月野さまは手ぬぐいをお持ちですか」

「持っておらぬ。家に忘れてきた」

「ならば、それがしのをお使いください」

「よい。自分で手に入れる」

泡を食ってすぐ横を通り過ぎようとしたやくざ者の肩を、一郎太はがしっとつかんだ。

「なに、しやがんでえ」

無理に足を止められたやくざ者がすごんだ。一郎太の顔を見て、あっ、と呆けたように口を開ける。

「お侍は……」

目の前にいるのは、一郎太たちを本堂の賭場に案内した若いやくざ者である。一郎太は左眉の古傷に見覚えがあった。

「そなた、手ぬぐいを持っているか」

「は、はい、ありますが」

「貸してくれ」

「わかりました」

右の袂に手を入れたやくざ者の目が、捕手たちのほうを向く。今や本堂内の至るところで格闘が行われており、血しぶきや悲鳴、怒号が上がっていた。

もっとも、捕手たちに抗えているやくざ者はほんの一握りで、たいていの者が叩きのめされていた。この賭場には用心棒はいないようだ。

それでも、客だけはなんとか逃がそうとしているようで、やくざ者たちは必死に戦っていた。

――やくざ者とはいえ、ずいぶんと土性骨を感じさせるではないか。魂を込めて賭場を開いているのではないか。

「どうぞ」

袂から取り出した手ぬぐいを、やくざ者が差し出してきた。うむ、と一郎太は手ぬぐいを握り、手際よくほっかむりをした。

それを見て、藍蔵も同じようにする。

「汗臭くはありませんかい」

気にしたらしく、やくざ者がきいてきた。一郎太はにやりとして、やくざ者を見た。

「なに、かぐわしいくらいだ」

三人の捕手が一郎太たちに目を留めたらしく、床を蹴ってあっという間に近づいてきた。

「藍蔵、こっちだ」

捕手がまだ見当たらないほうへと、一郎太は走った。藍蔵と若いやくざ者がついてくる。

一郎太は、眼前に迫った舞良戸を蹴破ろうとしたが、そんなことをしたら修繕しなければならぬな、との思いが脳裏をよぎった。

やくざ者に本堂を賭場として貸していたことが露見した今、この寺の住職がどんな処分を受けるかわからないが、とにかく蹴破るのはやめ、一郎太は舞良戸を横に滑らせた。

太陽の光が視野一杯に入り込み、あまりのまぶしさに目を細めた。同時に強い風も吹き込んでくる。肩衣があおられたが、一郎太は構わず回廊に出て、左へ駆け出した。藍蔵とやくざ者があとに続く。

少し遅れて、三人の捕手も回廊に姿をあらわした。

「あの三人を、できるだけ痛めつけずに気絶させろ」

一郎太は振り返って藍蔵に命じた。

「承知しました」

藍蔵が足を止め、三人の捕手を迎え撃つ態勢を取る。一郎太と若いやくざ者も立ち止まった。

血相を変えた三人の捕手が、一郎太たちに勢いよく駆け寄ってくる。三人とも六尺棒をかたく握っていた。

捕手の一人が先頭に立ち、回廊に立ちはだかるようにした藍蔵めがけて六尺棒を振り下ろした。藍蔵がそれをひらりとかわし、捕手のこめかみに手刀を入れた。

ぴしり、と音が立ち、捕手がふらりと体を揺らした。すかさず一郎太は前に出て、捕手の体を手すりにもたれかけさせた。床に尻を落とした捕手は、すでに気を失っている。

二人目の捕手が六尺棒を振り上げて、一郎太に襲いかかってきた。振り下ろされた六尺棒を一郎太はあっさりとよけた。

代わって藍蔵が進み出て、捕手の喉仏を軽く人さし指で突いた。それだけで、うっ、とうめいて捕手がよろけた。

そこを一郎太は受け止め、静かに回廊に寝かせた。この捕手も意識を失っている。

三人目が必死の形相で、一郎太に向かってきた。一郎太の横をすり抜けた藍蔵が捕手との間合を一瞬で詰めた。六尺棒が振り下ろされる前に、捕手の顎へと拳を見舞った。

がつっ、と小さな音が響き、捕手の膝が割れた。回廊に倒れ込もうとするのを一郎太は抱き止め、そっと横たわらせた。

「これでよい。行くぞ」

一郎太たちは再び回廊を走り出した。

「あの、お侍方は、いったい何者なんです」

目をみはってやくざ者がきいてきた。

「ここで捕まりたくはない者だ」

さらりと答えた一郎太は回廊の手すりに触れるや、ひらりと地面に飛び降りた。足袋は履いているが、足の裏が痛かった。

――そういえば、雪駄は下足番に預けたままだったな。

気に入りの雪駄だったが、ここはあきらめるしかない。

「しかし、お二人ともすごい腕前ですね」

境内を駆けながらやくざ者が褒めたたえる。

「なに、それほどでもないさ。俺たちより強い者はいくらでもいる」

一郎太の頭に、天栄寺で出会った頭巾の侍の姿が浮かんできた。

——悔しいが、あの侍は俺より強かろう。だが、すぐに上を行ってやる。伸び代は俺のほうがあるはずだ。

そんなことを一郎太が考えているあいだに、藍蔵が追いすがってきた二人の捕手を気絶させた。

「うちの一家は用心棒を募っているんですけど、いかがですかい」

やくざ者に勧められて、ふふ、と一郎太は笑いをこぼした。

「用心棒を雇うもなにも、町奉行所に手入れを受けて、そなたの一家は生き残れるのか」

遣い手の一郎太たちと一緒にいることで余裕を取り戻したらしく、やくざ者がにこりとする。すると、ひどく幼い顔つきになった。

「うちの一家の賭場が番所の手入れを受けたのは、これが初めてじゃありません。うちの親分は賂が大嫌いなんですよ」

「そうなのか。なにか心念でもあるのか」

「心念というほど大袈裟なものではないんじゃないですかね。ただし、賂をけちってということじゃないと思いますよ。親分は物惜しみはしませんから」

「よい親分ではないか」

ええ、とやくざ者が顎を引く。

「それに、しぶとさが売りなんですよ。ですから、まあ、大丈夫じゃないですかね。きっと生き延びますよ」

「ほう、そうか。親分は、しぶとさが売りなのか」

今日天栄寺で、最後までしぶとく生きたいと願ったことを、一郎太は思い出した。そのやくざの親分からも、なにか学べることがあるかもしれない。

「親分の名は」

「烏賊造親分といいます」

一瞬、一郎太は聞きちがえたかと思った。

「いま烏賊造といったか」

「はい、申しました」

「ずいぶん珍しい名だな」

「はい、一度聞いたら決して忘れません」

いかにも楽しげにやくざ者が笑う。

録刻寺の広い境内を突っ切った一郎太たちは、眼前に迫ってきた低い塀を一気に乗り越え、道に出た。

あたりに捕手の姿はなかったが、それでもほっかむりをしたまま一郎太たちは足早に歩きはじめた。誰が見ているか知れたものではない。

やくざ者も後ろについてくる。

「なんでも、親分の父親が大の烏賊好きだったらしく、初めての子に、そういう名をつけたようなんです」

やくざ者が親分について説明を加える。

「その名が気に入らず、世を拗ねて烏賊造はやくざ者になったのではあるまいな」

一郎太は、もし自分の名が烏賊造だったら、確実に人の道から外れたような気がする。

「いえ、もともと父親もやくざ一家の親分だったんですよ。だいぶ前に亡くなったと聞いていますが」

「では、烏賊造は父親の跡を継いだのか」

「いえ、継いだわけではありません。一度潰れてなくなってしまった一家を、見事に再興したんです」

自慢げにやくざ者が胸を張った。

「ほう、それはすごいな」

一郎太は心から感心した。それだけの男が親分をつとめているなら、用心棒をしてみるのも悪くないかもしれぬ、と思った。

「いつか、烏賊造親分に会いたいものだ」

「いつでも会えますよ」

「烏賊造は、どこに一家を構えている」

「この近くですよ。小名木川の北の深川元町です」

「俺たちが向かっているのとは、逆の方角ではないか」

一郎太は、千吉が待つ西平野町の船着場を目指している。

「お客人が無事にお帰りになるのを見送るつもりなんですよ」

「そうか、それはかたじけないな」

一郎太はさらに足早に進みはじめた。

「こたびの手入れのほとぼりが冷めたら、そなたの一家を訪ねてみるとするか」

「ええ、是非いらしてください」

「必ずそうしよう。それで、そなたは名をなんという」

「手前は宮之助といいます」

「よい名ではないか」

やくざ者には優しすぎるような名である。俺は、と一郎太が名乗り返そうとしたとき、背後からただならぬ足音が響いてきた。一郎太はすぐさま振り返った。

「そこの三人、待てっ」

叫んで走り寄ってきたのは刺股と袖搦を得物にした二人の捕手である。

ここまで追ってくるとは、と一郎太は思った。相当のしつこさだ。録刻寺からすでに二町は離れている。

二人を迎え撃つために藍蔵が前に出た。だが藍蔵の出番はなかった。

二人の捕手は一郎太たちにあと三間ばかりに近づいたところで、いきなり昏倒したのである。

あっ、と一郎太が声を上げたのは、倒れた二人のかたわらに弥佑が立っていたからだ。弥佑は二人の捕手を後ろから襲って気絶させたらしい。

「弥佑、そばにいてくれたか」

「ええ、警固を頼まれましたから」

弥佑が歩み寄ってきた。

「弥佑、いつから俺たちの後ろについていた」

「だいぶ前ですよ。月野さまと藍蔵どのが本堂の回廊で三人の捕手を倒したときには、いつでも飛び出せるようにしておりました」

「ほう、そうだったか。まるで気づかなんだぞ。さすがに忍びの術も心得ているだけのことはあるな」

一郎太の言葉を聞いて、弥佑が満足そうにうなずいた。宮之助が、また化け物があらわれたといわんばかりの目で、弥佑をこわごわと見ている。もしかすると、忍びの術という言葉が効いているのかもしれない。

一郎太は宮之助に弥佑を紹介した。

「あっしは宮之助といいます。どうか、お見知り置きを」

「こちらこそ」

少しぎこちなかったが、二人が言葉を交わし合った。

「月野さま、まいりましょうか」

「うむ、その二人が目を覚ます前にこの場を離れるとするか」

一郎太たちは足早に歩きはじめた。

五

船着場が見えてきた。あと十間もない。

ほっかむりを外した一郎太は、煙草（たばこ）の煙が漂っているのを感じた。見ると、猪牙舟の艫に座り、千吉がのんびりと煙管（きせる）をふかしていた。その煙が風にあおられて、一郎太たちのほうへ流れてきている。

夕刻が近づいてきているとはいえ、陽射しがある中、ここまで急ぎ足で歩いてきたから、一郎太はさすがに汗ばんでいる。

ただし、むしろ気持ちよいくらいで、寒けはまったく感じていない。

手にした手ぬぐいで汗を拭いた。

——この手ぬぐいは洗って宮之助に返さねばならぬ。

汗に濡れた手ぬぐいを畳んで袂に落とし込んだ一郎太は、船着場のそばまで進んで足を止めた。背後を振り返ってみたが、捕手の姿はどこにも見えない。もう誰も追ってきておらぬのだな、とさすがに安心した。

「千吉、待たせた」

声をかけると、お帰りなさいまし、と千吉が笑顔で立ち上がった。

「では、あっしはこちらで失礼いたします」

一郎太を見つめて、宮之助が深く頭を下げてきた。

「うむ、また会おう」

「はい」

「借りた手ぬぐいは今度会うときに返す」

一郎太は自分の袂をぽんぽんと叩いた。

「わかりました」

元気に返答した宮之助に別れを告げ、一郎太たちは猪牙舟に乗り込んだ。

「では、出しますよ」

棹を突いて千吉が猪牙舟を出した。猪牙舟はゆっくりと向きを変え、仙台堀を西へ進みはじめた。船着場に立ってこちらを見送っている宮之助の姿が、だんだんと小さくなっていく。

「どこかあわただしいご様子に見えましたが、なにかあったんですかい」

棹を置いて櫓を使い出した千吉が、一郎太にきいてきた。気づいていたのか、と一郎太は驚いた。練達の船頭ともなると、やはり並みではない。

「実はな……」

賭場でなにがあったか、一郎太は事細かに話した。

聞き終えた千吉が、えっ、と驚きの声を漏らした。

「賭場に手入れがあったんですかい」

千吉は目を大きく見開いている。

「それはまた珍しいことがあるものだ」

「なんでも、賭場を差配する親分が役人に賂を渡すのが大嫌いだそうだ」

「お役人に鼻薬を嗅がせてないのなら、手入れがないほうが不思議ですねえ」

顔を上げ、千吉が後ろを振り返る。

「では、さっきの若いのはそちらの子分さんでしたか」

「やくざ者とは思えぬ、優しげな男だったな」

「ああ、優しさが顔に出ていましたね」

やくざ者はやはり無慈悲な者が出世していくのだろう。だとすると、宮之助は出世などまずしないだろうし、いい死に方もできないかもしれない。

――潰れた一家を再興したという烏賊造も、情けがなく酷い男なのだろうか……。

あたりには夕暮れの前触れのような気配が漂いはじめているが、まだまだ十分に明るい。

猪牙舟が大川に出た。それを待っていたかのように、冷たい風が音を立てて吹き寄せてきた。川面に縮緬のようなさざなみがいくつもできた。

同時に南の空から厚く黒い雲が押し寄せてきて、陽射しを遮った。夕闇に包まれたようにあたりが暗くなり、今にも雨が降りそうな雲行きになった。

「こいつは、じきに雨になるかもしれませんねえ」

艫から千吉が声をかけてきた。少しぼやくような口調だ。

「月野さま、どちらまで行けばよろしいんですかい」

「昌平坂近くの河岸につけてもらえればよい。そこから家まで歩いていくゆえ」

「承知しました」

大川の流れに逆らっているにもかかわらず、猪牙舟はぐいぐいと川上に上っていく。

千吉の櫓さばきは相変わらず鮮やかで、力などまったく入っていないように見えるのに、船足はむしろ力強さを増していく。

南から寄せてきた雲がなおも厚くなり、あたりの暗さがぐっと増した。太陽はまだ西の空で輝いているはずだが、どこにいるのか、さっぱりわからなくなっている。

それでも、雨に降られないまま、あと二町ばかりで柳橋というところまで来た。そのとき一郎太は異様な気配を感じたように思った。

――これはなんだ。

目を上げ、一郎太は周囲を見回した。

大川の真ん中あたりで、一艘の屋形船が四艘の猪牙舟にすっぽりと囲まれている光景を一郎太は目の当たりにした。

物売りの舟が屋形船の客に食べ物や酒を売りつけようとしているようにも見えたが、そうではないことに一瞬で気づいた。

深更ほどでないにしろ、暗くて見通しは悪かったが、一郎太は夜目が利く。それが役に立った。

猪牙舟には浪人とおぼしき者が三、四人ずつ乗っていた。猪牙舟は四艘いるから総勢で十五人近いだろうが、いずれの浪人も頭巾を深くかぶっているのが知れた。

顔を隠しているなど、怪しいとしかいいようがない。千吉に猪牙舟を止めるよう命じ、一郎太は座したまま少し身を乗り出した。藍蔵と弥佑も軽く腰を上げて、そちらに強い眼差しを当てている。

「妙な連中ですな」

自らの顎を触って藍蔵がつぶやく。

「あの屋形船を襲おうとしているように見えます」

弥佑が口にした瞬間、四艘の猪牙舟の中で一斉に一筋の炎が上がった。四艘の猪牙舟が燃えているわけではない。

「屋形船に火矢を射かけようとしているようです」

鋭い口調で弥佑が告げた。

「屋形船を燃やそうというのか」

屋形船に誰が乗っているのか知らないが、そうはさせぬ、と一郎太は決意した。

「屋形船を救うぞ」

声を張り上げ、一郎太は立ち上がった。

「わかりました」

藍蔵と弥佑が声を合わせる。

「やつらが顔を隠しているのは、後ろめたさの証だ。正義を行う者が、頭巾などするはずがない」

「その通りです」

間髪を容れずに藍蔵が同意する。弥佑も大きくうなずいた。

「千吉っ」

後ろを振り返り、一郎太は呼びかけた。

「この舟を、屋形船と猪牙舟とのあいだに入れろ」

「お安い御用で。皆さん、しっかりつかまっていてくだせえよ」

千吉が再び櫓を動かしはじめると、船足が一気に上がった。立ったままでは大川に落ちそうで、一郎太は船底に座り込んだ。

すぐに、四艘の猪牙舟のうちの一艘がぐんぐんと迫ってきた。

あと少しで、その猪牙舟に突き当たりそうなところまで進んだとき、浪人たちが気づいてこちらを見た。泡を食ったように指さしている者もいる。

一郎太たちが乗る猪牙舟が向こうの猪牙舟に激突する直前、千吉が櫓を思い切り引いた。波を切って右に大きく曲がった猪牙舟が斜めに傾き、一郎太は体が投げ出されそうになったが、船縁を強く握ってなんとかこらえた。藍蔵と弥佑も、がっちりと船縁をつかんでその場に留まっている。

千吉の櫓さばきによってつくり出された波が、浪人たちの猪牙舟を直撃した。ざぶんと大きく波が立って猪牙舟がぐらりと揺れ、二人の浪人が悲鳴を上げて大川に落ちた。

水はまだまだ冷たいだろうが、と一郎太はその様子を見て思った。凍え死んだり、溺れ死んだりするようなことにはまずなるまい。すぐに、ほかの者が助けるだろう。

足を踏ん張り直した千吉が、再び櫓を激しく動かしはじめた。風を切って二艘目の猪牙舟に一目散に向かっていく。

先ほどと同じことをして、千吉が大川の流れに大きな波をつくった。まともにその波を舷側で受けた猪牙舟が転覆しそうになった。その猪牙舟にいた浪人はすべて大川に投げ出された。無事なのは、ただ船頭一人だけである。

「あっ、火矢を放ちました」

声を上げたのは藍蔵である。一郎太が見上げると、屋形船に向かっていくつかの赤い筋が弧を描いていた。一瞬で宙を突き進んだ数本の火矢は屋形船の屋根に突き立ち、わずかに間を置いて炎を上げはじめた。火矢は、残りの二艘の猪牙舟から放たれたものであろう。

「千吉っ」

一郎太は鋭く呼んだ。

「屋形船に舟を寄せろっ」

「合点で」

千吉が腰を入れ直すような恰好をし、櫓を握り締めるや素早く動かしはじめた。猪牙舟が一気に船足を増して走り出す。

一郎太たちが乗る猪牙舟は、船首が屋形船の舷に当たりそうになるまで近づいた。

ぶつかる、と一郎太が思った刹那、千吉が櫓を一気に横に切った。

次の瞬間、猪牙舟が屋形船に横づけになった。

――こいつはすごい。千吉はすさまじいまでの腕前をしておる。

しかし感嘆している暇はなく、一郎太は屋形船に素早く飛び移った。すでに何人もの浪人が、先に乗り込んでいるのがわかっている。

煙に包まれた船上に上がると、屋形にいる者の警固をつとめているらしい二人の侍が障子を背にして、何人かの浪人と対峙していた。

数えてみると、浪人は全部で六人いた。いずれも頭巾をしている。六人は守りを固める警固の侍に苦戦を強いられているようだ。

――よくがんばったな。そなたらのおかげで、屋形の中の者はきっと助けられるぞ。

「おぬしらは、なにゆえこのような狼藉をするのだ」

語気鋭く一郎太は質した。六人が一斉にこちらを向く。

浪人たちに隙ができ、付け入る恰好の機会だったが、二人の警固の侍はまったく動こうとしなかった。どんなに絶好の機会が訪れようとも、屋形を離れるわけにはいかぬとの思いで一杯なのだろう。

船上にいる六人の浪人は、必死であらがう警固の侍の壁を破れずにいる。まだ一人として、屋形の中に入っていないようだ。

それを裏づけるように、炎の上がる屋形の中はひっそりと静かである。屋形にいる者はじっと息をひそめているのだろう。

だが、ずっと屋形にいるわけにはいかない。焼け死んでしまう。なんとしても助け出さなければならない。

激しく抵抗しているさまからわかるが、警固の侍は二人ともなかなか遣えそうだ。しかしこのまま六人を相手にしていては、いずれ斬り死には免れないだろう。

六人の浪人のうちの二人が一郎太のほうを向き、刀を構え直した。

「何者だ。邪魔立てする気か」

頭巾の口のところをふくらませて一人がいい募る。

「当たり前だ」

一郎太は朗々たる声を返した。一郎太が味方であることを知り、警固の侍がわずかながらもほっとしたような顔つきになった。

「屋形の中に誰がいるのか知らぬが、悪事をはたらこうとするきさまらを見過ごすわけにはいかぬ」

「邪魔立てすれば、きさまはここで死ぬことになるぞ」

「おぬしらに俺は殺せぬ」

そのとき藍蔵と弥佑も、屋形船に移ってきた。弥佑が一郎太の前に出る。やる気満々という風情である。

「弥佑、殺すな」

一郎太は背中に声をかけ、釘を刺した。

「わかっております」

そのやり取りを聞いて、眼前の二人の浪人が、むう、と怒りの声を上げた。

「なめるなっ」

叫んで、一人の浪人が一郎太に向かって突っ込んできた。水面を吹く風がさらに強さを増し、屋形船が波にあおられはじめた。

すかさず弥佑が前に出て抜刀し、浪人の腹に斬撃を打ち込んだ。ぐえっ、ともどすような仕草をしたのち、浪人が船上に倒れ込んだ。腹を峰打ちにされて息ができないのか、のたうち回っている。

もう一人の浪人が、きえー、と百舌のような声を出して突進してきた。斬撃が振られる前に弥佑は前に出、刀を胴に持っていった。

二人目の浪人も、どすっと腹を打たれ、膝からくずおれた。腹を押さえ、船上でもだえ苦しんでいる。

——弥佑も手加減はしただろう。別に死んでも構わぬような男ではあるが、まず死ぬようなことはあるまい……。

そのときには、さらに五人の新たな浪人が屋形船に乗り込んできていた。一郎太も二人の浪人を相手に摂津守順房を振った。藍蔵も二人の浪人を相手に戦いはじめている。

一郎太は右肩に手傷を負わせて、一人目の浪人を打ちのめした。二人目の浪人は、太ももを傷つけ、動けなくした。

屋形が気になり、一郎太がそちらを見たときには、すでに三人の浪人が警固の侍を倒し、屋形の障子を蹴破ったところだった。

急がなければならない。屋形の屋根からは、赤々とした炎が上がっている。炎は時を置かずに下の障子へと燃え移ってくるだろう。

一郎太は屋形に入り込んだ。六畳ほどの広さがある屋形には、身分が高そうな侍が二人いた。

二人とも立派な拵え（こしら）の刀を抜き、障子を背にして立っていた。しかし両名とも、刀はあまり遣えそうになかった。

——何者だ。

二人の侍は密談でもしようとして、お忍びでこの屋形船にやってきたのではあるまいか。どうもそんな雰囲気が漂っていた。

――公儀の要人であろう。

この二人はなにゆえ浪人たちに襲われなければならぬのか、と一郎太は自らに問うてみた。むろん答えが出るはずもない。

二人の侍は頭巾などはかぶっておらず、顔はさらしている。一郎太には見覚えのない男たちである。

――いや、待て。

右側の一人は知っている男ではないか。

――どこで顔を見たのか。それとも、どこかで会っているのか。

思い出そうとしたが、一郎太にはわからなかった。

――会ったことがあるなら、向こうも覚えておろう。声に出さずとも、面にその思いがあらわれるのではないか。

だが、ここにいるのが一郎太と気づいていないようだ。三人の浪人は刀を正眼に構え、今にも二人を斬らんばかりの殺気を全身からほとばしらせていた。早く助けないと危ない。

「助太刀いたす」

二人の侍に一郎太は告げた。二人は唇を噛み締めて必死の形相をしていたが、一郎太の声を聞いてわずかながらも生色を取り戻した。

その場にいた三人の浪人が、一郎太の声を聞きつけてこちらを向いた。三人は一郎太に初めて気づいたようだ。

三人のうちの一人が、一郎太に向き直った。忌々しげに一郎太を見据えて誰何する。

「なにやつだ」

「そなたらの悪事を見過ごせぬ者だ」

「なにっ」

その浪人が一郎太をにらみつけてきた。

「邪魔立てする気か」

「当たり前だ」

むう、と浪人がくぐもった声を出した。

「よし、例の二人を殺れ」

目の前の浪人が他の二人に命じた。こやつが首領か、と一郎太は思った。

おう、と応じて二人の浪人が要人らしき二人に斬りかかろうとする。そうはさせぬ、と一郎太は摂津守順房を振って二人の前に飛び出した。

首領とおぼしき浪人が、すかさず一郎太に攻撃を仕掛けてきた。その斬撃を弾き返すや、一郎太は右側にいる浪人の左肩に刃を入れようとした。

だが、それはあっさりとかわされた。外にいる浪人たちより、この三人のほうがずっと強いようだ。

二人の浪人が、なおも要人らしき二人に斬りかかろうとする。その前に一郎太は二人の要人を背にすることができた。

二人の浪人が代わる代わる刀を振ってくる。一郎太は降り注ぐようなその斬撃を弾き上げることに専念するしかなかった。

それを隙と見たか、首領とおぼしき浪人が二人の要人に肉薄し、刀を思い切り振り下ろしていった。

まずいっ、と一郎太は冷や汗をかいたが、浪人の刀は中途で止まっていた。そこには弥佑がいて、浪人の斬撃を刀の腹でがっちりと受け止めていた。

ええい、と憎々しげに浪人が吐き捨て、刀を引いて後ろに下がった。そこに弥佑が付け入り、刀を払ったが、さすがに首領だけのことはあり、浪人がそれをあっさりと打ち返した。少し無念そうに、弥佑が刀を正眼に構える。

――まだ本調子でないようだな。本来の弥佑なら、今の斬撃がその浪人に弾き返されることはなかったであろう。

弥佑がじりじりと畳を動いて、二人の要人を背後にかばうようにした。大いなる盾ができ、二人の要人が愁眉を開いた。

「おのれっ」

怒りの声を発して、首領とおぼしき浪人が一郎太に斬りかかってきた。弥佑の斬撃を打ち返すなどかなり遣える男でまちがいないようだが、気が高ぶっているせいか、少し振りが大きくなっていた。

そこを見逃さず一郎太は刀を下段から振り上げ、浪人の顔を狙った。その斬撃は浪人の顔面には届かなかったが、頭巾を斬り裂いた。

浪人の頭巾がはらりと畳に舞い落ち、顔がはっきりと見えた。

「きさまっ」

身を震わせて浪人が怒号を発した。殺気を体にみなぎらせる。

一郎太は構わず、浪人との間合を一気に詰めた。上段から摂津守順房を振り下ろす。

だっと背後に飛び退いて、浪人が一郎太の斬撃を逃れた。そのとき屋根から伝ってきた火が障子に燃え移りはじめていた。

ここまで来てしまえば火の回りは速い。あとほんの少しで、屋形船全体を火の手が包み込むだろう。

実際、屋形船の至るところが炎に覆われつつあるようだ。炎の強さを一郎太は感じた。

「弥佑、屋形の外に出よう」

一郎太たちは二人の要人を連れて、船上に出た。ほっとした顔で藍蔵が寄ってくる。火を逃れようと浪人たちが次々に川に飛び込む。それを仲間の猪牙舟が拾い上げていく。四艘の猪牙舟は、あっという間に遁走を開始した。

一郎太も、このままでは焼け死ぬぞ、と思った。摂津守順房を鞘にしまい、下緒を使って頭に縛りつけた。

「行くぞ」

一郎太は二人の要人に、大川に飛び込むように促した。だが、二人は躊躇した。二人とも育ちがよすぎて、これまで川遊び一つしたことがないのだろう。

「死にたいのか」

要人の一人が一郎太の顔を見てなにか言おうとした。

「ぐずぐずするな」

怒鳴りつけた一郎太は二人の背を押すようにして、無理矢理に飛び込ませた。それを見届けてから、一郎太は弥佑と藍蔵を見つめた。深くうなずいてみせてから、燃え盛る屋形船の船縁を蹴り、足から大川に飛び込んだ。振り返ると、藍蔵と弥佑も屋形船を離れるのが見えた。

うまく飛び込むことができ、一郎太は愛刀を濡らさずに済んだ。このまま頭に置いておけばよい。

しかし、とすぐに一郎太は思った。春とはいえ、大川の水は凍えるほど冷たい。泳ぎながら、一郎太はしきりに身震いが出てならなかった。

藍蔵と弥佑がそばに泳ぎ寄ってきた。弥佑が疲れ切ったような顔をしている。無理がたたったのではないか。

千吉の猪牙舟が近づいてくるのが一郎太の視野に入り込んだ。

――助かった。もしこれ以上浸かっていたら、まちがいなく死ぬな。

首を伸ばし、一郎太は先に飛び込んだ二人の要人がどうしているか、姿を捜してみた。五間ほど下流を、二人が流れるようにして泳いでいるのが見えた。

「藍蔵、弥佑を千吉の舟に乗せろ」

「月野さまはどうするんですか」

「俺は、あの二人の様子を見てくる。藍蔵、弥佑を頼んだぞ」

命ずるや、一郎太はすぐさま二人の要人に近づいていった。

「大丈夫か」

声をかけると、一人が大きく息を吸って一郎太を見つめてきた。もう一人はどうやら意識を失っているようだ。意識があるほうはその侍を右腕だけで必死に支えているらしかったが、すでに限界に近づいているのは明らかである。

「それがしは大丈夫だ。こちらのお方を頼めるか。もうこれ以上は無理だ……」

一郎太よりやや年上と思える侍が頼み込んできた。

「承知した」

請け合った一郎太は手を伸ばし、ぐったりとしている様子の侍の襟元をつかんだ。そのまま静かに引き寄せようとしたが、いきなりその侍が誰かに殴られでもしたかのように目を覚まし、暴れはじめた。水を叩き、激しく身悶(みもだ)える。

「おとなしくするのだ」

一郎太は強くいい、侍をこちらに向かせようとした。だが、侍は必死に暴れるばかりで、いうことを聞かない。

当て身を食らわせて気絶させるほうがよいだろうか、と一郎太は考えた。それがよかろう、と心の中でうなずいた。侍を暴れさせたままにしておくと、下手をすれば、こちらも溺れかねない。

喉仏を人さし指で突くのがよいだろう、と一郎太は判断した。それで一瞬で気絶する。痛みも覚えまい。

狙いを定め、実際にそうしようとしたとき、近くで波を切る音が聞こえた。一郎太はそちらに顔を向けた。

猪牙舟らしい舟が迫ってきていた。千吉が助けに来てくれたのかと思ったが、そうではなかった。

浪人たちが乗る猪牙舟が、一艘だけ戻ってきたのだ。首領とおぼしき浪人の顔がうっすらと見えた。雲に太陽が隠されているにもかかわらず、なにかがぎらりと光った。槍だ、と一郎太は直感した。その浪人は船上で槍を構えていた。二人の要人を槍で突き殺そうというのだ。

いや、浪人の狙いはむしろ一郎太のようだ。浪人は一郎太だけをにらみつけているのだ。一郎太のせいで二人の要人を亡き者にできなかったのが、よほど腹に据えかねているということか。

一郎太を間合に入れるや、浪人が槍を突いてきた。泳ぎながら頭から抜いた刀を振って、一郎太は打ち払ったが、再び溺れた侍にしがみつかれて気を取られた。

その隙に、槍がまた突き出されてきた。それはなんとかかわした。

浪人がぶるんと音をさせて槍を回した。一瞬、穂先が一郎太に見えなくなった。がつ、という音を一郎太は聞いた。どうやら槍の石突きで頭を叩かれたようだ。

意識があっさりと遠のいていくのを、一郎太は意志の力でなんとか引き戻した。

――気を失っては、名も知らぬ侍と一緒に溺れてしまうぞ……。

両腕を左右に動かして、一郎太は冷たい水の中で必死にもがいた。

そのとき、顔にぽつりぽつりと当たる物を感じた。

――ああ、ついに降ってきてしまったか。雨が降る前に家に帰りたかったな……。

そんな益体もないことを一郎太は目を閉じて考えた。しかし次の瞬間には、雨粒が落ちてくる感触も消え失せていた。

一郎太はすでになにも感じなくなっていたのだ。

第二章

一

冷たい雨に打たれつつ新田与五右衛門（にったよごえもん）は、来ぬな、とつぶやいた。約束の刻限をすでに一刻（いっとき）以上、過ぎている。

見えるのは遠くの浅草の町の灯（あか）りばかりで、眼前の船着場に近づいてくる船提灯（ふねぢょうちん）は一つもない。

——まさか鉢之助（はちのすけ）たちは、しくじったのではあるまいな。

これまでに何度、同じ思いが脳裏をよぎったものか。屋形船への襲撃が不首尾に終わったがために、もう四つになろうとしているのに、戻ってこないのではないか。

――鉢之助たちは捕らえられたのだろうか。

屋形船の客の二人は微行で、警固の人数も少なくしてあるとのことだった。それにもかかわらず、捕手に捕まるなどということがあるのだろうか。

仮にそうだとしても、吟味役の役人に責められて鉢之助が与五右衛門のことを吐くとは思えない。しかし、根性がない他の者はあっさり白状するだろう。

ならば、じきに捕手がここへやってくるのではないか。

――それも運命よ……。受け容れるしかあるまい。

もっとも、与五右衛門に捕まる気はなかった。とことん戦い抜き、その上で生き延びるつもりでいる。もしそれが叶わないのであれば、討ち死にすればよい。

――そのときは、一人でも多く道連れにしてやる。

与五右衛門がかたく決意したのに合わせるように、雨脚がわずかに強くなった。暮れ六つ頃から落ちはじめた雨は着物に絡みつくように、しとしとと降り続けている。

それから、与五右衛門はその場でさらに四半刻ほど待った。

やはり鉢之助たちは戻ってこない。

いったん引き上げるとするか、と歩き出そうとしたとき、一本の道をこちらに近づいてくる提灯に気づいた。見えている影は一つで、傘を差している。

何者だ、と与五右衛門はいぶかり、腰を落として鯉口を切った。

五間ほどまでに近寄ってきた提灯をじっと見ると、そこには『尾花』と墨書されていた。与五右衛門は体から力を抜き、刀を戻した。

「寿之助か」

呼びかけると、はっ、と応えがあり、傘が閉じられた。顔を見せた寿之助が、与五右衛門に向かって辞儀する。

「一人か」

「はい。供は店に置いてまいりました」

近づいてきた寿之助は傘と提灯を自ら手にしている。

「寿之助、わしの家に行ってきたのか」

寿之助が再び傘を広げ、与五右衛門に差しかけてきた。

「うかがいました。しかし誰もいらっしゃらなかったので、こちらに回ってまいりました」

「ここにわしがいると、よくわかったな」

「新田さまがなぜお留守であるのか考えましたところ、棚尾さまたちのお戻りが遅くなっているとしか思えず、ならばこちらにいらっしゃるのではないかと……」

こうべを垂れた寿之助が顔を上げた。

「ここに来ると、店の誰かにいってきたか」

「いえ、誰にも申しておりません」

そうか、と与五右衛門はうなずいた。寿之助が目の前の船着場をじっと見る。

「棚尾さまたちは、まことにお戻りではないのですな。いったいどうされたのでございましょう」

「なにかあったのはまちがいない」

「思いがけぬことが出来(しゅったい)したのでございましょうな……」

ここまで遅いとは、と与五右衛門は結論づけた。やはり捕手に捕まったのであろう。

——もはや鉢之助たちは戻ってこぬ。

それでもこの場を立ち去り難く、無言で水路の先を眺めていたが、鉢之助たちを乗せた猪牙舟(ちょきぶね)があらわれる気配はまったくなかった。

「仕方ない、引き上げるか。ここに立っているのにも飽いたわ」

「承知いたしました」

くそう、と内心で毒づき、与五右衛門は着物についた水滴を振り払って歩き出した。

傘を差した寿之助があわてててついてくる。

——こんなことになるのであれば、わし自ら出向けばよかった。さすれば、どんなことが起きようと、しくじりなど決して犯さなかったであろうに。

だが、もともと与五右衛門は、暮れ六つ頃に大川に出張ることなどできはしない。大事な役目があるからだ。

麦が育ちつつある畠を通り過ぎて、風が吹きつけてくる。体が冷える。暦の上では夏が近いのに、まだこんなに寒いのだ。

与五右衛門は別に寒がりではないが、このところの冷え方は異様としかいいようがない。季節の巡りがおかしくなっているような気がする。早く暖かくなってくれ、と願いながら寿之助とともに二町ほど歩いた。

やがて、闇の中にひっそりと建つ一軒の家が見えてきた。与五右衛門は、足音が立たないよう慎重に近づいていった。それにならったらしく、寿之助も忍び足になる。

家まであと十間を切ったところで立ち止まり、与五右衛門は中に誰かひそんでいないか、気配を嗅いだ。

十を数えるあいだ身じろぎ一つせずにいたが、よし、と小さく声を上げ、足を再び踏み出した。

戸には、がっちりとした錠前が取りつけてある。与五右衛門は袂（たもと）から鍵を取り出した。錠前がよく見えるようにと、寿之助が提灯を差し出してくる。

鍵はすんなりと錠前に入った。ひねると、かちゃりと小気味よい音が響いた。

戸を横に滑らせて、闇がどっしりと居座る土間に足を踏み入れた。失礼いたします、と傘を閉じて寿之助が続けて敷居を越える。

誰もつけてきていないのを確かめた与五右衛門は戸を閉め、心張り棒を支った。鍵を袂に落とし、一段上がった板間にある行灯を引き寄せる。

寿之助の提灯を借りて、行灯に火を入れた。提灯を返すと、寿之助が火を吹き消した。

雪駄を脱いで、与五右衛門は板間に上がった。足裏に当たる床がひんやりしている。

「寿之助も上がれ」

「はい」

腰の刀を床に置き、与五右衛門は囲炉裏の前に敷いてある座布団に腰を下ろした。座布団も冷えていたが、座ると人心地ついた。

「寿之助も座布団を使うがよかろう」

「ありがとうございます」

一礼して、寿之助が与五右衛門の向かいに端座した。

この家は、浅草橋場町にある与五右衛門の隠れ家である。まわりは田畑ばかりで、人家は二町以内に一軒もない。あまり大きな家でもなく、隠れ家にするには、恰好のものといってよい。

——しかし、気持ちが苛ついてならぬ。

与五右衛門は鉢之助たちのことが気になって仕方ない。

——茶でも飲むとするか。

気を静めるのには、茶を喫するのが一番であろう。

その思いを察したかのように、寿之助が与五右衛門に申し出る。

「お茶を淹れましょう」

手際よく囲炉裏に火を熾し、鉄瓶で湯を沸かしはじめた。

湯が沸き、寿之助が茶を淹れた。済まぬな、と礼を述べた与五右衛門は、ふうふういいながら大ぶりの湯飲みで茶を飲んだ。

——やはり落ち着くな。

茶には薬効がある。しかも、この茶は将軍に献上されているほどのものだ。ほんのりと甘く、すっきりとした苦みは病みつきになる。

——だが、この茶だけでは足りぬ。

床に置いた刀を持ち上げるや、与五右衛門はすらりと抜いた。えっ、と寿之助が目をみはる。

「斬りはせぬ。安心せい」

今はな、と与五右衛門は心中でつぶやきを漏らした。寿之助から目を離して愛刀の手入れをはじめると、冴え渡った刀身に引き込まれるように心が静まっていく。

昨夜、この刀で人を斬ったばかりだが、その手入れはとうに済ませてある。刀身に傷や曇りは一切ない。

——さすがに名刀よ。

ほれぼれする。佐々木近江守重嗣という無名の刀工の作だが、好事家にはよく知られた人物らしく、あまり数が出回っていないこともあり、かなりの高値がつくらしい。

——わしに手放す気などないが……。

金には困っていないのだ。佐々木近江守重嗣の手入れを終えて、与五右衛門は丁寧に鞘に納めた。

深く息をついて二杯目の茶を飲もうとしたとき、外に人の気配が立った。

鉢之助たちが戻ってきたのか。それとも、捕手がやってきたのか。

ほたほたと戸が叩かれる。愛刀を手にして素早く立ち上がった与五右衛門は土間に下り、誰だ、と鋭く誰何した。

「棚尾です」

無事であったか、と与五右衛門は安堵を覚えたが、すぐには戸を開けなかった。本当は鉢之助は公儀に捕らえられており、捕手を案内してきた可能性も、考えに入れておかねばならない。

戸越しに外の気配を探る。剣呑な気を発している者は一人もいないようだ。それに、もし捕手がいるのなら、戸はすでに蹴破られているであろう。

与五右衛門は心張り棒を外し、戸を横に滑らせた。雨のにおいを覚えると同時に、人いきれも感じた。

軒下にひときわ背の高い鉢之助が、ぽつねんと立っていた。ひどく濡れている。かなり長いこと雨に打たれていたようだ。

「入れ」

はっ、と頭を下げて鉢之助が土間に足を踏み入れてきた。愛用の手槍を握っている。戦国の昔、手槍の柄の長さは九尺だったらしいが、鉢之助が持っている手槍の柄はその半分ほどしかない。

「おまえたちも来い」

鉢之助の背後に控えている男たちに、与五右衛門は命じた。ほっとしたように男たちが、どやどやと入ってきた。

数えてみると、鉢之助を含め十五人いた。欠けている者は一人もいなかったが、何人かは怪我をしていた。どうやら傷の手当は済んでいるようだ。

与五右衛門は眉根を寄せた。

「おぬしらは上がって火に当たっておれ」

配下たちに与五右衛門は告げた。男たちが草鞋を脱ぎ、板の間に上がっていく。

与五右衛門は、土間に立ったまま鉢之助に質した。

「鉢之助、いったいなにがあった」

鉢之助に強い眼差しを注ぐ。口をぎゅっと噛み締めた鉢之助は悔しさを露わにしていたが、すぐさま神妙な顔になって見つめ返してきた。

「妙な男どもに邪魔をされました」

「妙な男どもだと」

はっ、とかしこまり、鉢之助が委細を説明する。

聞き終えた与五右衛門は顔をゆがめた。

「事情はわかった。邪魔をしたのは三人か。しかも三人とも遣い手だったというのだな」

「さようにございます」

「しかしそのうちの一人は、おぬしが槍を用いて始末したのだな」

「石突きで存分に頭を殴りつけました。まず無事ではおりますまい」

「殴りつけただけか」

「はっ、まことにしぶとい男でございました。ようやく石突きで水中に沈めることができました」

そうか、と与五右衛門は顎を引いた。

「だが鉢之助、公儀の者に捕らわれたわけでもなく、うまく逃げおおせたのに、なにゆえ戻りがこうまで遅くなった」

「あのような者があらわれた以上、まっすぐ戻るのは危険だと判断いたしました。つけてくる舟や者どもがおらぬか確かめるために、わざと遠回りしておりました」

そういうことであったか、と与五右衛門は納得した。賢明な判断であろう。

「邪魔をしたその三人は、いったい何者でしょう」

板敷きの間から土間に下りてきた寿之助がきいてきた。与五右衛門はじろりとにらみつけた。

「決まっておる。屋形船の二人を警固していた者どもよ」

すぐさま顔を鉢之助に向け、与五右衛門は厳しい声音を発した。

「鉢之助、その三人の息の根を止めよ。一度でも邪魔をした輩（やから）は、またきっと同じ真似（まね）をするに決まっている。今のうちに除いておくに限る」

「しかし、あの三人がどこの誰か、わかっておりませぬ……」

どこか弱々しさを感じさせる声で、鉢之助が抗弁する。

「よいか。その者どもは、たまたま鉢之助たちの前にあらわれたわけではない。おぬしたちを退けられるほどの業前（わざまえ）の者が、偶然、その場に居合わせるなど考えられぬ。

先ほども申したが、その者たちは屋形船の警固をしておったのだ」

間を置かずに鉢之助がきいてきた。

「では、あの三人は若年寄か北町奉行の手の者でございましょうか」

「そうに決まっておる。北町奉行所と若年寄の屋敷を見張らせておけ。その者どもは、きっと姿を見せよう」

「承知いたしました」

懐から財布を取り出し、与五右衛門は二十両の金を取り出した。

「これは、その者どもを始末するための費えとせよ。自由に使え」

「ありがとうございます」

うやうやしく金を受け取った鉢之助が、巾着へと大事そうにしまった。

「それで新田さま」

横から寿之助が呼びかけてきた。

「その者どもだけでなく、再び若年寄の松平伯耆守（まつだいらほうきのかみ）さまも狙うのでございますか」

「むろんそのつもりだ」

胸を張って与五右衛門は応じた。

「しかし、まことにそこまでしなければなりませんか」

「しなければならぬのだ」

断固たる口調で与五右衛門はいった。

「松平伯耆守はやり手の上、鼻薬がまったく効かぬ。生かしておいては、必ず我らの悪事は露見しよう。笠の台が飛ぶことになるぞ」

「しかし、目付の糸山玄蕃さまの屋敷に行こうとしていた徒目付は、始末したのでございましょう。目付に渡るはずだった大事な書面を奪ったからには、なにも若年寄を亡き者にせずともよろしいのではございませんか」

「いや、徒目付が嗅ぎつけたのだ、あとに続く者が必ずあらわれる。それは糸山玄蕃などではない。松平伯耆守だ」

「でしたら、屋形船で若年寄が北町奉行と密談していたのは、そのことについてでございましょうか」

「屋形船で二人がなにごとか密談していたのは事実だが、わしらの悪事について談合していたわけではない。それに関しては、わしのもとに知らせが入っておる」

「知らせが……」

「誰が知らせをもたらしているか、それは明かせぬが、とにかく松平伯耆守をあの世に送っておけば、これから将来のことを案じずとも済むのだ」

「しかし若年寄を殺しては、逆におおごとになりませんか」

「なるに決まっておる」

与五右衛門はあっさりと肯定した。

「大騒ぎになろうな。面目に懸けても公儀は下手人捜しに必死になる。だが、我らが捕まることなどあり得ぬ。我らは松平伯耆守とはなんの関わりもない。知り合いでもなんでもないのだ。必ず逃げ切れる」

「はあ、さようにございますか……」

力のない相槌を寿之助が打った。

「松平伯耆守さえ亡き者にしてしまえば、あとの要人は鼻薬が効く者ばかり。商売も安穏と続けられよう」

「そうかもしれませんが……」

「寿之助は、ひと月で二千両もの上がりを得られる商売をあきらめられるのか」

「もちろん今の商売を続けたいのは、やまやまでございます。しかし、手前は命が惜しゅうございます。金より命のほうが大事でございます」

「もう存分に儲けたからな」

「今の儲けを手にしたまま、余生を楽しみとうございます」

「それほどまでに命が惜しいなら手は一つだ」

断言して与五右衛門は寿之助を見つめた。

「松平伯耆守をこの世から除くことだ。繰り返していうが、我らが生き残るにはそれしかない。松平伯耆守を生かして我らがあの世に行くか、亡き者にして我らが生き残るか、二つに一つだ」

それでもまだ納得できかねる様子で、寿之助は与五右衛門の言葉にうなずこうとしなかった。悲しげに目を落とす。

「屋形船の襲撃に邪魔が入ったのは、凶兆なのではございませんか」

面を上げて寿之助がきく。

「凶兆とな。おぬしはなにゆえすべてを悪いほうに取るのだ」

「命が惜しいからでございます」

「おぬし、いくつになった」

「歳でございますか。ちょうど六十でございます」

「来年で還暦か。それで、いくつまで生きたいと考えておるのだ」

「できれば古稀までは……」

「あと十年ばかりか」

寿之助から目を離し、与五右衛門は軽く首を横に振った。

「これまでおぬしは、ずっとよい目を見てきたのであろう。満足できる人生を還暦近くまで生きられたのなら、それで十分ではないか。たいていの者は五十も生きられぬのだぞ。しかも貧しい者がほとんどだ」

「いえ、手前はまだまだ人生を楽しみとう存じます」

「まったく欲深にできておるものよ」

「長生きは、誰もが望むものではないかと存じますが……」

いや、と与五右衛門はかぶりを振った。

「誰もが望んでよいものではない。特に、悪事をはたらいて生きてきた者はな。そのような者はいつ死んでもよいように、覚悟を決めておくのが肝要だ。それにな、寿之助」

穏やかな声で与五右衛門は話しかけた。

「わしは、弱気な者など要らぬのだ。そういう者は必ず心変わりをして裏切ると、古(いにしえ)より決まっておる。寿之助、古稀まで生きられずに残念だったな」

抜手も見せずに愛刀を引き抜くや、与五右衛門は八双に構え、殺気を全身からほとばしらせた。わあ、と叫んで体を翻した寿之助が、戸口に向かって走り出そうとする。

「遅い」

つぶやいて、与五右衛門は刀を斜めに振り下ろした。

肉と骨を断つ音がし、背中から血を流しながら寿之助が土間にうつ伏せに倒れた。

まだ逃げる気でいるらしく、土間の土を両手でかいている。

「往生際が悪いぞ」

刀を逆手に持ち、与五右衛門は寿之助の背中にためらいなく刀尖を突き立てた。うっ、とかすかにうめいて、寿之助がくりと首を落とした。

刀を引き抜くと、傷口から血が泉のように噴き出してきたが、すぐに勢いは消え失せた。無念そうな横顔を見せて、寿之助は息絶えている。

骸を見下ろして、与五右衛門は小さくかぶりを振った。

「おぬしにはずいぶんと世話になったが、このような別れ方になるとは、まことに残念でならぬ」

いきなり目の前で行われた惨劇に、その場にいる誰もが声をなくしている。

「あの、お頭」

ごくりと唾を飲み、鉢之助が寿之助の骸に目をやった。

「寿之助を殺してしまっては、もう『尾花』は使えぬのではありませぬか」

「端から使う気はない。わしは、すでに別の店を使う心づもりでおる」

「別の店でございますか」

「ああ、徒目付に知られてしまった『尾花』からは、手を引くととっくに決めておった。むろん、寿之助の始末もする気であった」

「では今宵、寿之助はこうなる運命だったのですね」

「弱気を見せなんだら、運命も変わっていたかもしれぬ。わしが新たに用意した店はすでに万端とのっておる。それゆえ、鉢之助、案ずることなどなにもない。すべてわしに任せておけばよい」

「承知いたしました」

迷いのない声音で鉢之助が答えた。

「寿之助の骸は裏庭に埋めろ。野良犬に掘り起こされぬよう、できるだけ深くな」

「わかりました」

一礼して鉢之助が骸を抱き上げる。何人かの男が土間に下りてきて、鉢之助の手助けをした。

戸を開けて、鉢之助たちが寿之助の死骸を外に運び出していく。雨はもうやんでいるようで、空を覆っていた雲が切れて星が瞬いていた。姿は見えないが月も出ているようで、明かりが軒下に入り込んでいる。

鉢之助たちを見送った与五右衛門は戸を閉め、握っていた愛刀を目の高さに上げた。刀身を凝視すると、わずかではあるが、血が付着していた。

「また手入れをせねばならぬな」

それも楽しみの一つよ、と独りごちた与五右衛門は内心で笑みを漏らした。

二

奈落に引きずり込まれていく。

一郎太は手足を動かし、抗おうとしたが、何者とも知れないその力は強く、自分の思い通りにまったくならない。

逆らえば逆らうほど、ぐんぐんと引き込まれていく。その強さと速さは一瞬ごとに増している。

息が苦しくてならない。このままでは死ぬぞ、ともがきながら一郎太は思った。

真っ暗でなにも見えない。聞こえない。一郎太は静寂の中にいた。

なんとかしなければ、と気持ちばかり焦るが、なにもできない。どうすることもできず、真っ逆さまに落ちていく。

そのとき一郎太は、人の声を聞いた。誰だ、と耳を澄ませた。

また聞こえた。ただし、あまりに声が小さすぎて、どこから発せられているのか定かでない。だが、誰かが一郎太を呼んでいるのはまちがいなかった。

どこだ、どこにいる、と一郎太は叫ぼうとした。しかし喉が干からびたようになっており、声は出なかった。暗澹とするしかなかったが、まるで返事をするかのように、か細い声が耳に届いた。

　一郎太は、はっとした。あれは、静ではないか。静、と一郎太は呼び返した。どこだ。どこにいる。

　相変わらずまわりは真っ暗で、なにも見えない。ただ、静の声は明らかに大きくなっていた。近くにいるのだ。

　それに力を得た一郎太は、この苦境から脱するために手足をさらに激しくばたつかせた。すると、下に落ちる力が少しだけ弱まったような気がした。

　行けるぞ、と一郎太はさらに体をよじり、のたうつようにした。両手を懸命にかくと、もはや落ちていっていないのが知れた。むしろ、上にのぼろうとしていた。

　助かるかもしれぬぞ、と一郎太は希望を抱いた。

　ふとそのとき、懇願するような静の声が間近に聞こえた。静がなんといっているのかわからず、一郎太は耳を傾けた。あなたさま、目を開いてください、といっているように感じた。

　俺は目を開けておらなんだのか、と驚いたが、一郎太は素直にまぶたを持ち上げた。

　不意に、眼前が光で満たされた。まぶしくてならず、一郎太は目を閉じかけた。

「あなたさま」

　静の声が音の塊と化して、耳に飛び込んできた。まぶしさに目を細めつつ、一郎太は声のするほうを見た。

行灯のそばに小さな人影が見えた。どうやら座しているようだ。

「静だな」

喉は渇いたままだったが、すんなりと声が出た。

「はい、静でございます」

鈴を転がすような声を聞いて、一郎太は気持ちが落ち着くのを感じた。

「俺はうなされていたか」

「はい、とても苦しそうでございました」

つまり、と一郎太は解した。静が呼んでくれたおかげで、悪夢から解き放たれたのだ。

今や一郎太には、行灯に照らされた静の顔がはっきりと見えていた。心配そうに一郎太をのぞきこんできている。

目を赤く腫らしていた。泣いていたのか、と一郎太は思った。

なにが静をそんなに悲しませたのだろう。

だが思い出そうとしても、つるつると滑る壁を手で搔くのも同然で、脳裏にひっかかるものがなにもない。頭が空っぽになったかのように手応えがなく、一郎太は戸惑うしかなかった。

こいつは妙だぞ、と心で首をひねった。こんなことはこれまでになかった。

――なにも思い出せぬのは、俺がこうして寝ていることと関わりがあるのだろう。横にならなければならぬなにかが、俺の身に起きたのだ。

きっと妙な夢を見たのもそのせいにちがいない。だが、こうして意識が戻ったのだ。もう起き上がっても平気だろう。一郎太が体を起こそうとしたその瞬間、後頭部にずきりと痛みが走った。

「いたた」

口から声が漏れた。

「あなたさま、大丈夫でございますか。無理はなされますな」

その痛みで、ああ、と一郎太はなにがあったかを思い出した。

――俺は槍の石突きで、頭をしたたかに打たれたのだった……。

そのあとどうなったのか、覚えはまるでない。視野が真っ暗になり、なにも見えなくなったことだけは記憶の片隅にある。

「俺は生きておるのだな」

一郎太は静に問いかけた。

「はい、紛れもなく」

目尻の涙を拭って、静が泣き笑いの顔で答えた。

「溺れずに済んだようだな」

「槍に打たれたあと、あなたさまは流れに引き込まれそうになったそうにございます。そこを助けてくださったのは、弥佑どのでございます」

「なんと、弥佑が……」

「弥佑どのは一度は猪牙舟に這い上がったそうでございますが、窮地に陥ったあなたさまを見て、すぐさま流れに飛び込み、引き上げてくださったそうにございます」

そうであったか、と一郎太は驚くしかなかった。

「弥佑は病み上がりも同然の身だ。よくも、そのような真似ができたものだ。礼をいわねばならぬ」

「でしたら、じかにおっしゃれば、よろしゅうございましょう」

微笑して静が横に体をずらした。すると、静の肩越しに弥佑の顔が見えた。静の背後に座っている弥佑はやわらかな笑みを浮かべ、一郎太を見つめている。

「なんだ、そこにおったのか」

弥佑の隣には藍蔵も座していた。目が合うと小さく笑ったが、なぜかその笑顔はぎこちなかった。一郎太のことを案じ続けていたせいで、表情が固まってしまったのではないか。

——俺を救うのに、藍蔵も必死にがんばったにちがいあるまい。かたじけなく思うぞ。

藍蔵から目を外して、一郎太は顔を弥佑に向けた。

「弥佑、よくぞ助けてくれた。礼を申す」

「いえ、先にそれがしを助けてくださったのは、月野さまでございます。そのお返しをするのは、至極当然のことに過ぎませぬ」

なんのことだ、と一郎太は考えたが、そういえば、と思い当たるものがあった。燃え盛る屋形船から藍蔵とともに飛び降りた弥佑は大川の流れに漂っていたが、明らかに本調子とはいえず、今にも力尽きそうになっていた。少なくとも、一郎太にはそう見えた。だから、先に千吉の猪牙舟に乗せるよう藍蔵に命じたのだ。

「だが弥佑、俺はなにもしておらぬぞ」

枕に頭を預けた姿勢で一郎太は告げた。

「とんでもない。あのときの月野さまのお心遣いは身に染みました」

「とにかく俺が生きているのは、そなたが救ってくれたおかげだ。改めて礼を申す」

横になったまま、一郎太はこうべを垂れた。

「もったいのうございます」

弥佑が畏(おそ)れ入ったように身を縮める。

「弥佑、そなたは大丈夫か。無理はしておらぬであろうな」

「大丈夫でございます。もう元気そのものでございます」

背筋を伸ばし、力強い口調で弥佑が答えた。じっと見たが、弥佑の顔色は悪くない。いかにも健やかな感じがする。だいぶ調子が戻ってきているのは確かなようだ。

静、と一郎太は呼びかけた。

「俺はどのくらい眠っていた」

「丸二昼夜でございます」

顔を寄せ、静が伝えてきた。すでにそのくらいたっているのではないかという気はしていたから、意外な感はない。

「では、もう夕方なのだな。静、起こしてくれぬか」

身をよじるようにして、一郎太は静に頼んだ。静が案じ顔になる。

「大丈夫でございますか。先ほどのように傷が痛みませぬか」

「痛むかもしれぬが、もう手当はしてもらってある」

頭に晒しが厚く巻いてあるのは、わかっている。

「庄伯先生がいらしてくださり、傷を縫うてくださりました」

「そうか、庄伯が来てくれたのか」

庄伯は重二郎に付き従って江戸に出てきている。

「真っ赤な顔をした藍蔵どのが上屋敷に走ってまいりまして、いきなり庄伯先生を連れ出しました」

その光景が目に見えるようで、一郎太は苦笑した。同時に心が和むのを覚えた。

「そのときに静も一緒についてきたのか」

「さようにございます。藍蔵どのの話を聞き、取るものも取りあえずという感じでございました」

「心配をかけたな」

「重二郎さまも私と一緒にいらしたかったようですが、昨日は大事な客人があったようにございます」

「いま重二郎はいろいろと忙しかろうからな。そのうち、迷惑がかからぬように見計らって俺のほうから訪ねることにいたそう。庄伯はもう上屋敷に戻ったのか」

「はい、先ほど」

首を持ち上げて、一郎太は晒し越しに頭の傷に触れた。さすがに庄伯で、触っても痛くなかった。しかし、先ほどのように急に動くと痛むはずだ。

一郎太は用心し、そろそろと床の上に起き上がった。あぐらをかくと、すかさず静が綿入れを羽織らせてくれた。とても暖かく、あらためてありがたいと感じ入った。

人心地つくと、部屋の中に薬湯のにおいが漂っていることに気づいた。多分、一郎太が眠っている最中、庄伯が匙を使って少しずつ飲ませたのだろう。

薬湯など、どんなものであろうと、まずいに決まっている。気を失っているあいだに飲むことができて、むしろよかったのではあるまいか。

「静、根津のこの家はどうだ。気に入ったか」

話題を変えるように一郎太はきいた。

「とてもよい家ですね。落ち着きます」

「それは本音だな」

「もちろんでございます。あなたさまに気を使ったわけではありませぬ」

ならば、といって一郎太は笑った。

「この家でいっしょに暮らしても大丈夫だな」

「大丈夫でございます」

きっぱりと静が答えた。あの、と藍蔵が後ろから言葉を挟む。

「静さまがお住みになるのなら、それがしは邪魔になりませぬか」

「藍蔵どの、邪魔など、そのようなことは決してありませぬ」

すぐさま静が応じた。静の言葉を受けて、一郎太は深くうなずいた。

「静のいう通りだ。口うるさいが、そなたは俺の大事な友垣だ。そなたがいなくなれば、寂しいし、静も悲しもう。なにより、俺のそばから決して離れぬよう、五十八に命じられておるではないか」

「もし藍蔵どのがいなくなってしまったら、私はきっとしおれたようになってしまうに、ちがいありませぬ」

「静さま、それは本音でございますね」

　確かめるように藍蔵が問う。

「当たり前です」

「ならば、それがしはこの家を出ていかずとも、よろしいのでございますな」

「当然だ。しかし、いささか手狭になろうな。静一人でこの家に来るというわけにはいかぬ。少なくとも、二人の腰元を連れてこなければならぬ」

　ああ、と静が声を上げた。

「腰元といえば、供の者たちを待たせたままでございます」

　なんと、と一郎太は思った。

「いつから外におるのだ」

「今朝、私がここに来たときですから、かれこれ五刻はたちましょう」

「五刻とは長いな……。いま今朝といったが、静は昨日は上屋敷に戻ったのだな」

「昨晩はこの家に泊まるつもりでまいりましたが、夜具もありませぬゆえ、夜のうちにいったん戻りました。それから今朝、またまいりました」

「そうであったか。俺が、もっと早く目覚めればよかった。供の者たちには、申し訳ないことをした」

「いえ、あなたさまはなにも悪くはありませぬ。あなたさまも目覚めたことですし、私は上屋敷に戻ることにいたします」

「そうか、戻るか……」

「また見舞いにまいります」

「楽しみにしておる」

にこりとして静が立ち上がる。一郎太は慎重に腰を上げた。

「あなたさま、お見送りはけっこうでございます」

「いや、大丈夫だ。送ろう」

一郎太は戸口まで静とともに歩いた。暗い土間に降りて戸を開けると、静の乗物が目に飛び込んできた。いくつかの提灯が灯されていた。

乗物を中心に、二十人ばかりの供がずらりと控えていた。もっとも、将軍の娘の静が他出するのに、このくらいの人数がつくのは不思議でもなんでもない。

提灯を手に道を行きかう町人たちが、いったいどちらの姫さまだい、といいたげに静や供の者をじろじろと遠慮なく見ていく。

「待たせました」

厳かな声で供の者に告げて、静が乗物に乗り込む。すぐに引戸を開けて、家の前に立つ一郎太を見つめてきた。

「では、戻ります」

一郎太に向かって静が頭を下げた。

「気をつけて帰ってくれ」

はい、と名残惜しそうな顔で静がうなずく。

「あなたさま、お大事にしてくださいね。無茶は禁物でございますよ」

静が釘を刺してきた。

「よくわかっておる」

「口だけではございませぬな」

「むろんだ」

一郎太が答えると、引戸が静かに閉まり、静の顔が見えなくなった。

乗物が持ち上がり、しずしずと動き出す。ゆっくりとだが、静を乗せた乗物は着実に遠ざかっていく。深まりつつある闇の中、やがて行列の提灯がすべて見えなくなった。

——行ってしまったか……。

そばにいる藍蔵と弥佑を促して、一郎太は家に戻った。床の上にあぐらをかく。

「ところで、屋形船にいた二人は無事か」

かたわらに座った藍蔵を凝視して一郎太はたずねた。

「無事でございます」

「二人が誰か、わかったか」

「いえ、それがわかりませぬ」

申し訳なさそうに藍蔵がうつむく。

「襲ってきた者どもの正体はどうだ」

「それもわかっておりませぬ。申し訳ありませぬ」

「謝ることはない。屋形船の二人が誰だったか、襲ってきた者どもが何者だったか、いずれ知れよう」

確信を抱いて一郎太がいったとき、戸を叩く音が聞こえた。

「来客のようでございますな」

藍蔵が腰も軽く立ち上がり、戸口に向かった。一郎太はじっと精神を集中してみたが、剣呑な気配は感じられなかった。弥佑も同じようだ。

戸口のほうから話し声が聞こえた。それがやみ、藍蔵が一人、戻ってきた。

「北町奉行所の定町廻り同心服部左門どのが、お見えになりました。実は午前のうちに一度見えたのですが、まだ月野さまがお目覚めになっておらぬと伝えたところ、出直しますとのことで」

「左門の用件は」

「昨日の一件でございましょう。昨日、それがしは、あの件について町奉行所に届けを出しました」

「それで我らに詳しい話を聞きに来たのか。わかった、通してくれ」

再び戸口に出向いた藍蔵が、左門を伴って戻ってきた。

「もう夜だというのにお邪魔し、申し訳ありませぬ。月野さま、お怪我をされたそうにございますな」

一礼して一郎太のそばに端座した左門が、心配そうな眼差しを向けてくる。次いで弥佑にも挨拶した。弥佑が丁寧に返す。

「二人は初めて会ったのか」

一郎太は左門と弥佑に問うた。

「はい、初めてでございます」

すぐさま弥佑が応じた。

「御番所のお方とこうして間近にお目にかかるのも、初めてでございます」

そうであったか、と一郎太はいった。こほん、と左門が咳払いをした。一郎太は顔を向けた。

「月野さま、お加減はいかがでございますか」

一郎太はにっこりと笑った。

「この通り元気だ。完治するには少しときがかかるかもしれぬが、まあ、大丈夫だ」

一郎太はにこやかに言葉を返した。

「無理は禁物だと妻にも厳しくいわれたが、すぐに動き回れるようになろう」

「それはようございました」

安堵したように左門がうなずき、居住まいを正した。

「おたずねいたしますが、昨日、深川の賭場にいらっしゃいましたか」

思いもかけない問いで、一郎太はなんと答えようか迷った。ただ、すでに調べはついているはずだ。一郎太は昨日、寺の門のところで名乗っている。町奉行所の捕手に捕まったやくざ者から、名が漏れたのだろう。

「ああ、おった」

「ご活躍だったそうですな。裃姿のとても強い二人の侍がいたそうですが、月野さまたちではありませぬか」

「そうかもしれぬが、大したことはしておらぬ。捕手にも怪我は負わせておらぬはずだ」

「別に月野さまを捕らえようというつもりで来たわけではありませぬゆえ、安心してください」

「ああ、わかった」

「それで月野さま」

一郎太をまっすぐに見て左門が呼びかけてきた。

「大川で屋形船を襲った賊と刃を交えられたそうにございますが、まことですか」

うむ、と一郎太は顎を引いた。

「まことのことだ」

「賊について、お話をうかがいたいのですが、よろしいですか」

むろん、と一郎太は答えた。

「賊どもは浪人の形をし、さらに頭巾をしていたと聞いておりますが、やはり賊たちをじかに見ているというのは、大きいですから」

「その通りであろう。なんでもきいてくれ。答えられる限りのことは答えよう」

「ありがたきお言葉に存じます」

真摯な光を瞳に宿して左門が低頭する。

「その前に、月野さまに一つお話ししておきます。これからお聞きになることは、どうぞ、内聞にお願いいたします」

「承知した」

おそらく屋形船の二人の正体について話をするのではないか、と一郎太は見当をつけた。

「屋形船にいらした二人は、若年寄の松平伯耆守さまとそれがしの主人北町奉行飯盛(いいもり)下総守(しもうさのかみ)さまでした」

それを聞いて一郎太は合点がいった。

――あの見覚えのある男は、若年寄の松平伯耆守どのであったか。

一度も話をしたことはないが、千代田(ちよだ)城内で何度か顔を見たことがある。伯耆守のほうは、屋形船に乗り込んできたのが百目鬼一郎太であるとわかったようだ。だからこそ、あのとき一郎太を見て、なにか言おうとしたのだろう。

――血の巡りや物覚えが抜群によい者でないと、若年寄にはなれぬはずだ。伯耆守が、俺のことを覚えていたのは不思議でもなんでもない。

もっとも、まさか百目鬼一郎太が助けに来るとは、夢にも思わなかったにちがいない。

「左門、そなたは伯耆守どのにお目にかかったのか」

もしじかに会っているのなら、自分の正体は左門にもばれているだろう。

「いえ、お目にかかってはおりませぬ」

明るい口調で左門が否定する。

「しかし、月野さまが何者なのか、御奉行がお聞かせくださいました」

一郎太のことを伯耆守が北町奉行に話し、それを左門は奉行から知らされたのだ。

「そうなのか。俺の正体を左門は知っておるのか……」

「だからといって、月野さまに対する態度はこれまでと変わりませぬ」

「それでよい」

安堵を覚えて一郎太は微笑した。

「変えずにいてくれるのなら、それに越したことはない」

「わかりました。では月野さま、さっそくはじめさせていただきます」

唇を湿し、左門がわずかに身を乗り出してきた。

「賊どもは覆面をしていたとのことですが、やつらの顔がちらりとでも見えたというようなことは、ありませぬか」

「あるぞ」

首を縦に動かして一郎太は断言した。

「一人だけだが、じかに顔を見た。俺の刀の切っ先が触れ、覆面が落ちたゆえ」

「さようですか。どのような男でしたか」

勢い込んで左門がきいてきた。

目を閉じ、一郎太は男の顔を思い起こそうと試みた。おぼろげではあるが、相貌が脳裏に浮かんできた。

月代はろくに剃っておらず、髪がまばらに生えていた。怒りに燃えていた目はやや垂れており、涙袋が大きかった。

鼻や口の形は正直、覚えていない。それと、六尺を超える大男だった。こんなところだろうか、と一郎太は考え、左門に伝えた。

「ありがとうございます。助かります」

手控えの帳面と矢立を手にするや、左門が男の特徴を筆で書きつけはじめた。

そういえば、と一郎太は唐突に思い出した。

――あの男が、槍の石突きで俺を打ち据えおったのだな……。

まちがいない。屋形船に乗り込んできたとき、あの男が握っていたのは刀だった。

猪牙舟に立ち、手にしていたのは手槍のように見えた。いくら柄が普通のものより短いとはいえ、屋形船の中では自在に扱うことはできない。槍は猪牙舟に置いて、屋形船に乗り込んできたのだろう。

「月野さまは、その涙袋の大きな男に見覚えがありますか」

新たな問いを左門がぶつけてきた。

「見覚えはない。あやつには、あのとき初めて会った」

「その男は腕が立ちましたか」

「相当なものだったな」

「男たちの頭でしょうか」

「それはわからぬ。考えられるが、俺はちがうような気がする」

「なにゆえそう思われるのですか」

「勘に過ぎぬ。その男は屋形船の中では刀を使っていたが、本当に得手としているのは槍だろう」

「槍ですか。まさか月野さまに怪我を負わせたのは、その男ではありますまいな」

「まちがいなくその男だ」

唇を噛んで一郎太は認めた。

「屋形船で刀を使っていたときの顔と、猪牙舟で槍を振るっていたときの顔が重なった」

「さようですか……」

同情したような顔つきで左門がうなずいた。

「しかし俺もまだまだだな」

首を左右に振って一郎太は顔を歪めた。

「月野さまは、槍に打たれたことをおっしゃっているのですか」

「そうだ。剣については、かなりやれると自負していたが、ただの自惚れに過ぎなかった」

しかし、と左門が声を張った。

「月野さまは水の中におられました。自由が利かなかったでしょうから、上から槍を振るわれ、怪我を負わせられたのは致し方なかったものと存じます」

「いや、ただ俺の力が足らなんだのだ。それゆえ俺は不覚を取った。もしあれが石突きでなかったら、俺はとっくに死んでいた」

「月野さまが穂先で突かれたのではなく、石突きで打たれたのは決して偶然ではありませぬ」

「どういうことだ」

すかさず一郎太はたずねた。

「天が、まだ死ぬなといってくれたのだと、それがしは思います」

きっぱりとした声音で、左門が口にした。果たしてそうなのだろうか、と一郎太は小首を傾げた。

「確かに、この世に偶然はないが……」

「月野さまたちが駆けつけてくださったからこそ、屋形船のお二人は生き長らえることができました。そして、それもたまたまとはいえぬと存じます」

一郎太を見つめて左門が力説する。

「駆けつけたのが月野さまや神酒どの、興梠どのという遣い手だったからこそ、若年寄さまと御奉行のお二人は今も生きていらっしゃるのです。もし別の者が助太刀に入っていたら、返り討ちに遭って、まずお二人は助からなかったでしょう。そもそも、助けに来てくれる者がいたかどうかも怪しゅうござる」

なるほどな、と一郎太は同感した。そうかもしれない。左門の言葉には腑に落ちるものがあった。

「さっそく人相書をつくります。この男はありったけの力を注ぎ込んで捜し出します」

帳面に目を落として左門が請け合う。頼む、とだけ一郎太はいった。

さらに左門がきいてきた。

「賊船は四艘でまちがいありませぬか」

「その通りだ。猪牙舟が四艘だった」

「それぞれの船頭は覆面の浪人がつとめておりましたか」

どうだっただろうか、と一郎太は考えた。顔を上げ、左門を見る。

「ちゃんとした船頭だったと思う」

「それがしも同じでございます」

間を置かずに藍蔵が同意する。すぐに弥佑も声を上げた。

「あの四艘の猪牙舟の動きは、水際立っておりました。櫓を握っていたのは浪人などではなく、優れた技を身に着けた熟練の船頭たちでした」

　さようでございますか、と左門がつぶやいた。一郎太や藍蔵、弥佑に、次々に目を当てていく。

「船頭の顔をご覧になりましたか」

　いや、と一郎太はかぶりを振った。

「そこまでの余裕はなかった」

「四人の船頭は、ほっかむりで顔を隠しておりました」

　これは弥佑が告げた。

「では顔はご覧になっておりませぬな。猪牙舟に、舟の名や店の名らしいものが書かれておりませなんだか」

「なにも書かれていませんでした」

　はっきりと弥佑が答えた。目を閉じて一郎太も思い返してみたが、それらしい文字は頭に浮かんでこなかった。

「ところで左門」

　目を開けて一郎太は左門に語りかけた。

「あの浪人どもは、なにゆえ若年寄と北町奉行を襲ったのだ」

「それがまだわかっておりませぬ」

無念そうに左門が答えた。

「若年寄と北町奉行の二人を狙ったのか、それとも二人のうち、どちらかを亡き者にしようとしたのか、それはどうだ」

「申し訳ありませぬが、それもわかっておりませぬ」

「ならば、あの浪人どもが何者か、正体もつかめておらぬのだな」

「おっしゃる通りでございます」

「そうなのか……」

「これから北町奉行所の者すべてで調べ上げます。必ず下手人どもを捕縛いたします」

力強い口調で左門が宣した。左門、と一郎太は呼びかけた。

「そなたらの探索が当てにできぬというわけではないが、こたびの一件を我らも調べても構わぬか。むろん、目立たぬよう内々で調べを進めるつもりでおる」

一郎太は申し出た。実際のところ、これは目が覚めてからずっと考えていたことだ。

「屋形船がなにゆえ襲われたのか、月野さまがお調べになると……」

さすがに左門が難しい顔になる。

「俺としては、頭を槍で打ち据えた男をなんとしても捜し出したいという気持ちが強い」

「捜し出してどうされるのですか」

「殺す、というようなことはせぬ。むろん、あの男が俺に襲いかかってきたら、殺すことになってしまうかもしれぬが」

左門が済まなそうに一郎太を見る。

「それがしの一存ではなんとも……」

そうであろうな、と一郎太は思った。

「とにかく調べてみたい。そなたらの邪魔をせぬようにな。もし邪魔だというのなら、すっぱりと探索はやめてもよい」

力強い口調で一郎太はいい切った。

「でしたら、許しをいただくために、それがしの上役にお目にかかっていただいてもよろしいですか」

「今からだな。承知した」

「いえ、今からではさすがに遅うございます」

一郎太は立ち上がろうとしていたが、左門にいわれて座り直した。

「ああ、もう夜であったな」

「さようにございます」

「では、明日の朝でよいか。そうさな、五つで構わぬか」

「けっこうでございます。しかし月野さま、くれぐれも無理はなさらぬようにお願いいたします」

「よくわかっておる」

左門を見つめて一郎太は点頭した。

三

藍蔵が後ろから声をかけてきた。

「月野さま、駕籠を頼まずとも、まことによろしゅうございましたか」

「駕籠はいらぬ」

笑みを頬にたたえて一郎太は振り返った。朝日を横顔に浴びている藍蔵の顔がまぶしく感じられた。

「駕籠はひどく揺れるゆえ、怪我に障りそうだ。こうして歩いていれば、痛くないよう自分で加減ができる」

「いま頭は痛くありませぬか」

「痛くないぞ。大丈夫だ」

「それは、ようございました。安心いたしました」

道はとうに日本橋に入っている。行きかう人々の数が根津とは格段に異なる。

さすがに日本一繁華な町だけのことはあり、少しでも油断すれば、互いの肩がぶつかりそうだ。これだけの人出があるのなら、きっと掏摸も少なくないだろう。

先ほどから一郎太がわずかな痛みを頭に覚えているのは、久しぶりに人波に巻き込まれるようにして歩いたせいで、人に酔ったからであろう。頭の怪我との関わりなどあるはずがないと、強く思った。

やがて先頭を行く弥佑が、大きな門の前で足を止めた。一郎太は眼前の門を見上げた。

北町奉行所の大門は長屋門で、百目鬼家の居城白鷗城の大手門より遥かに立派である。町奉行所の大門は、十万石の大名家並みの格式だと聞いた覚えがある。

町人とおぼしき者が、何人も足早にくぐっていく。いずれも顔つきが真剣そのものだ。訴訟に来た者たちかもしれない。

「おはようございます」

挨拶の声が聞こえ、一郎太はそちらを見た。大門を抜けて左門が出てきた。

「おう、おはよう」

一郎太だけでなく、藍蔵と弥佑も声をかけた。

「月野さま、約束の刻限通りですね」

左門がにこやかに笑いかけてきた。

「遅れぬよう早めに出てきた」

「素晴らしいお心がけですね。具合はいかがですか」

「なんともないぞ」

「さようですか。では月野さま、まいりましょうか。我が上役で与力をつとめる猪俣(いのまた)さまも、待っておりましょう」

左門にいざなわれ、一郎太は足を踏み出そうとしたが、むっ、と身構え、そばにいる弥佑にさっと顔を向けた。弥佑が一郎太にうなずきかけてきて、南のほうを見やる。

一郎太は何者かの目を感じたと思ったのだが、それは弥佑も同じだったようだ。即座にそちらへ鋭い眼差しを注いでみたが、一郎太たちを見ているとおぼしき者の姿は見当たらなかった。

——弥佑も感じたのだ。勘ちがいなどではない。

「月野さま、どうされましたか」

立ち止まって動こうとしない一郎太を気にしたようで、藍蔵がきいてきた。左門も不思議そうな表情だ。

「まさか頭が痛むのではありますまいな」

「頭は大丈夫だ」

実際、北町奉行所に着いた途端、先ほどまでの頭痛は消えており、一郎太は安堵の思いを抱いていた。

「藍蔵は感じなんだか」

「えっ、なにをでございましょう」

真剣な顔で藍蔵が問うてきた。

「目だ。誰かがこちらを見ていた」

なんと、と藍蔵が瞠目(どうもく)する。

「我らをつけていた者がいたのでございましょうか」

「いや、ここに来るまでのあいだ、なにも感じなかった。ここに来て、初めて感じた。ここを張っている者がいたにちがいない」

「北町奉行所が何者かに張られていたとしたら、一昨日狙われたのは北町奉行ということになりませぬか」

「それが最も考えやすいのはまちがいないな」

「今も目は感じますか」

「感じぬ。――弥佑はどうだ」

「感じませぬ。どうやら何者かは姿を消したようです」

それを聞いて、藍蔵が情けなさそうな顔になった。

「どうした、藍蔵」

「いえ、それがしだけ、なにも感じなかったことが嘆かわしいのでございます」

「まあ、気にするな」

藍蔵の肩を一郎太は、ぽん、と叩いた。

「そなたは俺のことを気にかけすぎたのだ。それゆえ、眼差しに気づかなかった。そなたは遣い手だ。このようなことは、いつもあるわけではない。たまたまに過ぎぬ」

あの、と左門が不審そうにきいてきた。

「月野さまと興梠どのは、まことに何者かの眼差しを感じたのですか」

「感じた。南のほうから見ていたようだが、その者の姿を目にすることはできなかった」

「神酒どのがいわれたように一昨日、屋形船を襲った者でしょうか。だとしたら、やはり、狙われたのは御奉行……」

「かもしれぬ」

むう、とうなり、左門が憤然とする。

「油断なりませぬな」

「うむ。油断は禁物だ」

一郎太たちは北町奉行所の敷地内に足を踏み入れた。石畳を進み、奉行所の建物に入る。

刀を係の者に預けて、玄関そばの小部屋に入った。そこで少し待ったが、左門がすぐに戻ってきて、一郎太たちを奥へと案内した。

与力の詰所とおぼしき部屋に行き、一郎太たちは座布団に座した。目の前に、ひときわ大きな文机(ふづくえ)が鎮座している。

「ここは、そなたの上役の部屋だな」

一郎太は小声で左門に問うた。

「さようにございます。猪俣さまは、すぐにおみえになります」

その言葉通り、一人のやや肥えた男が腰高障子(こしだかしょうじ)を開けて姿を見せ、文机の前に座した。すぐさま左門が一郎太たちを紹介する。

「えっ、こちらが月野さま……」

あわてて男が居住まいを正した。一郎太のことはとうに知っているようだ。

「それがしは、猪俣友三郎(ともさぶろう)と申します。どうか、よろしくお願いいたします」

猪俣が深々と頭を下げてきた。

「こちらこそ、よろしくお願いいたす」

一礼した一郎太は左門をちらりと見た。すぐに左門が申し出る。

「猪俣さま、一昨日の屋形船の一件について、月野さま自ら探索したいとおっしゃっているのですが、お許し願えましょうか」

「月野さま自らが探索すると……」

「月野さまには、前に駒込土物店（こまごめつちものだな）の毒きのこの一件も、ものの見事に解き明かしていただいております。月野さまのお働きによって、下手人も捕縛できました」

「そのようなこともあったな……」

　軽く息をつき、猪俣が一郎太を見つめる。経験が深い練達の与力らしく、瞳に深い色を宿していた。

「わかりました。それがしに否やはございませぬ。月野さまのようなお方に探索を手伝っていただけるなど、むしろ望外の喜びでございます」

「かたじけない。心から感謝する」

　礼を述べて一郎太はすっくと立ち上がった。猪俣の詰所をあとにし、廊下を歩き出す。すぐに、前を行く左門に頼んだ。

「町奉行にお目にかかりたい」

「えっ、御奉行に……」

　さすがの左門も、そこまでは考えていなかったようだ。

「なにゆえでしょう」

「本人から話を聞きたい」

「わかりました。今から御奉行とお話ができるように手はずを整えてまいりますので、いったん先ほどの部屋にお戻り願えますでしょうか」

一郎太と藍蔵、弥佑は左門にいわれた通りに最初に通された小部屋に戻り、左門が来るのを待った。

「町奉行は忙しい身ゆえ、さすがにそうたやすくは会えぬであろうな」

はい、と藍蔵が同意してみせる。

「お目にかかるまで、かなりかかるかもしれませぬ」

左門が来るのを待っているあいだ、一郎太たちは剣術の話をして、ときを潰した。三人とも剣術に関しては会得したいことや譲れぬものがそれぞれあり、話は途切れることなく熱心に続いた。

一郎太自身、新たな必殺剣を編み出したいと考えており、その手がかりとなるようなものを手に入れたいと思っていた。

そうこうするうちに左門がやってきて、剣術の話は終わりを告げた。一郎太は残念だったが、少し話をしただけでは、必殺剣に結びつくようなものが得られるはずもないのはわかっていた。

「ああ、なるほど」

左門に迷いはなかった。

もっとも、こういう話を繰り返していれば、稽古のときに必ず役に立つ日が来るものと、わかっている。

「長らくお待たせしてしまい、まことに申し訳ありませぬ」

一郎太の前に端座して、左門が深々と頭を下げる。

「いや、さして待っておらぬぞ。俺たちはどのくらいここにいたのだろうか」

「半刻ほどかと」

「そうか、そんなにたっていたのか。剣術の話をしていると、ときが経つのが早いな」

左門の案内で、一郎太たちは猪俣の詰所よりさらに奥に進んだ。

先導する左門が足を止めたのは、虎と龍がにらみ合う図が描かれた襖の前で、二人の小姓と思える侍が廊下に座っていた。

「服部でございます」

前に進み出た左門が、二人の小姓に声をかける。

「月野さまたちをお連れしました」

この襖の向こうで町奉行は執務をしておるのか、と一郎太は龍虎の図をじっくりと眺めた。さすがに素晴らしい部屋なのではないかと思えた。

「服部どの、お待ちしておりました。どうぞ、お入りください」

小姓の一人が半身になり、襖をするすると横に動かした。一郎太たちは頭を下げて敷居を越えた。

そこは広々とした十畳間で、文机が一つ置かれていたが、無人だった。文机の後ろに大きな床の間があり、五言絶句の漢詩が記された軸がかかっていた。漢詩にはあまり詳しくはないが、白居易のものではないかと一郎太は見当をつけた。やはりよい部屋だな、と感心した。

文机の前に四枚の座布団が敷かれており、一郎太は遠慮なく座った。それを見て藍蔵と弥佑も座した。左門だけが座布団を背後に滑らせ、畳の上に正座した。

右手の襖の向こう側に、人の気配が立ったのが知れた。音もなく襖が開き、一人の男が姿をあらわした。

北町奉行の飯盛下総守であろう。諱は忠純というはずだ。

——確かに一昨日、屋形船に乗っておった人物だ……。

歳は四十に届いているかどうか。鳶色の瞳に穏やかな光を宿していた。男が目礼して文机の前に座った。

左門が一郎太たちを紹介する。それを受けて男が頭を下げた。

「飯盛下総守でございます。どうか、お見知り置きを。いえ、もうすでに、お目にかかっておりますな。一昨日は、まことにありがとうございました」

感謝の思いを露わに、飯盛が深々と頭を下げた。

「もしお三方があの船に乗り込んできてくださらなかったら、それがしはこの場にいることはできなかったでしょう。本当に助かりました」

顔を上げ、飯盛が一郎太に鋭い眼差しを当ててきた。

「百目鬼さま、いえ、月野さまでしたな。なんでも、一昨夜の一件についてお知りになりたいと聞きましたが……」

「その通りだ。俺は、襲撃の一件を調べてみたいのだ。俺たちが関わったのも、なにかの縁であろう。あの一件を調べるに当たり、左門どのの上役から許しはもらったが、そなたの許しももらわぬとまずいか」

飯盛を見つめ返して一郎太はきいた。

「そのようなことはありませぬ」

飯盛があっさりとかぶりを振った。

「左門の上役というと、猪俣でございますな。猪俣が許したのなら、それがしに否やなどあるはずがございませぬ」

「では、さっそく一昨夜のことについて、そなたにたずねてもよいか」

「なんなりとおたずねくださいい」

黙礼した一郎太は、間を入れずに言葉を投げた。

「左門どのに聞いたのだが、そなたは狙われる心当たりがないらしいな。しかしもう一度、まことにそうなのか、じっくりと思い返してみてほしい」

「承知いたしました」

一郎太を見て飯盛が深くうなずく。

「しばしお待ちを」

目を閉じ、飯盛が沈思しはじめた。一郎太の胸の鼓動が三十ばかり打ったくらいで、そっと目を開ける。

「やはり心当たりはありませぬ。それがしは、うらみを買うようなことは決していたしておらぬと存じます」

力強い口調で飯盛がいった。そうか、と一郎太は顎を引いた。ふと先ほど見たばかりの、大門を入っていく町人たちの姿を思い出した。訴訟について、飯盛はうらみを買ったりはしていないのだろうか。

「裁きに関してはどうだ」

「うらみは買っておらぬと思います。裁きについては、それがしではなく、いつも吟味方与力が白洲(しらす)に出て、訴訟人たちと相対しております。それがしはできるだけ表に出ぬようにしております。吟味方与力には調べを尽くし、常に公平な裁きを下すようにと、口を酸っぱくして命じているのみです」

「なるほどな。そなたが白洲に出ておらぬのでは、うらみの買いようもないか……」

一郎太は下を向き、畳に目を当てた。すぐに顔を上げる。

「若年寄の松平伯耆守どのはどうだろうか。なにかしらのうらみを買ってはおらぬのだろうか」

一郎太にきかれて飯盛が首をひねる。

「伯耆守さまについては、それがしはわかりかねます。ただ、さすがに若年寄ともなると、公儀の権勢争いも関わってまいりましょう。伯耆守さまのお命を欲している者は、それがしなどとは比べ物にならぬほどいるのではないかと勘考いたします」

その通りであろうな、と一郎太は心中でうなずいた。しかも若年寄は大名職である。役目のこと以外にも、家中のいざこざ絡みで命を狙われても不思議はないのだ。

――実のところ、俺がそうだった……。

「そなた、一昨夜はなにゆえ若年寄と会っていたのだ」

話してもらえぬのではないかと思いながらも、一郎太は新たな問いを発した。

「それについては、申し訳ありませぬが、お答えできかねます」

案の定だったか、と一郎太は思った。一昨夜、飯盛があの屋形船で、若年寄の松平伯耆守と密談をしていたのはまちがいない。その中身を人にきかれてぺらぺらとしゃべるようでは、町奉行にふさわしいとは、とてもいえないだろう。

「一昨日そなたたちが屋形船で会うことを知っていた者は、どれくらいいる」

別の問いを一郎太はぶつけた。

「かなりおりましょう。それがしのほうだけでも、十人はいるのではないかと……」

「ならば、若年寄のほうはもっと多いかもしれぬな。そなたの配下には、密談があると他に漏らすような者はいるか」

一郎太にずばりきかれ、飯盛が難しそうな顔になる。

「それがしには、飯盛家より付き従ってきた内与力などがおります。それらの者は、なにがあろうと、決して外に漏らさぬものと存じます。だからといって、町奉行所にもとより仕えている者が漏らしたとも思えませぬ」

「そうか……」

「自分でいうのもなんですが、もとから仕えている町奉行所の者たちと、それがしはうまく折り合いをつけてやっていると思うております。ですので、拙者を陥れようと、よそに漏らしてしまうということは考えにくいのです」

首を動かし、一郎太はちらりと左門を見た。左門は飯盛をじっと見て、小さく首を上下させていた。飯盛の言葉に納得しているような顔である。

——本人に漏らしたとの覚えがなくとも、世間話でもしているときに、なんとなく話してしまうということも考えられよう。若年寄の側から漏れたのかもしれぬが、今のところはよくわからぬな。

これ以上、町奉行と話をしても得られるものはなさそうだ。多忙を極めている男を、引き止めておくわけにもいかない。

「飯盛どの、ときを取っていただき、まことにかたじけなかった」

畳に手をつき、一郎太は飯盛に礼を述べた。

「いえ、それがしこそお役に立てず、申し訳なく存じます」

「そのようなことはない。そなたは誠心の男のようだ。そなたのためにも、必ず吉報をもたらすべく力を尽くそう」

「頼もしきお言葉に存じます。月野さま、どうか、よろしくお願いいたします」

飯盛の前を辞した一郎太たちは、廊下を歩いて玄関へと向かった。小部屋の前で愛刀を返してもらい、雪駄を履いて大門をくぐり抜ける。

外は陽光がさんさんと輝き、少し暑いくらいだが、吹き渡る風は爽やかで、心地よい天気だ。体が伸びやかになる。

相変わらず大勢の者が大門を出入りしており、一郎太は邪魔にならないように脇によけた。そのとき、はっと身構えた。またしても、こちらを見ている目を感じたのだ。

今度は北側からである。さっと顔を向けたが、弥佑のほうがいち早く、そちらに鋭い眼差しを注いでいた。

「姿が見えるか」

「いえ、見えませぬ」

そのやり取りを聞いて藍蔵が、えっ、と声を漏らした。

「また何者かが見ていたのですか」

「うむ。だが、もう消えた」

「さようにございますか……」

消え入るような声でいい、藍蔵がうつむく。

「藍蔵、そなたは今日、調子が悪いのだ」

角張った肩を抱いて一郎太は慰めた。

「いえ、それがしはきっと腕が落ちたのでございます」

「そんなことはなかろう」

「腕が落ちておらぬとしたら、それがしはただ、月野さまや弥佑どのに腕が及ばぬのでございますな」

「それはそうであろうな。及んでいると考えるほうがおかしい」

「月野さまは、相変わらず口が悪うございますな」

「生まれつきゆえ仕方あるまい。藍蔵、しゃんとせよ」

一郎太は手のひらで、藍蔵の背中を軽く叩いた。痛たた、と藍蔵が大袈裟（おおげさ）な悲鳴を上げたが、すぐに真顔になった。

「こちらを見ていた者のことが気にかかってなりませぬが、月野さま、次はどういたしますか」

一郎太の顔をじっと見て、藍蔵がきいてきた。一郎太の体調を慮(おもんぱか)っている表情である。

一郎太は、先ほど感じた目の方角を見た。やはり、それらしい者はどこにもいない。

藍蔵、と呼びかける。

「松平伯耆守どのの屋敷がどこか、存じておるか」

「若年寄ゆえ、役宅に住まっているはずでございます。ここからほど近い大名小路ではありませぬな。確か愛宕(あたご)下の佐久間(さくま)小路のあたりではなかったかと存じます」

確信ありげな声で藍蔵が答えた。

「ふむ、佐久間小路か」

佐久間小路は、備前町(びぜんちょう)や鍛冶町(かじちょう)といった町地に面しているはずだ。小路の南側に、多くの大名屋敷が固まっている。ここからなら、四半刻もかからずに行き着けるのではないか。

「では、まいるとするか」

「あの、月野さま」

横から左門が声をかけてきた。

「それがしは、こちらで失礼させていただきます」

「役目に戻るか」

はい、と左門が小腰をかがめた。

「それがしも、屋形船の一件を調べなければなりませぬ」

「ならば、どちらが先に賊どもにたどり着けるか、競争だな」

「互いに競い合うのは、よいことでありましょう。それがしは探索を専らにしている者です。その意地に懸けても、月野さまたちに負けぬようがんばります」

左門は全身に気迫をみなぎらせている。探索に対する本気さを、一郎太は感じ取った。

「俺たちも負けぬぞ。では左門、これにて失礼する」

辞儀する左門と別れ、一郎太たち三人は佐久間小路を目指して歩きはじめた。

一郎太の後ろを歩く弥佑が、背後を気にしているのが気配で知れた。

「弥佑、もしや先ほどの者がつけてきているのか」

振り返らずに一郎太はきいた。

「そのように思います。なかなかの手練らしく、姿は見えませぬが」

「北町奉行所を張っていた者が、俺たちをつけてきたか……」

どういうことだ、と一郎太は考えた。

――あれだけ大勢の者が北町奉行所に出入りしているのに、俺たちを選ぶようにしてつけてきたというのは、こちらのことを知っているということか。それはつまり一昨日、大川で戦った者だと考えてよいのだろうか。

――俺たちが北町奉行所に出入りするのではないかと、張っていたのか……。

「飯盛さまではなく、我らを張っていたのかもしれませぬな」

一郎太が頭で思い浮かべたばかりのことを、弥佑が口にした。

「屋形船を襲ってきた賊どもは、我らを北町奉行所の手の者とみたのかもしれませぬ」

「実のところ、俺たちが北町奉行と若年寄を救ったのはたまたまに過ぎなんだが、やつらはそうとはみなさなかったというのか。俺たちが若年寄と北町奉行の警固に端(はな)からついていたと考え、北町奉行所に出入りすると踏んで、見張っていたというのだな」

「さようにございます」

「なにゆえ、そのような真似をするのでございますか」

これは藍蔵がきいてきた。

「おそらくだが」

一郎太は前置きした。

「やつらは、また北町奉行か若年寄を襲うつもりでいるのだろう。その際、また俺たちに邪魔されたくはなく、二人の要人より先に始末してしまえば、後が楽だということではないか……」

「なるほど、そういうことでございますか。ならば、やつらがいつ襲ってきても、不思議はございませぬな」

「今頃、人数を集めている最中かもしれぬ」

「月野さま、大丈夫でございますか。戦いになれば、頭の傷に障るかもしれませぬ」

「まちがいなく障るであろう。だが、戦うしかあるまい。ほかに手はない」

「でしたら、それがしが月野さまの手を煩わせぬようにきっとお守りいたします」

「藍蔵、頼んだぞ」

「それがしも、力を尽くして月野さまを守ります」

後ろから弥佑が申し出た。

「弥佑、かたじけない。だが、二人ともよいか。俺のために命を捨てようなどと、決して思うな。まずは、おのれの命を守ることが肝要と心得よ」

しかし、二人ともうなずこうとしなかった。一郎太は苦笑するしかない。

「勝手にしろ」

「もちろん勝手にさせていただきます」

藍蔵が真面目な顔を崩さずに答えた。

佐久間小路に向かって歩き続けているうち、一郎太はふと気づいたことがあった。

「先ほどの弥佑の説が正しいとすれば、俺たちが北町奉行の配下だと、やつらは思っていることになるのだな。だが、若年寄の配下かもしれぬとも考えているのではあるまいか」

「ああ、そうかもしれませぬ」

すかさず弥佑が相槌を打つ。

「俺たちがどちらの配下か、やつらがつかめておらぬのなら、松平伯耆守どのの役宅を張っている者がいてもおかしくはない」

「おっしゃる通りでございます」

弥佑が感嘆の声を上げる。前を行く藍蔵も、感じ入ったような顔で一郎太を見た。

「若年寄の役宅を見張っている者は、それとわかるところにおりますかな。おれば、捕らえることができましょう」

うむ、と一郎太は顎を引いた。

「気づかれぬように忍び寄り、引っ捕らえることができればよいのだが……」

「でしたら――」

弥佑がわずかに声を高くした。

「お二人は、このまま若年寄の役宅に向かってください。それがしは別の用事ができたような振りをし、お二人から離れます。そして先回りして、若年寄の役宅を張っている者を捜し出し、引っ捕らえます。姿が見えぬ後ろの者より、そちらにいる者のほうが捕らえやすいのではないかと思います」

「よい手だ。ところで弥佑は、松平伯耆守どのの屋敷がどこか知っておるのか」

確認のために一郎太はきいた。知らなければ先回りもあったものではない。

「佐久間小路なら、見当はつきます」

「そうか。だが弥佑、決して無理はするな。そなたも、まだ本調子とはいえぬはずだ」

その言葉を受けて弥佑がにこりと笑った。

「大丈夫です。月野さま、どうか、ご心配なきよう。――では、それがしはここで失礼いたします」

足を止めた弥佑が、大仰なほどに丁寧に辞儀をした。一郎太と藍蔵も、できるだけ深く頭を下げた。

顔を上げた弥佑が、右側に口を開けている狭い道に入っていった。その姿を見送った一郎太と藍蔵は、再び歩き出した。

「うまくやってくれるとよいのですが」

藍蔵はどこか不安げだ。同じような思いが一郎太にないわけではない。

「そうだな。だが、弥佑のことだ。心配はいらぬだろう」

自らに言い聞かせるように、一郎太は口にした。

「月野さま、見張っている者を弥佑どのが捕まえれば、松平伯耆守さまに会うまでもないのではございませぬか」

「弥佑の働きで賊の正体が知れたとしても、若年寄からじかに事情は聞いてみたい」

「さようにございますか……。松平伯耆守さまはお屋敷にいらっしゃいますかな」

「千代田城に出仕しているかもしれぬと、藍蔵はいいたいのだな」

「若年寄がこの刻限にお屋敷にいるとは、ちと考えにくいような気がいたします」

今は四つになるかならないかくらいだろう。確かに出仕の刻限といってよい。

「役宅に向かう前に、そのことに気づけばよかったですな」

「なに、とりあえず行ってみればよい。それで、もし松平伯耆守どのが留守だったら、そのときはそのときだ」

「伯耆守さまがいらっしゃるとして、果たして会えましょうか」

「会えるさ」

一郎太は請け合った。

「月野さま、なにゆえそういうふうに思われますか」

不思議そうに藍蔵がきく。

「明るい見通しを持って過ごすほうが、人というのは楽に生きられるからだ」

「しかし、わざわざ足を運んだのに会ってくださらなかったら、落胆が大きくなってしまうのではございませぬか」

「落胆など、しなければよい」

迷いなく一郎太は断じた。

「それは、それがしにはとても無理でございます」

「藍蔵は肝っ玉が小さいゆえな」

「なんと。それはまた聞き捨てなりませぬな」

「大きいとでもいうのか」

「小さいかもしれませぬが……。それに、今の話に肝っ玉はなんの関わりもないと存じますぞ」

そんな会話をしているうちに、一郎太の目に佐久間小路が見えてきた。

「北町奉行所からつけてきた者は、まだ後ろにおりますかな」

背後をうかがうように見て、藍蔵がきいてきた。

「さて、どうかな。気配をいくら探っても、俺にはわからぬ。弥佑なら、ちがうのであろうが」

「月野さま、このまま佐久間小路を通って若年寄の役宅に向かいますか」

「それがよかろう。俺たちは囮のようなものだ。下手な動きをして、やつらに疑心を抱かせぬほうがよい」

歩調を緩めることなく、一郎太たちは道を進んでいった。

四

一郎太たちと別れた弥佑は、佐久間小路に向かって一目散に駆けた。

しかし、三町ばかり走ったところで息が切れはじめた。よもやこんな体たらくとは、と弥佑は暗澹とせざるを得なかった。

——月野さまには強がってみせたが、やはり本調子とはいえぬ。

それでも、弥佑は走ることをやめはしなかった。できるだけ早く佐久間小路に着くほうがよいに決まっている。

息を切らしつつも弥佑は、なんとか佐久間小路の近くまでやってきた。小路の入口となっている辻で足を止める。それだけで体がふらつき、情けなさが増した。

つけてきた者がいないことを確かめようとしたが、ぜいぜいと喉が鳴って、背後を見ることなどかなわなかった。その上、胸の奥が締めつけられるように痛い。

――なんたることだ。これでは月野さまの力になれぬ。鍛え直さなければ、なんの役にも立たぬ。

あえぎながらも歯を食いしばって、弥佑は背筋を伸ばした。すると、胸と入れ替わるように、今度は右肩にずきりと痛みが走った。

――なにゆえ肩が……。万太夫に短筒で撃たれたのは、胸だったというのに。

体には経絡というものがあり、それらが意外なところでつながっていると聞く。これもそういうことなのだろうか、と弥佑はいぶかった。

一昨日の屋形船での戦いでは、体は自在に動いた。戦っている最中、どこにも痛みを感じなかった。

しかし、燃え盛る屋形船から飛び降り、冷たい大川で泳ぐ羽目になった。あれがいけなかったのかもしれない。

今日、痛みが出てきたのは、体を冷やしたからではないか。医者からは、常に温かくしておくように、といわれていた。

一昨日は致し方なかったとはいえ、医者の言いつけに反することをした。その付けを、いま払っているのかもしれない。

肩の痛みをこらえつつ往来の邪魔にならないよう、弥佑は道の端に身を寄せた。息をできるだけ静かについて、肩の痛みが引くのをじっと待つ。

呼吸がおさまってくると同時に、肩の痛みも失せた。後ろを見やって、つけてきた者がいないか改めて確かめる。

もっとも、もしそんな者がいたら、とっくにやられていただろう。無防備な姿をずっとさらしていたのだ。

腕組みをしてみたが、肩に痛みは走らなかった。安堵の息を漏らして弥佑は、東西に長く延びている佐久間小路を眺めた。

日本橋にはまるで及ばないが、こちらも大勢の人が行きかっている。

いま弥佑は、佐久間小路の最も東側に当たる場所にいた。小路の両側には武家屋敷が建ち並び、門同士が睥睨(へいげい)し合っている。

ここからでは怪しい者の気配も、眼差しもまったく感じない。だからといって、若年寄の屋敷を見張っている者がいないとは考えられなかった。

——必ず見つけ出す。

動いても痛みは出ぬだろう、と判断し、弥佑は歩きはじめた。

一軒目の武家屋敷の塀が切れると、右側は多くの店が軒を連ねる町地になった。兼(けん)房町(ぼうちょう)である。

小路の左側は、相変わらず武家屋敷がずらりと建ち並んでいる。

一軒の油問屋の軒下に立ち、弥佑は松平伯耆守の屋敷がどこにあるのか、目で探してみた。あれではないか、と思える屋敷が即座に見つかった。

一町ほど先に建つ武家屋敷である。佐久間小路に面した武家屋敷の中では、ひときわ大きく見えた。

——俺たちが来るのを待って、あの屋敷を見張っている者が果たしているだろうか。

いるに決まっている。問題は、どこにひそんでいるのか、だ。

屋敷から半町ばかり離れた向かいに、ちんまりとした神社があった。背の低い緑が繁(しげ)っているようで、人がひそむには都合のよい場所に見えた。

ここへ来るのに通り過ぎた稲荷(いなり)小路には、烏森(からすもり)稲荷という名の知られた神社があるが、その末社にでも当たるのかもしれない。

用心しつつ弥佑は、少しだけ足を急がせて神社に近づいていった。そうしないと、賊を捕らえるより先に、一郎太たちがこの町に着いてしまうだろう。

神社の赤鳥居に近寄り、狛犬(こまいぬ)の陰から境内の気配を探ってみた。

十坪ほどの狭い境内は無人で、ひっそりしていた。陽(ひ)がほとんど射(さ)し込まず、薄暗さが居座っているだけだ。

——ここではなかったか……。

若年寄の屋敷を見張るのにはちょうどよい場所ではあるが、この神社にひそむのではあまりに当たり前すぎるかもしれない。見る人が見れば、あっという間に見つかってしまうのはまちがいない。

武家屋敷から東へ十間ほどの路地脇に、一人の男が黙然と座っていた。いかにも物乞いという風体だが、あの男も怪しいといえば怪しい。

ほかにも、ゆっくりと町内を巡っている托鉢僧も疑わしく見えた。

美男とはいえない三十代半ばとおぼしき小間物売りも、どこか得体が知れなかった。散策中の隠居らしい年寄りも、なにやら不気味さを醸しているように思えた。

だが、どの人物も若年寄の屋敷を見張っている者ではないようだ。剣呑とした気配を発している者は、一人もいなかった。

ふと弥佑は、あそこはどうだろう、と一点に目を留めた。武家屋敷の向かいの商家の庭に、ひときわ目立つ大木が立っているのだ。

高さは、三丈は優にあるだろう。欅のようだな、と弥佑は思った。

ただの一本だけなのに、葉が盛んに茂って、まるで深い林のごとく鬱蒼とした感を漂わせている。人が身を隠すには恰好ではないか。

数人の子供が歓声を上げて飛び出してきた路地に、弥佑は入れちがうように足を踏み入れた。路地の奥まで進んで立ち止まり、商家の塀越しに欅を見上げた。

目を凝らして眺めてみたが、どこにも人影らしきものは見えない。ひそんでいるような気配もない。

誰もおらぬ、と弥佑は断じた。実際、木の上から見張っていたのでは、追われたときに逃げ場がない。すぐに捕まってしまうだろう。

よし、と弥佑は思った。あの欅に登ってみるとしよう。高いところから、見張っている者の姿を捜してみるのだ。

商家の塀の向こう側は、いくつかの建物が建つ敷地になっている。路地の両側に人けがないのを見て取るや、弥佑は一瞬で塀を乗り越えた。

このあたりは、忍びの術を会得しているから、お手の物だ。

左側は商家の裏手になっており、二人の者が蔵の前で帳面を手になにやら話し合っていた。右側に母屋らしい建物があるが、そちらに人影は一つもない。

姿勢を低くしてあまり広いとはいえない庭を一気に突っ切り、弥佑は欅の根元に身を隠した。幹に手をかけて、するすると登りはじめる。

あっさりと欅のてっぺんまで上がった。葉をかき分けて、若年寄の屋敷を見下ろす。

ざっと見たところでは、怪しい者は近くにはいない。

――おらぬか……。

なにか妙な気配を感じ、そちらに目を向けた。その途端、弥佑の胸は高鳴った。

三軒先に建つしもた屋らしい二階屋の瓦屋根の上に、一人の男が腹這い(はらば)になっていたからだ。

――見つけた。

だがそのとき、またしても右肩に鋭い痛みが走った。弥佑は顔をゆがめた。気持ちが高ぶっただけで、これほどの痛みがあるのだ。

――こんなざまで、まともに戦えるのか。

しかし、今はあの男を捕らえるしかない。痛みのことなど、気にしている場合ではなかった。

弥佑は、幹を伝って素早く欅を下りた。先ほどと逆の方向へと庭を走る。すぐに塀があったが、宙を飛んで乗り越えた。路地に飛び降り、右側へと走る。五間ほど行ったところで通りにぶつかり、今度は左に折れた。しもた屋の裏に向けて一散に走る。

――ここだな。

音が立つのを恐れて枝折戸を開けることなく飛び越え、しもた屋の敷地内に入った。耳を澄ませてみたが、家の中に人がいるような物音は聞こえてこない。ここは空き家なのかもしれない。

庭に面した濡縁のそばに、柿の木があった。柿の枝は折れやすいから登らないほうがよいが、男の目につかずに屋根に上る手立てがほかに思い当たらない。

弥佑は、幹がきれいに二つに分かれている木の股を見た。枝に触れないようにして股へと跳び上がり、さらに濡縁の上に突き出ている庇の上にひらりと乗った。

自らの重みを消す術は心得ているが、みし、といやな音が庇から立った。

まずい、と唇を嚙み、弥佑は屋根の上に目をやった。瓦に腹這っている男が、なんだという顔でこちらを振り返った。弥佑を認めて大きく目を開き、あわてて立ち上がる。

着流しで一本差の浪人風の男である。着物の裾をからげてあり、身動きがしやすいようにしてあった。覆面などしておらず、素顔をさらしている。二十代前半という歳の頃だ。

泡を食った様子の男は、三角屋根の向こう側を目指していた。そちらから下に降りるつもりでいるのだろう。梯子でもかけてあるのかもしれない。

そうはさせじ、と弥佑は屋根に跳び移るや、瓦の上を駆けた。そのときには刀を抜いていたが、足の下でがたがたと瓦が鳴るのが気になった。本調子ならば、能舞台を行くかのごとく滑らかに走れるはずなのだ。

それでも、瓦の上をよたよたと行く男にすぐさま追いつき、弥佑はがら空きの背中に刀を振り下ろしていった。むろん、殺すことのないように峰は返している。

刀が背中に届こうとしたとき男が振り向き、弥佑の斬撃をぎりぎりでかわした。なかなかやるではないか、と弥佑は少し驚いたが、よけられたのは、こちらが本調子でないためかもしれなかった。

戦わない限り逃げ切れないと覚ったか、男が刀を抜き、対決の姿勢を取った。弥佑は男をじっと見た。

――けっこう遣えるようだが、俺の敵ではない。

いや、と弥佑は内心で首を横に振った。

――万全とはいえぬ俺が、本当に勝てる相手なのか。捕らえられるのか。

怪しいものだ、と弥佑は感じたが、今は男を追い詰めることに集中した。とにかく捕らえることが肝要なのだ。

弥佑がじりじりと間合を縮めると、むう、とうなるような声を上げ、男が無言の気合をかけて斬りかかってきた。弥佑はその斬撃を刀で弾き上げた。

きん、と鉄同士がぶつかり合う音が立ったのと同時に、うっ、と弥佑の口からうめき声が漏れた。右肩にひどい痛みが走ったのだ。刀がうまく持ち上がらず、構えることができない。

――こいつはいかぬ。

刀を引き戻した男が、おや、という顔で弥佑を見る。みるみるうちに、顔に生気が戻っていく。勝てるのではないか、と考えはじめているのは明らかだ。

弥佑は左手のみで刀を持ち上げた。あまりに右肩の痛みが強すぎて、右手は柄を握れなくなっている。

――左手だけでどこまでやれるか。

弥佑が胸を上下させたとき、それを隙とみたか、男が再び斬りかかってきた。弥佑は、刀の腹で斬撃を受け止めた。

鍔迫り合いになり、上背にまさる男がぐいぐいと押してきた。普段だったら、決して押し負けるようなことはないが、今日はちがう。

男は押すことで、弥佑を屋根から落とそうとしていた。じりじりと押され、屋根の端に弥佑は追いやられた。

「死ねっ」

ぐいっ、と男がさらにもうひと押ししてきた。弥佑は足を滑らせた。あっ、と声が出た。

屋根から落ち、どさっ、と土に体が叩きつけられる。痛みが全身を走り抜けた。

すぐに起き上がろうとしたが、まだ横になっているほうがよい、と判断した。

ぎしぎしという音がし、弥佑が薄目を開けると、男が梯子を降りてきたところだった。地面に足が触れるや、小走りに弥佑のそばにやってきた。

「屋根から落ちたくらいでは死なぬか。しぶといやつよな」

刀を逆手に持った男が弥佑を串刺しにしようとした。その瞬間を弥佑は待っていた。握っていた刀を、男に向かって素早く突き出したのだ。

うおっ、と声を上げて男が飛びすさった。

「屋根から落ちたのになにゆえ……」

土を蹴るようにして弥佑は立ち上がった。右肩にひときわ強い痛みが走ったが、表情には出さなかった。

「屋根からは、わざと落ちたのだ。地面に叩きつけられたように見えたかもしれぬが、それも見せかけに過ぎぬ」

「化け物か、きさまは」

驚きの声を上げるや踵（きびす）を返し、男が庭を走りはじめる。あっという間に弥佑の視界から消えていった。

追おうとしたが、弥佑は走れなかった。

「くそう」

毒づくことしかできなかった。刀を鞘におさめ、右肩を押さえた。そうしたところで、痛みは消えない。

――月野さまたちは、もう佐久間小路に着いた頃ではないだろうか。行かねばならぬ。

弥佑は足を踏み出そうとした。そのとき不意に背中がひどく痛み出し、息ができなくなった。

苦しくてならず、弥佑は目を閉じてその場にうずくまった。屋根から落ちたとき、うまく受け身を取ることができなかったのだろう。

——しくじったな。

細々とした呼吸を繰り返した。

——俺は、このまま死んでしまうのではあるまいか……。

体を丸くしているのもきつく、弥佑は土の上にごろりと横になった。目を開けていたが、それも大儀になってきた。

不意に目の前が暗くなる。

——俺は目を閉じたのか。

それすらも、わからなくなっていた。気が遠くなる。

——俺は死ぬのか……。

がくりと首が落ちたような気がしたが、本当にそうだったのか、弥佑には定かではなかった。

五

松平伯耆守の屋敷の前に立った。

「こちらでございますな」

立派な門構えの屋敷である。伯耆守が当主をつとめる松平家は、信州で二万二千石を領しており、本来の上屋敷は目の前の役宅よりずっと小さいはずだ。

長屋門はかたく閉じられているが、門の脇に門衛が詰める部屋があり、そこには小窓がしつらえてあった。

「弥佑どのはうまくやりましたかな」

藍蔵にいわれて、一郎太は付近を見回した。近くで戦いが行われているような剣呑な気は漂ってこない。こちらを見ているような目も感じない。

「どうだろうか。本当に見張りの者がいたのなら、弥佑がしくじるとは思えぬが……」

「さようでございますな。しかし、月野さまがおっしゃったように、弥佑どのは本調子とはいえぬでしょうから」

「それが気がかりではある」

「それで月野さま、どういたしますか。訪いを入れますか」

「そのために来たのだ。藍蔵、頼む」

わかりもうした、と点頭した藍蔵が小窓に歩み寄り、もし、と声をかける。

小窓が、かたんと音を立てて開いた。小窓の向こうに、二つの人影が動いているのが見えた。

「どちらさまでしょう」

門衛にきかれ、藍蔵が一郎太を振り返った。なんと伝えますか、と目できいてくる。

「よし、俺がいおう」

小窓の前に進み、一郎太は軽く息を吸った。

「それがしは百目鬼一郎太と申す」

本名を堂々と名乗った。

「百目鬼さまでいらっしゃいますか」

「その通り。ご当主の松平伯耆守どのに、お目にかかりたい」

凛とした声を一郎太は放った。

「ご用件は我が殿とのご面会でございますか」

門衛が戸惑っているらしい空気が流れてくる。どう見てもただの浪人にしか見えない男が、若年寄をつとめているあるじに会いたいと、いきなり告げたのだから、それも当然だろう。

「伯耆守どのがいらっしゃるなら、取り次いでくれぬか。俺の名を耳にされれば、きっとお目にかかってくださると思うのだが」

「は、はい、わかりました。しばらくお待ち下さいませ」

小窓が閉じられ、人影が見えなくなった。人が小走りに長屋門を出ていく気配がし、密（ひそ）やかな足音が遠ざかっていった。

「どうやら、伯耆守さまはいらっしゃるようでございますね」

閉まっている長屋門に目を当てて、藍蔵がほっとしたような顔つきになった。

「この刻限に若年寄が屋敷にいるというのは、なにかあったからだろうか」

腕組みをして一郎太は考えた。

「一昨夜、怪我を負ったのかもしれぬ。これから会うことができるのであれば、怪我自体、大したことがないとはいえようが」

なるほど、と藍蔵が相槌を打った。

「大事を取って、静養されているのかもしれませぬな」

「そうではあるまいか」

一郎太は藍蔵に同意した。

「ところで、松平伯耆守さまは、どんな人物なのでございましょう。賊に狙われても不思議はないお方でございますか」

「伯耆守どのが阿漕(あこぎ)な真似をしているとは、聞いたことがない。むしろ、正義の心が特に強い者であると聞いたことがある。賂(まいない)など一切、受け取らぬそうだ」

「それはまた、ずいぶんおかたいお方のようですな。それならば悶着(もんちゃく)、諍(いさか)いの類は絶えぬでしょう」

「そうかもしれぬが、信ずるに足る男であるのはまちがいない」

「その融通のなさは、どこか月野さまに似ておられますな」

「俺も悪事をはたらく者は大嫌いだが、いうほど融通が利かぬ男ではないぞ。なにしろ、博打(ばくち)が大好きだからな」

「月野さまの博打好きは、常に勝てるからではありませぬか」

「博打は勝ってこそおもしろい」

「賽(さい)の目がわかるのなら、それはもう博打とはいえぬのではありませぬか」

「藍蔵のいう通りだ」

一郎太はすんなりと認めた。

「賭場に行っても、ひりひりとやけどするような心持ちになったことは一度もない。俺は本当の博打というものを知らぬ」

それから何度か風が吹きすぎたのち、門衛が戻ってきた気配が伝わってきた。再び小窓が開く。

「お待たせいたしました。百目鬼さまにお目にかかるそうにございます」

「それは重畳」

すぐにくぐり戸が開き、中から、どうぞ、といざなう声が聞こえてきた。一郎太たちはくぐり戸を抜け、敷地内に足を踏み入れた。

門衛の案内で石畳を進むと、玄関に達した。雪駄を脱ぎ、式台に上がったところで、刀を係の者に預けた。待合部屋に入れられることなく、二人の侍の先導に従って長く暗い廊下を歩く。

屹立する山を二つに割って流れ落ちる瀑布が描かれた襖の前で、足を止める。

「こちらで我が殿がお待ちでございます」

若いほうの侍が襖を開け、一郎太たちは低頭して敷居を越えた。

一段上がった上段の間に、一人の男が脇息にもたれて座していた。両側に小姓らしい二人の侍が控えている。

一郎太たちを見るやさっと立ち上がり、男が下段の間に下りてきた。

――うむ、やはり千代田城内で見かけたことがある顔だな。

「一昨日は我らをお助けくださり、まことにかたじけなく存ずる」

立ったまま松平伯耆守が、うれしそうに一郎太に話しかけてきた。

「いえ、当然のことでござる。お役に立ててまことによかった」

「どうぞ、お座りくだされ」

下段の間には三枚の座布団が敷いてあり、伯耆守が笑顔で指し示した。

「では遠慮なく」

一郎太が座すと、藍蔵も座布団に座った。伯耆守は、一郎太の前に自ら座布団を持ってきて端座した。

「それで百目鬼どの。今日はどんな御用でいらしたのですか」

伯耆守が端整な顔を向けてきた。

「その前に伯耆守どの、お体の加減はいかがでござるか。今日はお勤めを休まれたのでは」

「その通りです。一昨日、屋形船から逃れる際、やけどを負ってしまいまして……」

「やけどを。大丈夫でござるか」

「なに、大したことはありませぬ。昨日今日は大事を取ったまで。明日になれば、またいつものように出仕できましょう」

「それはようございました」

「しかし百目鬼どの、それがしは心から驚きましたぞ」

「なにがでござろう」

「いきなりお二方が屋形船に乗り込んできたことです。一瞬、百目鬼どのが賊の一人なのかとすら思ったほどでござるよ。なにゆえ百目鬼どのは、あの場にあらわれることができたのですか」

伯耆守にきかれ、一郎太はわけを語った。

「なるほど。博打の帰り……。今は市井で暮らしておられるのですか」

「大名という身分を捨てたら、とても身軽になりもうした」

「一介の浪人ということでござるのか。それはうらやましい。といっても、それがしは口だけですが。今の身分を捨て去ることなど、決してできぬ……」

あきらめの境地にいるかのように伯耆守がつぶやいた。

「それで伯耆守どの、今日の用件でござるが」

身を乗り出し、一郎太は語った。

「百目鬼どのは、なにゆえ我らが賊どもに狙われたか、お知りになりたいのですね」

「下手人の探索を行い、必ず捕らえる所存でおります」

「それはありがたい。しかし百目鬼どの、身の危険はありませぬか」

「それがしは大丈夫でござる。こう見えても、場数はかなり踏んでおります」

「ほう、さようにござるか。百目鬼どのは真剣で戦ったことがあるのでござるか」

「何度も」

それを聞いて伯耆守が瞠目する。

「それは、大名のときでござるか」

「大名のときも市井に移ってからもでござる」

さようか、と伯耆守が息をのんだような顔をした。軽く咳払いをする。

「一昨日なにゆえ襲われたのか、それがしはこれまで何度も自らに問い質しもうした。答えは出ませんでしたが、今一度、しっかりと考えてみることにいたします」

うつむき、伯耆守が目を閉じた。しばらく身じろぎせずにいたが、やがて目を開けて一郎太を見た。

「やはりそれがしには心当たりがありませぬ」

「北町奉行の飯盛どのも同じでござった。公儀の権勢争いに絡んで狙われたというようなことはござらぬか」

「それがしは権勢に興を抱いておりませぬ。それゆえ、巻き込まれるようなことはあり得ぬのと思うのですが……」

「だが、伯耆守どのは公儀の要人でおられる。敵は必ずいるでしょう」

「しかし、いきなりあのような乱暴な手で命を狙われなければならぬほどのことは思いつきませせぬ」

すぐに伯耆守が続ける。

「それがしは、公儀のためではなく、民のための政を行いたいのです。民が安寧に暮らせる世を、うつつのものにしたいのです」

「それは素晴らしい」

心の底から一郎太は感嘆した。

「百目鬼どのは、それがしの考えを素晴らしいといってくださるのか」

「むろん。それがしも百目鬼家の当主だったとき、常に頭にあったのは、民をどうすれば幸せにできるかでござった」

だが結局のところ、それが裏目に出て、家中の反発を買ってしまった。大勢の家臣を死なせたこともあり、大名の地位を捨てて出奔したのだ。

「さようか。我らは志を同じゅうする者ということでござるな」

「同志にござる」

「それはまことにうれしい」

伯耆守が白い歯を見せた。そのとき茶を持って若い侍が入ってきた。一郎太たちの前に茶を置いて出ていく。

「どうぞ、召し上がりくだされ」

一郎太たちに茶を飲むように勧めて、伯耆守が湯飲みを手にした。ふと苦しげな顔になった。

「やけどしたところが痛むのでござるか」

間髪を容れずに一郎太は問うた。

「いえ、そうではござらぬ」

「では、なにか気がかりでも……」

それが、と口にして伯耆守がうつむいた。

「今朝、この屋敷で茶を喫しているとき、家臣から報告を受けたのでござるが……」

伯耆守には、配下に当たる目付が何人かいる。そのうちの一人が差配する徒目付の二人が、三日前の夜から行方知れずになっているというのだ。

「二人の徒目付が……」

「二人が行方知れずとなったのは、こたびの屋形船の一件とは、なんら関係ないとは思うのですが……」

「その二人の徒目付は、なにか調べていたのですか」

「それが皆目わからぬのです。徒目付は二人で動くことが決められております。三日前の夜、二人は我が目付の屋敷に赴こうとしていたらしいのですが、その用件がなんだったのかは不明なのです」

一応、徒目付の名を一郎太はたずねた。

「厚山鯛三と臼田耕助と申します」

一郎太はその二人の名を胸に刻み込んだ。

「では、これで我らは失礼いたします。ご静養しているところを押しかけて、まことに申し訳ござらなんだ」

「いえ、百目鬼どのと話ができて、それがしはとてもうれしゅうござった」

伯耆守が破顔する。一郎太は藍蔵とともに伯耆守の屋敷を出た。

「弥佑がおらぬな」

門の外で待っているのではないか、と一郎太は考えていた。

「まことでございますな」

藍蔵が顔を曇らせる。

「弥佑の身に、なにかあったとしか考えられぬ。よし藍蔵、捜すぞ。近所にいるはずだ」

「承知いたしました」

「この屋敷を見張れるようなところから、捜していくぞ」

一郎太と藍蔵は弥佑の姿を求め、佐久間小路を中心にあちこちを捜し回った。

手分けして捜すことも考えたが、藍蔵が一郎太を一人にすることを肯んじなかった。

なかなか見つからなかったが、一軒の空き家の敷地に入り、庭に進んだとき、一郎太は倒れている弥佑を見つけた。

「息はある」

どこにも怪我を負っている様子はない。

「医者に連れていこう」

佐久間小路に一軒の医療所があった。建てつけがいいとはいえない戸を開け、お願いします、と一郎太は叫んだ。

すると、奥から医者らしいでっぷりとした男が出てきた。

いきなり運び込まれてきた弥佑を目の当たりにして、明貫という医者は驚いていたが、すぐに診てくれた。

「命に別状はない。気を失っているだけだ」

明貫から聞かされて、一郎太は安堵した。藍蔵もほっとしている。

「この男は弥佑といいます。なにゆえ気を失ったのですか」

一郎太は明貫に問うた。

「胸にかなり新しい傷がある。鉄砲でやられたような傷だ。だいぶよくなってはいるが、完全に治っているわけではない。治すためにはしっかりと療養しなければならんな」

「療養ですか」

「少なくとも、三日は動かずに寝ていなければならん。動いたら命に関わる」

この医療所で、しばらくのあいだ弥佑の面倒をみてくれるという。

「そのほうがわしとしても安心だ」

明貫にいわれ、藍蔵と相談の上、一郎太は弥佑を預けることにした。

まさか弥佑を狙って刺客があらわれるようなことはないと思うが、用心のために一郎太と藍蔵も医療所に泊まり込むことにした。そのことも明貫は承諾してくれた。

第三章

一

物音がした。

はっとして目を開け、一郎太は抱いていた刀を引き寄せた。

見慣れない壁が瞳に映る。今どこにいるのか、すぐには思い出せなかった。

目の前に布団が敷かれ、掻巻を着た男が寝ていた。横顔が見えている。

——弥佑ではないか。

それでなにがあったのか、一郎太はようやく解した。物音は、弥佑が寝返りを打ったためらしい。

——ここは明貫先生の医療所だな……。

一郎太たちがいるのは医療部屋で、隅に行灯（あんどん）が一つ灯（とも）っている。炎がちらちらと揺れており、その明るさが一郎太には少しまぶしかった。

——俺は長いこと寝ていたようだ……。

眠りは十分に足りており、眠気はまったくない。すでに朝が近いのではあるまいか。寒いくらいで、一郎太はぶるりと身を震わせた。この冷え込み方からして、じきに明け六つではないか。

弥佑の具合はどうだろうか、と一郎太は腰を上げ、顔を近づけてみた。

弥佑は安らかな寝息を立てており、苦しげに眉根も寄せていない。ぐっすり眠っているように見えた。

それでも、普段の弥佑なら、一郎太が少し身じろぎしただけで目を覚ましているはずだ。

——やはり本調子とはいえぬのだな。かわいそうに……。

一郎太は顔をしかめたが、おや、と弥佑の顔を見直した。

少しだけだが、顔色がよくなっているように思えたのだ。この医療所に担ぎ込んだときは土気色(つちけいろ)だったが、今はやや赤みを帯びた肌色をしている。

——快方に向かっているのだ。

そのとき不意に、うごご、といういびきが一郎太の耳を打った。そちらを見やると、壁にもたれて藍蔵が眠っていた。刀は抱いているものの、すぐには起きそうにない。

——相変わらず能天気な男だ。

もっとも、一郎太も人のことはいえない。先ほどまで一度も目覚めることなく、ひたすら眠っていたのだから。

一郎太は空腹を覚えた。この医療所で、今すぐに腹を満たせるはずもない。

——仕方あるまい。

もう眠るつもりはなかったが、柱に背中を預け、目を閉じた。今はこうして、ときをやり過ごすしかない。

それから四半刻(しはんとき)の半分もたたないうちに、階段を降りる音が聞こえてきた。あれは、と一郎太は目を開け、耳を澄ませた。明貫ではないか。それとも、助手のほうだろうか。

——足音は二つだな……。

二階から明貫と助手がやってきたのだろう。階段を降りきった二つの足音は、医療部屋の前で止まった。

軽い咳払いのあと、襖がするすると横に滑っていく。でっぷりとした体つきの男が敷居際に立っていた。

「これは先生」

端座し直し、一郎太は明貫に向かって頭を下げた。

「おう、もう起きていらしたか」

ささやくように口にして、十徳を羽織った明貫が敷居を越えた。一礼して若い助手が後ろに続く。

四幅袴の裾を払って、明貫が弥佑の枕元に座る。ふむ、と満足そうに顎を上下させた。

「顔色はだいぶよいようだ」

微笑して明貫が弥佑の手を取る。よほど眠りが深いのか、それとも怪我の具合があまりによくないのか、そうされても弥佑は目を覚まさない。藍蔵も、いまだにいびきをかき続けている。

「脈も落ち着いてきておる」

穏やかな口調で明貫が告げた。

「だいぶよくなってきていますか」

うむ、と明貫が大きくうなずいた。

「薬が効いたようだな」

薬だと、と一郎太は心の中で首を傾げた。つまり昨夜、一郎太たちが眠っているあいだに、明貫が弥佑に薬を飲ませたということだろう。

——それに気づかなんだか……。俺もよほど疲れていたらしい。

しかし、迂闊以外のなにものでもない。もし賊が忍び込んできていたら、まちがいなく殺られていた。

「この容体の落ち着きようなら、まことに命に関わることはなくなったな」

その明貫の言葉を聞いて一郎太はひやりとし、すかさずたずねた。

「もしや弥佑は命が危うかったのですか」

「いや、そのようなことはない」

即座に明貫がかぶりを振ってみせた。

「だがどんなに容体が落ち着いていようと、万が一ということはある。容体が突然変わり、あっけなく逝ってしまうこともないわけではない。今は、その万が一がなくなったということだな」

明貫は、これまで何度もそのような経験をしてきているのだろう。

「さようですか……」

弥佑を見やって、一郎太はほっと息をついた。短筒の玉を胸に受けるという重い傷を負ったにもかかわらず、屋形船で激しく戦い、その上、大川の冷たい水に飛び込むなど、弥佑はかなり無理をした。

——その上、この近所の空き家で、賊と戦ったにちがいないのだ。

いくら弥佑が若く、武芸の達人だといっても、体に響かぬわけがない。

済まぬことをした、と一郎太は弥佑に向かって心で頭を下げた。

「月野さま」

いきなり弥佑の声が耳に届いた。驚いて一郎太は顔を上げた。枕に頭を預けたまま、弥佑が一郎太をじっと見ていた。

「起きたか」

「ええ、なにやら月野さまの声が聞こえたものですから」

「俺の声が……」

——俺はいま、声に出しただろうか。

「弥佑、俺はなんといっていた」

「申し訳なかったと……」

どうやら俺の思いが弥佑に届いたようだな、と一郎太は思った。

「そうであったか。ところで弥佑、気分はどうだ」

「爽快そのものでございます」

元気よく答えて弥佑が起き上がろうとする。

「弥佑、無理はならぬ」

手を伸ばして一郎太は押しとどめた。

「三日は動かず、静かに寝ていなければならぬそうだ」

「三日も……」

「そうだ。そちらの明貫先生が、そうおっしゃっておる」

えっ、と驚きの表情を浮かべて、弥佑が一郎太の反対側に顔を向けた。

「医者の明貫先生だ。昨日、そなたの手当をしてくださった」

「ああ、さようにございましたか。まことにありがとうございました」

横になったまま弥佑が深く礼を述べた。

「いや、わしの仕事だからな」

どこか照れくさそうに明貫が笑う。

「しかし、昨日とは比べ物にならんほど、弥佑どのはよくなっておる。わしも安心した」

「あの、先生。まことに三日も寝ていなければなりませぬか」

眉根を寄せて弥佑がきく。

「そうしなければ命に関わる」

「命に……。さようでございますか」

無念そうに弥佑がうつむく。

「弥佑、よいか」

両肩を張って一郎太は呼びかけた。

「これは、天が休めといっておるのだ。そなたは大怪我を負って、まださしてときがたっておらぬ。こたびは体をいたわるよい機会だと思って、じっとおとなしくしておるのだ。わかったか」

「は、はい」

か細い声で弥佑が答えた。

「昨日、あの空き家でなにが起きたか、俺にはすでに見当がついておる」

「はい……」

「安心して休んでおれ」

「わかりました」

顔を上げ、一郎太は明貫に眼差しを注いだ。

「先生、我らはこれにて失礼いたします。また夕刻にまいりますゆえ、それまで弥佑のことを、よろしくお願いいたします」

「承知しておる」

明貫が大きく肯んじる。

「しかし、わしらができることといえば、薬を調合し、弥佑どのに飲ませることだけだが」

「あの、先生」

首をわずかに上げて弥佑が問う。

「これまでのお代は、いかほどになりますか」

「弥佑、そのような心配は要らぬぞ」

間髪を容れずに一郎太は強い口調で伝えた。

「すべて俺に任せておけばよい」

弥佑が首を横に振る。

「そういうわけにはまいりませぬ。それがしのしでかした不始末なのに、月野さまにご負担をかけるなど……」

「よいか、弥佑」

真剣な顔で一郎太は声を発した。

「そなたは、今や俺の家臣も同様だ。あるじは家臣を養わなければならぬ。それに、そなたは俺のために深手を負ったのだ。俺が代を持つのは当たり前だ」

「しかし……」

「まことによいのだ。代のことなど案ずるな。そなたは、よくなることだけを考えておればよい」

弥佑の目から、涙がこぼれそうになっていた。その様子があまりにいじらしくて、一郎太は頬をなでてやりたかった。

「わかりましてございます」

心の底から解したような顔で、弥佑が深くうなずいた。

「それでよい」

もう一度、明貫に弥佑のことを頼んでおいてから、一郎太は藍蔵を起こした。

「なにか大事が出来いたしましたか」

目を瞬かせて藍蔵が刀の柄と鞘を握り直し、目の前の一郎太をぎろりと見た。

「なにも起きておらぬ。藍蔵、もう朝だ。まいるぞ」

えっ、と藍蔵が大きく目を見開く。

「月野さま、どこに行かれるのでございましょう」

「昨日の続きだ。まずは柳橋に行く」

「はあ、柳橋でございますか」

「藍蔵、しゃんとせい」

叱りつけるようにいって、一郎太は藍蔵の肩を軽く叩いた。

「『心助』に赴き、千吉に会うのだ」

「千吉どのに……。承知いたしました。すっかり眠りこけてしまい、まことに申し訳ございませぬ」

深々とこうべを垂れた藍蔵が、気づいたように弥佑に目を留める。

「弥佑どの、おはようござる。具合はいかがでござろう」

「藍蔵どの、ありがとうございます。とてもよろしゅうございます」

口元に快活そうな笑みをたたえ、弥佑が合点してみせた。

「それは重畳（ちょうじょう）」

いかにもうれしそうに藍蔵が笑う。

「藍蔵、弥佑ともっと話をしていたいとの気持ちはよくわかるが……」

「ああ、申し訳ございませぬ」

そそくさと立ち上がり、藍蔵が刀を腰に差す。そうすることで、ようやくしゃんとしたのが一郎太にはわかった。

「よし、まいるぞ」

明貫と助手、弥佑に改めて低頭してから、一郎太は医療所をあとにした。まだ外は暗かったが、東の空が白んできている。

ちょうど今が明け六つというところだな、と一郎太が思ったとき、どこからか鐘の音が響いてきた。心を洗うかのように澄んだ音色には、一日の始まりを強く意識させるものがあった。

　夜明けの空を揺り動かすように鐘の音がゆったりと鳴り響く中、一郎太たちは足早に歩き出した。

　往来は大勢の物売りや早出の職人らしい者たちが行き交い、夜明け直後の静けさは失われてはいなかったが、人々が起き出し、動きはじめているざわつきのようなものが感じられた。

「藍蔵、腹が空かぬか」

　前を行く藍蔵の背中に、一郎太は声をかけた。待っていましたとばかりに、藍蔵がさっと振り返る。

「むろん空きもうした。しかし、この佐久間小路のあたりになにか食べさせてくれる店がございますかな」

「もし佐久間小路になかったとしても、近所にはあるのではないか。この刻限でも、人通りはかなりある。朝早くから店を開けても、商売になろう」

「おっしゃる通りでございますな」

　同意した藍蔵が、不意に鼻をくんくんとさせた。

「おっ、味噌汁のにおいがいたしますな。これは、食べ物屋のものでございましょうか。それとも、裏店(うらだな)あたりからにおってきているのですかな」

一郎太の鼻も、そのにおいを捉えていた。

「味噌汁だけではないな。焼魚のにおいもするぞ」

「さようにございますな。こいつはたまりませぬ。そそられますな」

「――ああ、そこではないか」

左側に口を開けている路地のやや奥まったところに、紺色の暖簾(のれん)が小さく揺れていた。『めし』という文字が白く染め抜かれている。

「さすがに食べ物のことになると、月野さまは鼻が利きますな」

「食い気だけは誰にも負けぬ」

路地を進んだ一郎太たちは、店の前に立った。やや古ぼけた戸は閉まっていたが、裏手の窓が開いているらしく、そこから焼魚のものらしい煙が回ってきていた。

「はて、ここはなんという店ですかな」

店の障子戸を見やって、藍蔵がつぶやく。一郎太も探してみたが、看板などは出ておらず、店の名はどこにも見当たらなかった。

「名はつけておらぬのですかな。まあ、どうでもよいことですな。おいしければ、よいのですから」

「きっとうまいぞ」

「月野さま、なにゆえおわかりになります」

「この刻限にもかかわらず、かなり混んでいるからだ」

えっ、と意外そうな声を上げたが、藍蔵がすぐに精神を集中するように障子戸をにらみつけた。

「まことでございますな。中はかなり混んでおるようでございます。座れましょうか」

「とにかく入ってみよう」

暖簾を払って障子戸を開け、一郎太たちは土間に足を踏み入れた。一段上がった十畳ほどの広さの座敷があり、土間には四つの長床几が置かれていた。

いずれも客で一杯だったが、ちょうど二人組が食べ終わり、どうぞ、と空けてくれた長床几に、一郎太たちは、かたじけない、と腰を下ろした。

この刻限に供されている献立は、ただ一つのようだ。焼魚に飯と味噌汁、漬物というものである。

小女にそれを注文すると、すぐに二つの膳がもたらされた。飯は炊き立てらしく、ほかほかと湯気が上がっている。

焼魚は新鮮な鯵で、身に厚みがあって脂がほどよくのっていた。塩加減も絶妙で、一郎太は夢中になって食べた。こいつはうまいな、と我知らず声が出そうになる。横を見ると、藍蔵も一心不乱に食していた。

最後に茶をすすると、人心地がついた。ふう、と吐息が漏れ出る。

すっかり満足した一郎太は、すぐに代を払った。いつの間にか、席が空くのを待つ客が何人も土間に立っていたからだ。

店の奥にある厠を借り、一郎太は腹をすっきりさせた。一郎太のあとに藍蔵も入った。

店の者に厠の礼をいって、一郎太は店を出た。日が昇り、佐久間小路の人通りはさらに繁くなっていた。

「それにしても、うまかったですな」

腹を満たしたせいか、歩き出した藍蔵の足取りがすっかり軽くなっている。相変わらず現金な男だ、と一郎太は思ったが、そのさまはいかにも藍蔵らしく、微笑ましかった。

「よい店だったな。名はわからずじまいだったが、場所を忘れることはあるまい。また佐久間小路に足を運ぶことがあれば、必ず訪うことにいたそう」

「そういたしましょう」

一郎太を振り返ることなく藍蔵が答えた。

「佐久間小路を訪れる楽しみが、一つできましたな……」

顔を見ずとも、藍蔵がにこやかに笑っているのがわかった。そのことがうれしくて、一郎太も笑みをこぼした。

二

一郎太たちはひたすら足を急がせ、四半刻ばかりで柳橋に着いた。その頃には陽射しが強くなり、暑いくらいだった。

神田川沿いに設けられた河岸には、多くの猪牙舟がもやわれていた。これはいつもと異なる光景である。

そばを流れる大川に一郎太は目を向けてみた。こちらは、普段のように多くの舟が繰り出しているようには思えなかった。

「おそらくは、三日前の一件が関わっておるのでしょうな。猪牙舟だけでなく荷船まで、出船するのを禁止されておるように見えます」

「船頭たちが公儀の役人に足止めをされ、仕事に出られずにいるのだろう。聴取を終えて無実がはっきりした者だけが、仕事に出ることを許されたにちがいない」

「いわれてみれば、この界隈もずいぶん物々しゅうございますな」

明らかに町奉行所の者ではない役人たちが、道沿いに軒を連ねる船宿に、しきりに出入りしているのだ。あの者たちは徒目付ではないだろうか。

――そういえば松平伯耆守どのが申していたが、四日前に行方知れずになった二人の徒目付は、いったいどうしたのだろうか。二人の名は、厚山鯛三と臼田耕助といったはずだが……。まさか二人の行方知れずは、こたびの一件に関わっているのではなかろうな。

「もしや、江戸中の船宿に調べが入っているのでしょうかな」

船宿を眺めて藍蔵がいった。

「それも当然であろう。若年寄と町奉行が襲撃されたのだ。なんとしても下手人を捕縛しなければ、公儀の面目が立たぬ」

「昨今、箍が緩み、公儀は甘く見られているというのに、もし今回、下手人を捕まえられなければ、さらに町人たちになめられるのは必定でございましょうな」

「意地に懸けても、公儀が必死になるのもわかろうというものだ」

しかし、と一郎太は心中で首をひねった。若年寄や町奉行を襲えば、徹底した探索が行われることははっきりしているのに、なにゆえ賊どもは暴挙に出たのか。

――若年寄と町奉行の生死の如何にかかわらず、結局は公儀の調べはなんら変わらず、とことん尽くされる。賊どもは、よほど追い詰められていたということか。

一郎太には、それしか考えられない。

――いったいどんな後ろ暗いことをやらかせば、若年寄や町奉行を襲おうという気になるものなのか。

すでに一郎太の視界には、船宿『心助』の建物が入っていた。ふと藍蔵が首をひねる。

「この物々しさの中、果たして千吉どのに会えますかな」

「会えるさ」

あっさりと一郎太は答えた。

「なにゆえでございましょう」

「藍蔵は若年寄と北町奉行が襲われた当日に、その一件を町奉行所に届け出たとのことだが、そのときに千吉のことも話したのであろう」

「話しもうした」

「ならば、千吉は一昨日か、少なくとも昨日のうちには、役人に事情をきかれたはずだ。もうとっくに解き放たれていよう」

「ああ、そういうことにございますか」

一郎太たちは『心助』を訪ね、戸口に出てきた手代らしい男に千吉を呼び出してもらう。

さして間を置くことなく、千吉があらわれた。一郎太たちは挨拶をかわした。

「千吉、役人に事情をきかれたか」

一郎太はさっそく問うた。

「昨日の朝、きかれました。他の船頭たちは、今もだいぶしぼられておりますよ」

仲間を思いやってか、千吉が気の毒そうな顔をする。

「ならば千吉は、まだ寝床におったのではないか。こんなに早く訪ねてきて、済まなかったな」

「なに、なんてことはありませんせん」


一転、明るい表情になって、千吉が軽く手を振った。

「あっしは、もともと朝には強いものですからね。ですから、あっしのところにいらっしゃるのは、いつでも構いませんよ。深夜だろうと明け方だろうと……」

実際、千吉の顔に眠気らしいものは感じられない。洗顔はとうに済ませたらしく、すっきりとした表情をしている。

「月野さまたちは、あの三日前の一件で見えたのですね」

勘よく千吉がきいてきた。

「その通りだ。賊どもの船頭について、千吉に話が聞きたくてな」

「さようでございますか……。ところで月野さま、お怪我のほうはいかがですか。お見舞いにも行かず、まことに申し訳ないことをいたしました」

「千吉、謝ることなどない。頭の怪我は、もうなんともない」

実際、めまいなども起きていないのだ。

「頭の怪我はなんともなくとも危ないといいますから、どうか、ご自愛ください」

「うむ、決して油断はせぬ」

一郎太の返事を聞いて安堵したらしい千吉が、ああ、と小さく声を上げた。

「こんなところで立ち話もなんですから、あっしの部屋にいらっしゃいませんか」

「よいのか」

「ええ、むさ苦しいところで茶も出せませんが、ここよりは落ち着けますよ」

「かたじけない」

三和土で雪駄を脱ぎ、暗くひんやりとした廊下を進むと、不意に壁に突き当たった。

そこには扉があり、それを千吉が押した。

外には短い渡り廊下があり、その先に別棟が建っていた。どうやらこちらの建物が、『心助』で働く者たちの宿所になっているようだ。

一足飛びに渡り廊下を行き過ぎ、千吉が別棟の戸を横に滑らせた。戸を入ってすぐ右手に階段があり、それを上がって二階に向かう。階段から最も近い部屋の腰高障子を千吉が開けた。

「こちらです。どうぞ、お入りになってください」

失礼する、と断って一郎太たちは中に入った。広さを感じさせる八畳間で、真ん中に長火鉢が置いてあり、その上に煙管がのせてあった。

部屋には、煙草の臭いが漂っていた。江戸には煙草のみが多い。一郎太は煙草は好きではなく、むろん吸う気もないが、千吉の部屋は風通しがよいらしく、においはほとんど気にならなかった。

座布団に座るよう、千吉が勧めてきた。一郎太たちは遠慮なく座した。

あっしも失礼させていただきますね、と千吉も座布団に端座する。

「千吉、膝を崩してくれ」

一郎太はいったが、いえいえ、と千吉が首を横に振った。

「そういうわけにはまいりません。お武家を前に、無礼な真似はできません」

あぐらをかくのが無礼とは思わないが、一郎太はそれ以上いわなかった。

「月野さま、神酒さま、やはりお茶を飲まれますか」

千吉が腰を上げようとする。

「いや、いらぬ。千吉、気を使わんでくれ」

「は、はい。わかりました」

顎を引いて千吉が座り直す。

「それで千吉、さっそくだが」

居住まいを正し、一郎太は身を乗り出した。はい、と千吉が応じ、背筋を伸ばす。

「屋形船を襲った四艘の賊船の船頭に、見知った者はおらなんだか。四人ともほっかむりをしておったゆえ、姿かたちに見覚えのある者ということになるが」

「あの猪牙舟の船頭たちに、見覚えがあるような者はおりませんでした」

申し訳なさそうに千吉が答えた。

「そうか。ならば、変わった漕ぎ方をしていた者はおらなんだか。他の者と異なる漕ぎ方をしていた船頭だ」

「いえ、そういう者もおりませんでしたね」

かぶりを振った千吉が言葉を続ける。

「船頭という者は最初についた師匠の漕ぎ方が身につくんですが、いずれ誰もが似たような漕ぎ方になっていくものなんです。力がいらず、理にかなった漕ぎ方ということになるのでしょうが」

「ああ、確かにそういうものなのだろうな」

下を向き、千吉が考え込む。

「あの四人の船頭は、おそらく船宿で働いている者ではないでしょう」

うむ、と一郎太は深くうなずいた。

「そのことは俺も考えていた。だとしたら、渡り中間ならぬ渡り船頭のような者か」

うーん、と千吉がうなり声を上げる。

「渡り船頭は江戸にはかなりの数がおりますが、あの四人はその手の者でもないような気がします」

「なにゆえだ」

一郎太に目を当てて、千吉が口を開く。

「渡り船頭では、あそこまで猪牙舟を存分に扱えないからです」

「どういうことだ」

一郎太はすぐさま千吉に問うた。

「あの四艘の猪牙舟は、船頭たちの自前のものではないかと存じます」

「あの四艘は自分たちの舟だというのか」

はい、と千吉が首を縦に動かす。

「渡り船頭というのは金がなくなったら船宿に居着き、しばらく遊んで暮らせるだけのまとまった金を稼いだらやめるということを繰り返しています。腕を売り物にしている者たちで、自前の舟などいらないんですよ」

「それはそうであろうな」

「しかし、あの四艘の船頭はまさに自在に猪牙舟を操っていました。あれは、あの猪牙舟に長く乗っているからこそできる業でしょう」

「操り慣れているということか」

「さようにございます。猪牙舟も舟によってずいぶんと癖がありましてね。自在に乗りこなせるようになるまで、かなりときがかかるものなのでございますよ」

「そういうものであろうな」

「あの四艘には船宿の名など入っていませんでしたが、わざと入れていないのでございましょう。仮になにかにぶつけて猪牙舟が壊れてしまっても、破片などから足がつくことがありません」

「あの四艘の船頭だが、俺には四人とも腕がよかったように見えた。千吉から見て、どうだった」

新たな問いを一郎太はぶつけた。

「なかなかのものでしたね」

おもしろくなさそうな顔で千吉が認める。

「あの四艘の猪牙舟は息が合った様子で動いていましたから、船頭たちは古くからの馴染（なじ）みじゃありませんかね」

「千吉は、そのような四人組に心当たりはないか」

うーん、と千吉が再びうなった。その直後、瞳をきらりと光らせる。

「月野さまにいろいろときかれて、いま思い出しましたが、自前の猪牙舟を持ち、怪しげな請負仕事をしている船頭がいるという話を、このあいだ耳にしましたね」

「おっ、そうなのか」

一郎太は勢い込んだ。

「ええ、その手の者が知り合いにいるわけじゃありませんが……」

「自前の舟で怪しげな仕事とはな。三日前の屋形船の襲撃は、その手の者がぴったりくるではないか。千吉、誰からその話を聞いた」

千吉が少し考える。

「十日ばかり前のことでしたかね、近くの『五和(いつわ)』という一膳飯屋で食事をしているとき、小耳に挟んだのだと思いますが、あれは誰だったかな……」

千吉がもどかしげな表情になった。あっ、といって手のひらを拳(こぶし)でぽんと打つ。

「口入屋のあるじですね」

「なんという口入屋だ。一膳飯屋で一緒だったのなら近所の者か」

「隆田屋(たかだや)さんといいます。あるじは龍蔵(りゅうぞう)さんですよ」

「隆田屋の場所を教えてくれぬか」

「お安い御用ですよ」

千吉がすらすらと道順を述べた。確かに近いな、と一郎太は思った。ここから三町ほど西へ行ったあたりだろう。

「千吉、朝早くから手間をかけた。話を聞けて、とても助かった」

「月野さま、お役に立てましたか」

「もちろんだ」

千吉がすがるような顔つきになる。

「月野さま、あっしがお手伝いできることがあれば、遠慮なくおっしゃってください。あっしはやりますぜ」

千吉は闘志を全身にみなぎらせている。

「船頭の一人として、あの四人がしたことは決して許せませんから。船乗りの風上にも置けねえやつらだ」

「そなたの手が借りたくなったら、必ず声をかけるゆえ、そのときはよろしく頼む」

「お任せくだせえ」

自らの胸を叩くようにして、千吉が力強く請け合った。

礼をいって千吉の部屋をあとにし、一郎太と藍蔵は『心助』の戸口に戻った。三和土に置いてある雪駄を履き、戸を開けて外に出る。

千吉が見送りに出てきた。

「先ほども申し上げましたが、月野さま、どうか、お大事になさってくださいまし。神酒さま、月野さまのことをよろしくお願いいたしますよ」

「よくわかっておる。月野さまからは片時も目を離さぬゆえ、千吉どの、どうか、ご案じなきよう」

一郎太たちは千吉と別れた。千吉に教えられた通りの道を進む。

三

三町ばかり歩くと、家々が軒を連ねる先に『隆田屋』と掲げられた看板が見えてきた。

「あれだな」

足早に近づいて、一郎太たちは隆田屋の店先に立った。

店は開いており、暖簾を上げて中をのぞくと、一人の男が土間に立ち、しきりに帳面を繰っているのが見えた。主人の龍蔵かもしれない。

「ごめん」

足を踏み出し、一郎太は暖簾を払った。

「いらっしゃいませ」

素早く帳面を閉じ、男が辞儀する。軽く頭を下げて一郎太は土間に入った。後ろに藍蔵が続く。

周りの壁には、奉公口が記された紙が、所狭しと貼られていた。

「なにかお仕事をお探しにございますか」

揉(も)み手(で)をして男がきいてきた。

「いや、済まぬが、そうではない」

すぐさま一郎太は首を振ってみせた。

「さようでございますか」

男が少し警戒したような顔つきになる。一郎太たちを、小遣いせびりの浪人とみたのかもしれない。

――そういえば、このところひげも剃(そ)っておらなんだな。藍蔵も、人相がよいとはいえぬ。不本意だが、今の俺たちがそう見られるのも仕方あるまい。

「ここには、船宿『心助』の船頭千吉の紹介で来た。そなたがあるじか」

「は、はい、さようにございます。龍蔵と申します。千吉さんの紹介でございましたか……」

「俺は月野鬼一という。この者は友垣(ともがき)の神酒藍蔵だ」

「あっ、はい。どうか、よろしくお願いいたします」

龍蔵が丁寧に頭を下げてきた。

「そなたにききたいことがあるのだが、しばしのあいだ邪魔して構わぬか」

「はい。結構でございますとも。で、どのようなことでございましょう」

小腰をかがめ、龍蔵が話を聞く姿勢を取る。

「十日ばかり前、そなたは一膳飯屋の『五和』に行ったな」

「あの店はおいしくて安いものですから、手前は毎日のように通っております。十日ほど前にも、もちろん行ったと思います。『五和』という名は、主人の生まれ故郷から取ったそうにございます。九州肥前のほうに、そういう地があるらしく……」

話しているうちに記憶がよみがえったらしく、龍蔵が納得したように点頭した。

「ああ、十日ばかり前というと、確かに千吉さんもいらしてましたね」

「思い出してくれたか」

一郎太はすぐさま相槌を打った。

「そのときそなたは、自前の猪牙舟を持ち、怪しげな請負仕事をしている船頭がいるという話をしたそうだが」

えっ、という顔を見せた龍蔵が、その場に立ち尽くすような風情になった。

「どうだ、まちがいないか」

一郎太が鋭くただすと、龍蔵がはっとした。

「ええ、ええ、確かにお話をいたしました」

まるで観念したかのように龍蔵が、がくりとうなだれる。

「もしや月野さまは、その件でいらしたのでございますか」

「その通りだ」

間髪を容れずに一郎太は肯定した。

「そなたも三日前に屋形船が襲われた一件は、耳にしているであろう。俺たちはその件を調べておる」

「あの、月野さまと神酒さまは、御公儀のお役人でいらっしゃいますか」

「役人などではない。一介の浪人に過ぎぬ。そなたは、俺たちのような者がなにゆえ屋形船の一件を調べているのか、疑わしく思っているのだな」

「いえ、疑わしいなど、とんでもない。ただ、不思議だとは思っております……」

なぜ屋形船の一件と関わりを持つに至ったか、一郎太はいきさつを語った。

「えっ、お二人は、屋形船を襲った賊と戦われたのでございますか。月野さまはその戦いで傷まで負われた……」

うむ、と顎を深く引いた一郎太は龍蔵にたずねた。

「そなたは、怪しげな請負仕事をしている船頭のことを、公儀の役人に話したか」

「いえ、話しておりません」

一郎太を見つめて龍蔵が答えた。

「なにゆえ話さぬ。そなたは、怪しげな請負仕事をしている船頭が屋形船を襲った下手人だと断じているのではないか」

「おっしゃる通りでございます」

か細い声で認めて、龍蔵が困ったような顔になる。

「それがわかっていて手前がお役人にお話ししなかったのは面倒に巻き込まれたくなかったということもございますし、日々の仕事が忙しかったということもございます。それに、お役人が一人もこの店に見えなかったということもございます。わざわざこちらから話に行くというのも……」

「一人も来なかったのか……」

千吉から話を聞いた役人が甘かったのだな、と一郎太は思った。千吉から、隆田屋のことを引き出すことができなかったのだ。探索をもっぱらにしているはずの者がその程度のことを聞き出せなかったなど、話にならない。

「わけはわかった。隆田屋、そなたを責めようという気はない。安心してくれ」

口調を改めて一郎太は告げた。

「はい、かたじけなく存じます」

ごくりと音をさせて、龍蔵が喉仏を上下させた。まだ顔はかたいままだ。

「その請負仕事の船頭という話を、そなたはどこで仕入れた」

「そ、それでございますか……」

どこか言葉を濁すような話し方だ。

「話せぬのか」

「いえ、そのようなことはございませんが」

龍蔵は思案の顔になっている。誰かをかばっておるのか、と一郎太は思った。すぐにぴんとくるものがあった。

「同業の者から聞いたのだな」

一郎太にずばりと指摘され、龍蔵があきらめの表情をする。

「なんという口入屋だ」

間を置かずに一郎太は畳みかけた。しかし龍蔵にはまだ迷いがあるようで、口を開こうとしない。

「その手の口入屋ならば、きっと怪しげなのだろうな。そなたが口を割らずとも、今頃は公儀の役人が踏み込んでおるかもしれぬ」

その一郎太の言葉を聞くや、決意したように龍蔵が顔を上げた。

「あの、月野さま。今から手前が話すことは、他言無用にお願いできますでしょうか」

「もちろんだ。約束しよう」

わかりました、といって、龍蔵がようやく話し出そうとする雰囲気を漂わせた。

「その店は、もともとしっかりとした口入屋だったのです。しかし店を切り盛りしていた番頭さんを病で失い、商売が思うようにいかなくなった若いあるじが、ちょっと焦っただけのことなのです。出来心だったのですよ」

出来心だと、と一郎太は思った。隆田屋は誰かから、怪しげな請負仕事をしている船頭の話を聞いたのではないようだ。

「その若いあるじこそが、怪しげな請負仕事をやる船頭たちと、こたびの屋形船の襲撃を行った賊どもの仲立ちをしたのだな」

「そこまでしかとはわかりませんが、そうではないかと手前はにらんでおります」

淡々とした声で龍蔵が話した。

「そなたは若いあるじをかばっているようだが、それなら十日前、そのことをなにゆえ『五和』で話したのだ」

「そのことは悔いております」

小さく首を振って龍蔵がうつむく。

「酒が入って、口が軽くなってしまいました。酒はもう何度もやめようと思っているのですが、なかなかうまくいきません……」

「酒は毒水らしい。やめられるのなら、やめたほうがよいようだな。ある医者によれば、酒は命を削る鉋(かんな)ということだ。『徒然草(つれづれぐさ)』にも、よろづの病はさけよりこそおこれ、と書いてあるほどだ」

「徒然草に……」

「そうだ。ずっと昔の人がはっきりと知らせてくれておる。健やかに暮らしたいなら、酒を断つほうがよかろうな。いや、酒の話は今はよい。隆田屋、仲立ちをした口入屋の名と場所を教えてくれ」

「手前が教えれば、月野さまたちはそちらにいらっしゃるおつもりですね」

「その通りだ。だが、その口入屋のあるじがまことに出来心で、改心する気があるのなら、俺は公儀の役人に告げ口などせぬ」

「まことでございますか」

「ああ、俺は嘘(うそ)をつかぬ。隆田屋、教えてくれるか」

「わかりましてございます」

覚悟を決めたような顔つきになり、龍蔵が口にする。

「下谷金杉下町(したやかなすぎしもちょう)にある岩狭屋(いわさや)さんという店でございます。あるじは鼓次郎(こじろう)さんといいます」

「よく話してくれた。かたじけない」

一郎太は礼を述べた。

「では、これで失礼する」

唇をぎゅっと噛み締めている龍蔵をその場に残し、一郎太は藍蔵を伴って隆田屋を出た。

一郎太の前を歩きはじめた藍蔵が、月野さま、と振り返った。

「鼓次郎とやらがあるじをつとめる口入屋に正面からぶつかったところで、きっと口は重うございましょうな」

「藍蔵は、あるじが口を開かぬと思うか」

「脅すなり、すかすなりしても、果たしてどうでございましょうか。なにしろ、命が懸かっておりますからな」

金を積んだところでなにもしゃべらぬかもしれぬな、と一郎太も考えた。下手なことを口にすれば縄付きとなり、死罪に処せられるかもしれないのだ。

どうすればあるじの口を割らせられるかな、と一郎太は思案した。

――もともと大金の持ち合わせなど、ないしな。懐にあるのは、三日前に賭場で得た六両だけか……。

大川で賊の槍の石突きでやられて気を失ったときも、幸い、財布はなくさずに済んだ。

――あるじに、偽の仕事を持ちかけてみるというのは、どうだろうか……。

それで行くしかなかろう、と一郎太は歩きながら決意し、その案を藍蔵に語った。

「よいのではありませぬか」

藍蔵は乗り気になってくれた。とにかく、と一郎太は思った。今は岩狭屋に当たってみるしか道はない。

四

下谷金杉下町と一口にいっても、かなり広い。人が繁く行きかう日光道中（にっこうどうちゅう）の両側に町家や商家がずらりと連なっているが、その通りに沿った六町ほどの町並みが下谷金杉下町である。

――まさか、こんなに横に長い町だとは知らなんだな。

「藍蔵、岩狭屋はどこにあるのかな」

往来の邪魔にならないように道の端によけて、一郎太はつぶやいた。岩狭屋の詳しい場所までは、龍蔵も教えてはくれなかった。背伸びをして目で探してみたが、それらしい看板や建物は見えてこない。

「それがしにも、わかりませぬ。どれ、そこに自身番がありますから、ちょっときいてみましょう」

藍蔵が、そばに建つこぢんまりとした建物を指さし、足早に近づいていく。ごめん、と断って障子戸を開けると、畳敷きの間に三人の歳がいった男がちんまりと座っているのが一郎太には見えた。

三人とも煙草を吹かしているようで、煙が自身番の中からもうもうと漂い出てきた。藍蔵も煙草は好きではないはずだが、平気な顔で岩狭屋の場所をたずねている。すぐに教えてもらったらしく、感謝の言葉を口にして障子戸を閉めた。

「月野さま、わかりましたよ。この先に大きな辻があるらしいのですが、そこを右に入って二軒目の建物が岩狭屋とのことです」

「そうか。この通りの並びにあるのではなかったのだな」

「さようにございます。教えてもらわなんだら、見落としていたかもしれませぬ」

「まったくだ」

一郎太たちは目当ての大きな辻まで行き、角を右に折れた。

「ああ、ありました」

ほっとしたように藍蔵が小さく息をついた。うむ、と一郎太は首を縦に振ってみせた。

平屋の四間ほどの間口の建物に、『岩狭屋』と記された細長い看板が掲げられ、戸口に、『口入』と染め抜かれた暖簾がかかっていた。

店を開けておるのだな、と一郎太は少し意外な思いを抱いた。屋形船が賊に襲撃された一件はすでに岩狭屋のあるじの耳に届いているはずだ。公儀の探索を受けるかもしれないと考え、それを避けるために店を閉めて行方をくらましているかもしれぬ、とまで考えていたのである。

――店を開けておかねば、逆に公儀に怪しまれると踏んだのか。それとも、探索の手が延びるわけがないと、公儀を甘く見ているのか。

「よし、入るとするか」

風にわずかに揺れる暖簾を払い、一郎太は板戸を横に滑らせた。あまり建て付けがよいとはいえず、戸はがたがたと耳障りな音を立てた。

いち早く夜が来たかのように暗い土間が、目の前に広がっていた。土間から一段上がった店座敷に行灯が物寂しげに一つ灯っていたが、それが暗さにわずかな穴を穿っていた。

狭い店座敷に男が座していることに、一郎太は気づいた。男は、一郎太たちを警戒するようにこちらを凝視している。

一郎太たちをただの浪人連れと見たか、男が静かに立ち上がり、帳場格子をどけて沓脱石の雪駄を履いた。揉み手をして、近づいてくる。

三十代半ばと思える男で、どこか人にへつらうようなものが全身から発せられていた。かなりの猫背で、それが男の卑屈さをさらに際立たせているように感じられた。

――この男が鼓次郎であろう。

一郎太の顔を見て男が、おっ、といわんばかりに少し目を開いた。

「そなた、俺を知っているのか」

すかさず一郎太は問うた。

「い、いえ、そのようなことはございません」

あわてて男が否定する。

「お侍にお目にかかるのは、こたびが初めてだと存じます」

――確かにその通りだが……。

俺は、と一郎太は思った。屋形船を襲った賊どもに顔を知られている。その者たちからなにがしかのつなぎが、この男にあったということは考えられないか。

――十分にあり得るな。

それならそれでよかろう、と一郎太は腹を据えた。この男をうまく利することができれば、思うより早く賊どものもとにたどり着けるかもしれないのだ。

「あの、お二人はお仕事をお探しでございましょうか」

沈黙を恐れたかのように、男がかすれ声できいてきた。

「そうではない」

一郎太は首を横に振った。

「では、どのようなご用件でお見えになったのでございますか」

どこか奸悪(かんあく)そうな光を瞳に宿らせて、男が質(ただ)してくる。とても商人とは思えぬ目をしておるな、と一郎太は男を見つめ返した。

この男が鼓次郎なら、今も悪事に手を染めているのはまちがいないような気がする。

もし鼓次郎が屋形船の襲撃に絡んでいるのなら、出来心などではなかったのではないだろうか。

——この男は悔い改めてなどおらぬ……。

一郎太は軽く咳払いをした。

「その前に一つよいか。そなたはこの店のあるじか」

「さようにございます。鼓次郎と申します。どうぞ、お見知り置きを」

「俺は月野鬼一、この者は神酒藍蔵という」

「承知いたしました。月野さまと神酒さまでございますね」

この店に奉公人は置いていないらしく、鼓次郎一人で切り盛りしているようだ。

——鼓次郎が悪事をはたらいているのなら、それがよそに漏れるのが怖いはずだ。ならば、一人で商売をしているのも当たり前であろうな。いや、そうではなく、ただ人を雇い入れる余裕がないのかもしれぬ……。

「俺たちの用件だが」

一郎太は少し間を置いた。

「俺のほうからそなたに仕事を頼みたいのだが、どうかな」

「あの、どのようなお仕事を頼みたいのでございますか」

「これから俺たちは後ろ暗い真似をするつもりでおるが、その手伝いができる者がほしい」

鼓次郎に目を据えて、一郎太はずばりといった。

「ええっ」

驚きを面に貼りつけて、鼓次郎が一郎太をまじまじと見る。

「月野さま。そのようなご用件でしたら、ほかを当たっていただけますか。手前は後ろ暗い仕事の仲立ちは、一切しておりませんので」

「そのようなことはあるまい」

一郎太は鼓次郎に笑いかけた。

「そなたは、いろいろとよくない仕事に手を染めているらしいではないか」

「いいえ、そのようなことは一切ございません。月野さまの思いちがいでございましょう」

「そうとは思えぬ。ここに来れば、その手の人物を紹介してもらえると、俺ははっきりと聞いた。俺はそのことを、まちがいのない者から教えてもらったのだ」

「そんな無礼をおっしゃるのは、いったいどこのどなたでございますか」

呆れたような顔で鼓次郎がきいてきた。

「それはいえぬ。決して口外せぬと約束したものでな」

胸を張り、一郎太は鼓次郎を見下ろした。

「三日前の屋形船の一件だが、俺はこの店が関わっているという噂も、すでに耳にしておる。実のところ、噂通りなのではないか」

「とんでもない」

血相を変えて鼓次郎が打ち消す。

「とんだ言いがかりでございます」

「俺には、とても言いがかりとは思えぬのだがな」

懐に手を入れ、一郎太は財布を取り出した。そこから五枚の小判を抜き出す。

「これが、こたびの仕事の手付けだ」

鼓次郎の目が小判に吸い寄せられた。

――この男は金に目がないのか。それとも、商売がうまくいっておらぬのか。

おそらくその両方なのだろう。

「報酬は、この手付け込みで五十両だ。俺も屋形船の襲撃と同様、腕のよい船頭を探しておる。ただし、四人も要らぬ。一人でよい」

うかがうような目で、鼓次郎が一郎太を見る。ごくりと唾を飲み込んだのが知れた。

「後ろ暗い真似をするとおっしゃいましたが、月野さまは、なにをなさるおつもりでございますか」

低い声で鼓次郎がきいてきた。ようやく話が前に進んだな、と一郎太は心中で小さく笑んだ。

「深川に羽振りのよい材木問屋は少なくないが、その中でもいま最も威勢がよい材木問屋を襲い、千両箱を五つばかり奪うつもりだ。五つの千両箱を担いで逃げるのは、無理だ。どうしても舟が要る。となれば、もし捕手に追われるようなことになっても、必ず逃げ切れるだけの腕を持つ船頭も要る」

一郎太は五枚の小判を、鼓次郎の手に握らせた。

「どうだ、頼めるか」

鼓次郎の目に、いかにも小ずるそうな光が宿る。

「なるほど、月野さまがなさろうとしているのは、五千両もの大仕事でございますか」

「そうだ」

「あの、月野さま。まことにやるおつもりでございますか」

「当たり前だ。やるに決まっておる」

一郎太は憤然とした表情をつくった。

「俺たちは食い詰め浪人よ。このままでは将来はない」

「しかし、五両ものお金をお持ちではありませんか」

手にしている五両を、鼓次郎が一郎太に見せつけるようにした。

「その金は、何軒もの商家を脅しすかして、ようやく得たものだ」

「脅しすかして五両ならば、悪くないのではありませぬか」

「だが、このところ、どこの商家も用心棒を雇いはじめてな……」

一郎太は暗い顔をつくった。

「これまでと同じようにたやすく金を得られなくなったし、正直、小遣いせびりの毎日にも飽きてきておる。ここらで一つ大きな仕事をして、あとは隠居のように安気に暮らしたいのだ」

「材木問屋に押し込んで首尾よく金を奪えても、安気に暮らすことなどできませんよ」

「それは覚悟の上だ。とりあえず江戸を離れ、上方に行くつもりでおる」

「しかし月野さま、五千両もの大仕事をうまくやれますか」

「やるしかあるまい」

闘志を露わに一郎太は断言した。

「もししくじれば、笠（かさ）の台が飛ぶことになりますよ」

「それも覚悟の上だ。今の暮らしから、なんとしても抜け出したいのだ。そのためには、死すらも辞さぬ」

口をぎゅっと引き結び、一郎太は鼓次郎をじっと見た。ふう、と大きく息をつき、鼓次郎が肩から力を抜いた。

「さようでございますか。お覚悟はかたいようでございますね……」

小さくうなずいたあと、鼓次郎が上目遣いに一郎太と藍蔵を見る。

「もしかしたら、月野さまにつなぎを取ることになるかもしれません。そのときはどちらに知らせれば、よろしいですか」

引っかかったのか、と一郎太は拳を握り締めた。

――それとも、俺の正体を知りながら、かかった振りをしておるのか。

どちらでもよい、と一郎太は思った。岩狭屋に正面からぶつかったことで、一つ大きな動きが生まれたのはまちがいないのだ。それだけで一郎太は満足である。

「明日の昼、俺たちがまたここに来よう。そのときに、よい知らせが入っていることを切に望む」

「わかりました。明日の昼でございますね」

鼓次郎が、手のうちの五両の金を持ち上げるようにした。

「このお金は、手前がいったん預かっておきます。明日、返すことになるかもしれませんし……」

「いや、返すまでもない。取っておいてくれ。その五両は、そなたへの口止め料だ。その代わり、俺たちが深川の材木問屋に押し込むつもりであることは、決して口外せぬようにしてくれ」

「わかりました。お約束いたします」

「では、吉報を待ち設けておるぞ」

話を打ち切り、体を翻した一郎太たちは暗い土間を突っ切った。建て付けの悪い戸を動かして外に出る。

藍蔵が戸を閉める際、一郎太はちらりと店内に目を向けたが、鼓次郎はなにか考えごとをしている様子で、土間に立ち尽くしていた。

五

吹き過ぎる風が、ざざざという音を発して路上の土を巻き上げていく。一郎太は下を向き、砂埃をやり過ごした。

風がおさまって目を上げると、強い陽射しがまともに顔に当たった。下谷金杉下町の町並みは、真夏のような光で満たされている。

その明るさがまぶしく、一郎太は何度か目をしばたたいたが、不意にめまいが襲ってきて、ふらりとしかけた。すぐに首を振って我に返り、しゃんとする。

「大丈夫でございますか」

気がかりそうに藍蔵がきいてきた。

「なに、平気だ。もうなんともない」

「月野さま、まことに無理は禁物でございますぞ」

厳しい顔つきで藍蔵が諫めてくる。

「もし動くのが無理なら、家に帰って休まれるほうがよろしゅうございますぞ」

「藍蔵、自分の体のことゆえ、よくわかっておる。それに、頭の怪我の怖さも知っておる。国元にいるとき、庄伯からさんざん聞かされたからな」

「庄伯さまから……」

いつまでも岩狭屋の前にいるわけにいかないことに気づいたように、藍蔵が歩き出した。すぐに一郎太は続いた。岩狭屋が徐々に遠ざかりはじめる。

「あのときはなにかの拍子に座敷の鴨居に頭をぶつけ、血がかなり出た。庄伯に手当をしてもらったが、頭の怪我は怖いゆえ注意するよう、きつくいわれた」

「月野さまが頭に怪我を……。それはいつのことでございますか」

「四年ほど前だ。俺が初めて国入りしたときのことだな」

「つまり、初めてお城で暮らしはじめたときでございますな。鴨居に頭をぶつけるなど、御殿の部屋の寸法に慣れておられなかったのでしょうかな」

「そういうことだろう」

「それがしはお国入りに同行いたしましたが、そのようなことがあったなど、とんと覚えておりませぬ。なにゆえでございますかな」

「あのとき藍蔵は猫の餌を食べたかして腹を下し、寝込んでおった。病身のそなたに心配をかけたくなく、俺はなにも話さなかった。実のところ、大した怪我でもなかったし……」

「猫の餌ですと」

大仰な顔をして藍蔵がにらんできた。

「猫の餌は例えに過ぎぬ。腹を下したわけはもう忘れてしまったが、とにかくそなたは数日のあいだ寝込んでおったのだ」

「さようでございましたか。それにしても、月野さま――」

ちらりと岩狭屋のほうを振り返って、藍蔵が声を低めた。

「鼓次郎はうまく引っかかってくれますかな」

「さて、どうだろうかな。とにかく、岩狭屋を見張ることにいたそう。仮に俺たちの狙いがばれていようとも、鼓次郎は賊か船頭のどちらかと、つなぎを取るはずだ。必ず動きを見せる」

「どこで岩狭屋を見張れば、よろしゅうございますかな」

「そこはどうだ」

岩狭屋の斜向かいに蕎麦屋があった。二階には格子窓が見えている。

「あの二階は客が入れるのかな」

「入れるのではありませぬか。きっと座敷になっているのでございましょう」

「ならば、その蕎麦屋から見張ることにいたそう。おそらく、大して待つことにはならぬはずだ」

一郎太たちは道を戻り、『芝垣』という蕎麦屋の暖簾をくぐり、二階の窓際に上がらせてもらった。ちょうど昼に近い刻限で、腹も空きはじめていた。一郎太たちは、ざる蕎麦を二枚ずつ注文した。

運ばれてきたざる蕎麦の代を、一郎太はその場で支払った。こうしておけば、いつ鼓次郎が岩狭屋を出てきても、この店を飛び出すことができる。

蕎麦切りはあまり香りがなく、つけ汁にはろくに出汁が利いていなかったが、この日の本の国には、いつも腹を空かしている者が大勢いる。贅沢などいっていられない。

蕎麦切りをすすり上げつつ、一郎太たちは眼下の岩狭屋を眺め続けた。

二枚のざる蕎麦を平らげ、蕎麦湯を飲んでいると、岩狭屋の戸ががたつきながら開き、鼓次郎が姿をあらわした。暖簾を店の中にしまい、力を込めて閉めた戸に錠を下ろした。前の道を歩き出し、通りに出るや左に折れていった。

そこまで見届けてから、一郎太は立ち上がった。

「よし、行くぞ」

はっ、と答えたが、そのときには藍蔵も腰を上げていた。

座敷を出た二人は、急ぎ足で階段を降りた。蕎麦屋の者に、馳走(ちそう)になった、と声をかけて雪駄を履き、暖簾を外に払う。道を走り、通りの寸前で足を止めた。

商家の塀越しに通りをのぞき込むと、急ぎ足で歩く鼓次郎の姿が見えた。猫背がよく目立っている。

一郎太と藍蔵は辻を出、半町ほどを隔てて鼓次郎のあとをつけていった。

しばらく歩き続けると、浅草に入った。浅草寺(せんそうじ)という巨刹が存在することもあってこの町は広大で、道が入り組んでいる。正直、いま自分たちが浅草のなんという町にいるのか、一郎太にはわからなかった。

それに、人出も信じられないほど多い。いったいどこからこんなに湧いて出てくるのかと、思わずにいられない。もっとも、鼓次郎のあとをつけるにはこの人の多さは都合がよかった。

角を左に曲がり、鼓次郎が北へと向きを変えた。一郎太たちは小走りになって角にたどり着き、物陰から鼓次郎を見た。

鼓次郎は、脇目も振らずに道を進んでいく。うなずき合った一郎太と藍蔵は物陰を出て、鼓次郎を再び追いはじめた。

五町ほど進むと、みるみるうちに人けが少なくなってきた。同時に、あたりの緑が深まっていく。田畑や林、百姓家らしい一軒家が目につきはじめた。

「多分、浅草橋場町に入ったのではございませぬかな……」

「橋場町か。浅草といっても、かなりの田舎だったな」

「ええ。それに、この町はとても広うございます」

「藍蔵、鼓次郎ともっと間(ま)を取るか。下手すると気取られかねぬ」

「おっしゃる通りにございますな」

一郎太たちは歩調を緩め、鼓次郎との距離を一町ほどに広げた。鼓次郎の姿がだいぶ小さくなった。

「それにしても、けっこう歩きましたな」

「藍蔵、疲れたか」

「そのようなことはございませぬが、鼓次郎はどこまで行くのかなと思いまして」

「じきに足を止めるのではないか」

「なにゆえそう思われます」

「なに、ただの勘だ」

「月野さまの勘はよく当たりますから、馬鹿にできませぬ」

実際、それから二町ばかり行ったところで、鼓次郎が立ち止まった。

すぐさま一郎太たちは、大木の陰に身をひそめた。ここまで来るのに、およそ半刻かかっている。

鼓次郎は大きな門の前に立っている。

「あれは寺の山門ですかな」

「そのようだ。廃寺かもしれぬ」

「ええ、破れ寺に見えますな」

門の屋根には草が何本も生え、境内を巡っているらしい土塀はところどころ崩れ落ちている。あの分では、本堂の様子はいわずもがなであろう。

「鼓次郎は、山門の前でなにをしているのですかな」

鼓次郎は、門前から動こうとしないのだ。山門を見上げているようにも見える。

「門に掲げられた扁額を、読んでいるのではないか。もしかすると、あの寺には賊どもがひそんでいるのかもしれぬ」

一瞬、藍蔵が考え込むような顔になった。

「鼓次郎は、賊がいる寺かどうか、扁額に記された名を見て、確かめているのでございますね」

「そういうことだ」

不意に鼓次郎が動き、山門を入っていった。木陰を出て、一郎太たちも山門のそばまで進んだ。

山門は開いていた。というより、門扉自体がなかった。

持ち去られたのだろうな、と一郎太は思った。今頃、この寺の門扉はどこかで使われているにちがいない。

境内をのぞき込むと、鼓次郎は古ぼけた石畳の上を歩いていた。まっすぐ本堂に向かっている。

案の定というべきか、本堂の屋根には瓦がなく、草が生え放題になっていた。屋根瓦も持ち去られたのかもしれない。瓦はなにしろ高価なのだ。

一郎太は境内の気配を嗅いでみたが、鼓次郎以外の人がいるように思えなかった。この寺に賊はおらぬ、と判断を下した。

本堂の前で足を止めた鼓次郎が、前に右手を伸ばした。次の瞬間、がらんがらんと音が聞こえてきた。その鈴の音は、静かな境内に響き渡った。

「まるでお参りをしているようですな」

「だが、賽銭を投げたようには見えなかった。もっとも、賽銭箱などとっくにあるまいが」

つと本堂の前を離れた鼓次郎が境内を歩き、鐘のない鐘楼の階段に腰を下ろした。その場で煙草を吸いはじめる。一筋の煙が上がっていったが、緩やかな風にさらわれて霞のように消えていく。

この寺に住職がおり、寺勢が盛んだった頃は、境内で煙草を吸うことなど、決して許されなかっただろう。

なにゆえこの寺はここまで衰え果ててしまったのか、と一郎太は思った。もともと江戸には寺が多い。有力な檀家を、よその寺に取られてしまったのかもしれない。住職が不祥事でも起こし、公儀から拝領していた禄を削られたということも考えられる。

「のんびりと煙草などのんで、鼓次郎はなにをしておるのですかな」

不思議そうに藍蔵がつぶやく。

「賊か船頭が来るのを待っておるのではないか。先ほどの鈴は、鼓次郎が寺に来たことを知らせる合図かもしれぬ」

「なるほど。では、あの鈴が聞こえる範囲に、賊か船頭がいるのでございますな。さほど離れておらぬところに、やつらはいるということになりもうすぞ」

「藍蔵、もし賊か船頭がやってくるとしたら、どこだと思う」

「この山門に来るかもしれませぬな。我らは、急いでよそに移るのがよろしゅうございましょう」

山門の前をあとにした一郎太と藍蔵は、土塀を伝うようにして境内を回り込んでいった。土塀がひときわひどく崩れ落ちたところから境内に入り込み、本堂の横へ行った。煙草を吸う鼓次郎が、よく見える場所に陣取る。

しばらくして鼓次郎が煙草を吸い終え、石段に軽く煙管を打ちつけた。少しだけ手入れをして煙草入れを腰に下げる。

これからどうするのか、と一郎太はじっと見たが、鼓次郎はそのまま動かずにいた。目を閉じているようだ。

――まさか眠るつもりではあるまいな。

その後、一郎太の鼓動が百ばかりを打った頃、鼓次郎が目を開け、ちらりとこちらを見た。わずかに笑ったように思えた。

――俺たちが、ここにいるのを知っているような顔だ。

よっこらしょ、となに食わぬ顔で鼓次郎が立ち上がった。こちらにやってくるのではないかと一郎太は身構えたが、鼓次郎は山門に向かって歩きはじめた。

「おや、帰るのですかな。結局、誰も来ませんでしたな……」

うむ、と一郎太はうなずいた。どういうことだ、と考えた瞬間、これまで経験したれたのだ。

ことがないような強烈な殺気に包まれた。

これだけの殺気を、船頭が発せられるわけがない。屋形船を襲った賊どもがあらわれたのだ。

――なるほど、そういうことだったか……。

罠にかかったのを一郎太は覚った。

――先ほど鼓次郎は俺たちを見たのではなく、境内に入ってきた賊どもに顔を向けたのだ。笑ったのは、俺たちがまんまと策にかかったのがわかったからだな……。

「月野さま、我らは陥穽に嵌まったようでございますな」

どこか楽しげに藍蔵が口にした。うむ、と一郎太は顎を引いた。

「鼓次郎にしてやられたようだ。本堂の鈴を鳴らしたのは、俺たちをこの寺に引き連れてきたことを、賊どもに知らせるためだったのだな」

体ごと振り返り、一郎太は背後に目を据えた。顔を覆面で包んだ浪人者らしい五人の男が、無言で立っていた。いずれも、かなりの遣い手に見える。

そのうちの一人は、身の丈六尺を超えようかという山のような大男である。大男が腰に差している得物を見て、一郎太は瞠目しそうになった。

刃渡り三尺近い大太刀なのだ。鞘の太さからして、身の幅も相当のものである。

そうか、と目を上げ、一郎太は大男をにらみつけた。

――こやつは、俺を槍の石突きで殴りつけた男ではないか。今度は槍ではなく、大太刀を得物にあらわれおったか。

いったいどのような技を使うのか。これだけの大太刀を使いこなすには、かなりの膂力を必要とする。男の体つきを見る限り、楽々と扱えそうな気もするが、果たしてどうだろうか。

――とにかく、お手並み拝見というところだな。

これからはじまる勝負を楽しむだけの余裕が、一郎太にはあったが、同時にいぶかしむ気持ちもあった。

――こやつはいったい何者なのか。

一郎太としては、心中で首をひねらざるを得ない。凄まじいまでの業前を誇っているはずの剣客が、これまで無名でいたというのが信じがたい。

――それとも、こやつはすでに世に知られた剣士なのか……。誰にも顔を見せたくないゆえ、覆面をしておるのか。

「ふむ、まことに生きておったのか」

不思議な生き物を眺めるような目で、大男が一郎太をまじまじと見る。

ふん、と一郎太は鼻を鳴らした。

「俺が死んだと思ったのか。きさまの石突きなど、痛くも痒くもない。鳥の羽に撫でよったはずだ」

ははは、と一郎太は大男から目を離さずに笑った。

「嘘をつけ。俺に頭をやられて、平気であるはずがない。きさまは、生死の境をさまよったはずだ」

「もしまことにそれほどの傷を受けたとしたら、ここで俺が刀を構えていられると思うか」

くっ、と大男が歯噛みでもしたような音を立てたが、ふっ、と息をつき、体から力を抜いた。

「覚悟せい」

教え諭すような口調で大男が一郎太に告げた。その言葉が戦いの始まりだと示し合わせていたらしく、他の四人が一斉に抜刀した。四本の刀が、強い陽射しにきらめく。

四人の浪人は一郎太を横目に入れつつ、一郎太のかたわらに立つ藍蔵を包み込もうとする動きを見せた。

眼光を鋭くきらめかせた藍蔵が刀を抜き、正眼に構える。

大男はさも当然という態で、一郎太の前に進んできた。

藍蔵は大丈夫だろうか、と一郎太は愛刀の摂津守順房を抜き放ちつつ、友の身を案じた。藍蔵はこの世で最上の遣い手の一人だが、遣い手の四人を相手にして勝つというのは、さすがに難しいのではないか。

――いや、それどころか、無傷で済むというのも考えにくい。あるいは、万が一ということもあり得るぞ……。

しかし今は、藍蔵に四人の相手を任せるしかない。一郎太には、目の前の大男を倒すという使命がある。

藍蔵がちらりと一郎太を見た。危ぶむような目をしていた。

「俺は殺られぬ。藍蔵、安心せい。藍蔵こそ、大丈夫か」

「当たり前にござる」

四人の浪人に眼差しを注いで、藍蔵がきっぱりと答える。

「それがしが、この程度の者どもに殺られるはずがありませぬ」

「それは俺も同じよ」

一郎太は大男に目を当てた。

――この男を生かして捕らえようなどと、露ほども思わぬほうがよい。息の根を止めるつもりでかからねば、死ぬのは俺だ。

実際、一郎太は大男を仕留める気でいる。殺気を全身にみなぎらせ、大男をじっと見た。

一郎太を逆に見据えるようにして、大男が腰を落とした。大太刀を軽々と抜き放ち、八双に構える。

その構えには一切の隙がなく、一郎太は息をのむしかなかった。

――この大男の石突きを受けて、俺はこうして生きておるのか。信じられぬな。

圧倒されたかのように一郎太は後ずさりかけたが、すぐに両足を踏ん張った。

――つまり三日前、俺は天に生かされたということではないか。

自らに強く言い聞かせて、一郎太は全身に気合を込めた。

――ゆえに、こんなところで死ぬわけがない。もしここで命を失うのなら、なんのために三日前に生かされたのか、わからなくなってしまう。

必ずこの男を倒す、と一郎太はかたく誓ったが、その戦意がまっすぐ伝わったかのように大男が、すすす、と摺足で近づいてきた。次の瞬間、一郎太を間合に入れたとみたか、大太刀を逆胴に振ってきた。

分厚い刀身が一気に眼前に迫り、一郎太は鳥肌が立ったのを感じたが、気迫で恐怖を抑え込み、愛刀を敵の斬撃に合わせていった。がきん、と大鐘を打ったかのような衝撃が伝わり、腕がぶるぶると震えた。その衝撃は一瞬で腰にも及び、がくんと尻が落ちそうになった。

ここで尻もちをついたら命はない。一郎太は咄嗟に体勢を立て直したが、すでに大男は上段から大太刀を振り下ろしてきていた。

なんと素早い、と驚くしかなかったが、一郎太は愛刀の腹で大男の斬撃を受け止めた。

今度は、がん、と岩にでも当たったような音が響き、鋭い痛みが背中に一気に広がった。むう、とうめきそうになったが、一郎太はなんとかこらえた。

さらに大男が、胴へと大太刀を旋回させてきた。一郎太はそれも受けてみせた。

すかさず大男が体を寄せてきた。一郎太も大男との距離を詰め、両腕に力を込めた。

鍔迫（つばぜ）り合いになった。すると、大男が一郎太に覆いかぶさるような体勢をとった。

大きな体にのしかかられて、そのあまりの重さに一郎太の膝ががくりと折れた。

その瞬間、さっと一郎太から離れた大男が下段から大太刀を振り上げてきた。

一郎太は体を反らすことで、なんとかその斬撃をかわした。横にできるだけ素早く動き、大男との距離を取る。

軽やかな足の運びで、大男が一郎太から離れていった。足を止めて大太刀を構え、息を入れたようだ。

覆面のせいで表情はわからないが、しぶといな、といいたげな瞳をしているように感じた。一郎太の粘り強さに呆れているのかもしれない。

この機を逃さず、一郎太は反撃を試みたかったが、大太刀は恐ろしいほど長く、迂闊に間合に飛び込めない。無理に突っ込めば、一瞬で両断されるのは目に見えている。

息を入れ直したようで、再び大男が摺足で近寄ってきた。一郎太を間合に捉えるや、上段から大太刀を振り下ろしてくる。

一郎太はその斬撃を打ち返した。腕に強烈なしびれが走り、そのために刀を引き戻すのが一瞬、遅れた。

それを隙と見たようで、大男が袈裟懸けを見舞ってきた。重く感じる愛刀をなんとか振って、一郎太は弾き返した。

大男が大太刀を逆胴に振り払ってきた。腕に力を込めて、一郎太はその斬撃を上から打ち落とすようにした。がきん、と音が鳴り、大男の大太刀が地面につきそうになる。

だがすぐに反転した大太刀が浮き上がるように動き、一郎太の胴を狙ってきた。身を低くして、一郎太はぎりぎりでよけた。

そのとき男の脇腹にかすかな隙が見えた。すかさず一郎太は、大男の内懐に飛び込もうとしたが、頭に、拳で殴られたような痛みが走った。大男との戦いが長く続いたせいで、頭の傷がついに悲鳴を上げたようだ。

あっ、と自然に声が出、一郎太は足を止めざるを得なかった。ほぼ同時に、大男が大太刀を振り下ろしてくる。

頭の痛みをこらえつつ、一郎太は横に跳んでそれをかわし、正眼の構えを取った。

大男はそれ以上は追ってこず、再び大太刀を八双に構えている。

——こいつはまずいな。

一郎太はぎゅっと奥歯を噛み締めた。大男の姿が歪(ゆが)んで見える。

——なんとか元に戻らぬものか……。

このままでは大男を仕留めるなど、夢のまた夢だ。それどころか、命を失いかねない。

藍蔵のことも気になったが、今は目を向けることはできなかった。一瞬でも大男から目を離したら、そのときが最期であろう。大男はそれだけ強い殺気を放っていた。刀身同士がぶつかり合う音が、連続して響いてくる。藍蔵はしっかり戦っているということだ。がんばってくれ、と一郎太は願うしかなかった。

——俺も藍蔵に負けておられぬ。

ふう、と猪(いのしし)を思わせるような派手な息をついて、大男が無造作に間合を詰め、大太刀を袈裟懸けに振り下ろしてきた。

一郎太はそれを足の運びでよけたが、頭の痛みが一気に増した。すぐに逆胴が来た。それも一郎太はかわしたが、頭がさらに強く痛んだ。気が遠くなりそうだ。大男が、またも下段から大太刀を振り上げてきた。

身をよじってその斬撃を避けたものの、右足が流れ、一郎太は転びそうになった。

そこへ、満を持したように大男の突きが繰り出されてきた。

——よし、引っかかったか。

大男に大技を出させるために、一郎太はわざと体勢を崩してみせたのだ。

——そちらが突きで来るなら……。

一郎太は腰を落としつつ、大男の突きが体の横を通り過ぎていくのを冷静に見守った。

——同じ突きで息の根を止めてやる。

一郎太は必殺の秘剣滝止（たきどめ）を放とうとしたが、刹那、背筋を冷たいものがよぎった。大男にもなにか秘剣があるようだ。それを一郎太は肌で覚った。

後ろに跳ね飛ぼうとしたが、間に合わなかった。大男がぎゅんぎゅんと大太刀で二回、小さな円を宙に描いた。

その途端、一郎太は体が強い風を受け、宙に浮いたのを感じた。風から逃れようとしたが、渦に巻き込まれたかのようで体はまったく自由にならない。

覆面の中でほくそ笑んだらしい大男が、大太刀を存分に振り下ろしてきた。

——殺られる。

覚悟を決めかけた瞬間、一郎太と大男のあいだに割って入った影があった。その直後、がきん、と鉄同士が当たる音が響いた。

風がやみ、ようやく足を地につけた一郎太は、小柄な影が大男の大太刀を刀でがっちりと受け止めているのを目の当たりにした。

「弥佑っ」

――そなたは、ここでいったいなにをしておるのだ。

その一郎太の思いが耳に届いたかのように、弥佑がちらっと顔を向けてきた。にこりとしたように見えたが、すぐに楽々と大男を押しはじめた。

なんと、と一郎太は目をみはった。信じられない光景としかいいようがない。

大男が必死にこらえようとするが、弥佑にあっさりと突き放され、よろけそうになった。深く踏み込み、弥佑が刀を打ち下ろした。

その斬撃を大男がぎりぎりで弾き返してみせたが、弥佑の刀の強さにさらに体勢が崩れた。素早く後ろに下がって弥佑との距離をかろうじて取る。

姿勢を低くし、弥佑が猛然と突っ込んでいく。大男を間合に入れるや、逆袈裟に刀を振り上げる。大男には、その斬撃がほとんど見えなかったのではあるまいか。

大男が、はっとして顎に手を当てる。覆面の顎のあたりに赤い筋が縦に入っているのが一郎太には見えた。

覆面を割るように血が噴き出し、大男の着物を赤黒く染めていく。すでに弥佑は、大太刀の間合から外れた位置に立ち、大男をじっと見ている。

「きさまっ」

くぐもった声を出し、足を踏み出して大男が弥佑に斬りかかっていく。だが、怒りのせいか、あまりに動きが大きくなりすぎており、いくつか隙をのぞかせていた。

まさかわざと見せているわけではあるまい、と一郎太は思った。

ぎゅんぎゅんと大太刀を回し、大男が風を起こそうとする。弥佑が無造作に前に進んだ。つむじ風に巻き込まれるのではないかと、一郎太は危ぶんだが、実際、弥佑の小柄な体が宙にふわりと浮いた。同時に大男が大太刀を横に払った。

殺られる、と一郎太は叫びそうになったが、風に乗ったかのように弥佑がさらに高く宙を飛び、大男の斬撃を軽々とかわしてみせた。そこから刀を振り下ろしていく。大太刀を振り上げ、大男が弥佑の刀を受け止めようとした。なめらかに動いた弥佑の刀が大太刀の刀身に吸い込まれていく。

だが、鉄同士が響き合う音は立たなかった。弥佑がすとんと着地した。

ほぼ同時に大男の体がくずおれていく。はらりと覆面が取れ、素顔が露わになったが、それも束の間でしかなかった。大男の顔が二つに割れ、血だらけになったのだ。大男が地響きを立てて倒れ込んだ。すでに息をしていないのは明白である。

――強すぎる。まさに桁外れだ。

一郎太は感嘆するしかない。自分があれだけ苦戦し、命を取られそうになるまで追いつめられた大男を、あっという間に倒してみせたのだ。

藍蔵はまだ四人を相手に戦っていた。ひたすら守りに徹しているらしく、どうやら傷一つ負っていないようだ。

さすがだな、と一郎太は感心したが、すぐにこうしてはいられないことに気づき、藍蔵の助けに入った。弥佑も新たな戦いの輪に加わった。

一郎太と弥佑の二人が来て、さすがの藍蔵も救われたという顔をした。二人の遣い手が相手では形勢不利と見たようで、一人が、引くぞっ、と大声を発するや、全員がだっと駆け出した。

——捕らえなければ。

すべてを白状させるために一郎太は四人を追おうとしたが、頭の痛みがひどく、走ることができなかった。むしろ足がもつれ、地面に倒れそうになった。

「月野さま、大丈夫でございますか」

あわてて藍蔵が、一郎太を横から抱きかかえるようにする。

「ああ、もう平気だ」

実際、頭の痛みは消えつつあった。

——くそう。

藍蔵に支えてもらいながら一郎太は、胸中で毒づくしかなかった。

藍蔵に手を離してもらい、一郎太は背筋を伸ばして立った。平然と大男を倒したように見えたが、弥佑もかたわらに立っていた。さすがに息が荒い。弥佑といえども、やはり相当の力と技を必要としたのだ。そうではなかったのが知れた。大男が完全に息絶えているようにすら見えた。精根尽き果てているのを改めて確かめてから、一郎太は愛刀を鞘におさめ、じろりと瞳を動かす。

「弥佑、なにゆえここにおるのだ。三日は静かに寝ていなければならぬ、と明貫先生にいわれたではないか」

弥佑が小さく笑みを漏らす。

「医療所を、こっそりと抜け出してまいりました」

「今頃、明貫先生はそなたの身を案じているのではないか」

「置き文をしてまいりました。そのうち必ず戻ると……」

「今から戻れ」

「月野さまの敵をこの世からすべて除かぬ限り、それは無理でございます」

「だが、そなたの体がまいってしまうぞ」

「月野さまを守れれば、それがしは本望でございます」

弥佑の顔には、固い決意がくっきりと刻まれていた。どんなに強くいったところで聞きそうにないな、と一郎太は思った。

——弥佑も藍蔵に劣らず頑固そうだ……。

「いつから俺たちのあとをつけていた」

弥佑の説得をあきらめ、一郎太は新たな問いを発した。

「『心助』からでございます。医療所で月野さまが、『心助』に赴き、千吉に会うのだとおっしゃっておりましたから」

もし俺があんなことをいわなければ、と一郎太は思った。弥佑はここへ来ていなかったのか。

「弥佑は、『心助』から俺たちのことをずっとつけてきていたのか」

「さようにございます」

さりげない口調で弥佑が答えた。まったく気づかなかった。一郎太は藍蔵と顔を見合わせた。弥佑が忍びの術を身につけているということだけが、一郎太たちに尾行を気づかせなかった理由ではないだろう。やはり弥佑の術が図抜けてすごいのだ。

「では、ここで戦いがはじまったのも弥佑は見ていたのだな。なにゆえ、すぐに助けに入らなかったのだ」

叱責にならないよう気をつけて、一郎太はたずねた。

「その大男でございますが——」

弥佑が、地面に横たわる骸（むくろ）に目を投げる。

「戦いがはじまる前から、なにか秘剣を温存しているように、それがしは感じておりました。月野さまの腕を知らぬはずがないのに、なにか余裕のようなものを醸しておりました。その秘剣が出るまでは、月野さまの身を案ずることはないとそれがしは考えていました。月野さまのほうが、腕はまず上でございましたので……」

意外な言葉を聞いた、と一郎太は思った。

「俺のほうが上だと」

「はい、まちがいなく。ただし、月野さまのお体は万全ではなく、秘剣が本当に出たらそのときがそれがしの出番だと思っておりましたので、いつでも飛び出せるように態勢をととのえておりました」

「そうであったか」

――『心助』に行くと、明貫先生の医療所で口にしてよかったのだな。でなければ俺は……。

弥佑に向かって一郎太は頭を下げた。

「弥佑、よく来てくれた。もしそなたがいなかったら、骸となっていたのは俺のほうだった。弥佑、心から感謝する」

いつの間にか藍蔵も弥佑に低頭していた。

「弥佑どの、それがしの一番大事な月野さまを救ってくださり、御礼の言葉もございませぬ」

弥佑が微笑する。

「いえ、それがしは、月野さまをお守りするという当然の務めを果たしたまでのこと。藍蔵どの、どうか、お顔を上げてください」

その言葉が聞こえなかったかのように、藍蔵がさらに深くこうべを垂れた。

「もし月野さまが死んでいたら、それがしも後を追って死んでおりもうした。弥佑どのは、それがしの命も救ってくださったことになりもうす。まことにありがたく存ずる」

「とにかく、みんな生きていて、まことによかった」

一郎太は元気な声を上げた。しかし、それは空元気も同然だった。

頭の痛みはもう消えてはいたが、また戦いの際にもし同じことが起きたら、と考えると、暗澹（あんたん）とせざるを得なかったのである。

第四章

一

すべての光を失った瞳は、ただ虚空を見つめている。

頭の痛みがぶり返さないように慎重にしゃがみ込んだ。

――このような顔をしておったのか。屋形船で見たときとかなりちがう。定町廻り（じょうまちまわ）同心の服部左門に伝えた人相は役に立たぬな。

顔面血だらけとはいえ、三十代の半ばと思える大男は切れ長の目をしており、女に騒がれそうな面貌が見て取れた。月代はろくに剃っていないようで、髪がまばらに生えているのは記憶通りだったが、面立ちの端整さは失われていない。

——悪事になど手を染めず、真っ当に生きておれば、いろいろとよいことがあったであろう。今日、死ぬようなことにもならなかったはずだ。

「弥佑、この男は高名な剣士なのか」

大男の両目を閉じてやりながら一郎太はきいた。

「わかりませぬ。それがしは、初めて見る顔でございます」

弥佑がかぶりを振る。

そうか、と一郎太はうなずいた。

——この男にも名があろう。むろん親もおり、妻子もおったのかもしれぬ。だがその者たちは、この男がたった今、死んだことを知らぬ。

野垂れ死にも同然だが、家人はいつか知ることになるのだろうか。

「弥佑、この男が使った秘剣から流派がわかるか」

立ち上がって一郎太は問うた。

「いえ、それもわかりませぬ……。あるいは、我が父にきけばわかるかもしれませぬ」

「そなたの父とな……。剣術道場を営んでいるという話であったな」

弥佑は父の田右衛門から、剣術を厳しく仕込まれたのだろう。もちろん、忍びの術もである。

「剣術道場の師範なら、確かに知っていても不思議はない」

「多数の剣術の書物を所蔵しておりますし、さまざまな流派の研究にも余念がありませぬ」

「ほう、そうなのか」

はい、と弥佑が誇らしげな顔で答えた。

「月野さま」

首を傾げて藍蔵が呼びかけてきた。

「この男が、屋形船を襲った者どもを束ねていたのでございましょうか」

藍蔵の眼差しは、大男の骸に当てられている。

「この男の業前であれば、頭であってもおかしくはない。しかし、この男はただ使われていただけかもしれぬ……」

「その場合、さらに上がいるということでございますな」

「もしそうであるなら必ず捜し出し、引っ捕らえるか、成敗しなければならぬ」

わかりもうした、と藍蔵がいった。

「それで月野さま、この遺骸はどういたしましょう」

どこか気の毒そうな顔で、藍蔵がたずねてきた。

「このまま放っておくわけにはいかぬ」

哀れみの目を骸に投げて一郎太は断じた。

「屋形船を襲った賊の一人をこの寺で成敗したと、町奉行所に届け出るしかあるまい」

そうなれば、この男は無縁墓地に葬られるだろう。

「さようにございますな」

「藍蔵、町奉行所に届け出る前に、この男の人相書を描いてくれ。できるか」

「生前の顔付きを思い浮かべれば、なんとか」

激しい戦いをくぐり抜けたために、藍蔵は腰に下げていた矢立を紛失してしまったようだ。これをどうぞ、と弥佑が矢立を差し出してきた。かたじけない、と受け取った藍蔵が懐から紙を取り出し、骸のそばにかがみ込んだ。筆を用い、すらすらと描きはじめる。

描き終えるや、立ち上がった。少し伸びをして藍蔵が腰を押さえ、顔をしかめる。

歳は取りたくないのう、とぼやく。

「月野さま、これでいかがでございましょう」

手渡された人相書に一郎太は目を落とした。

「うむ、よく描けておる。藍蔵、なくさぬように持っていてくれ」

はっ、と藍蔵が墨の乾いた人相書を折りたたみ、懐にしまい入れた。顔を上げ、一郎太を見つめてくる。

「月野さま、これからどういたしますか」

「この界隈(かいわい)を隈(くま)なく当たり、賊どもの隠れ家を探し出すつもりでいたが、仮に見つけ出したとしても、もはやもぬけの殻ではないか。おそらく、なんの手がかりも残しておらぬだろう」

「そうかもしれませぬ」

藍蔵が同意する。

「近所の農家の者にでも話を聞けば、賊に隠れ家を周旋した口入屋がわかるかもしれぬ。その口入屋を訪ねれば、賊に関する詳しい話を聞けるであろうが、弥佑の父上にお目にかかり、この男の秘剣について話を聞くほうが、手っ取り早いような気がする。藍蔵はどう思う」

「それがしも賛成でございます」

すぐさま藍蔵が賛意を示し、力説する。

「先ほど戦っている最中に横目で見ただけにございますが、この男の秘剣はすさまじいものでございました。あれほどの秘剣を伝授する道場は、江戸広しといえども、二つとありますまい。道場さえわかれば、この男の身元はわかるにちがいありませぬ」

「その通りだ」

「それに、賊どもの隠れ家を見つけ出すといっても、橋場町は広うございます。見つからぬことも十分に考えられますし、賊が口入屋を介さずに周旋を受けたということもあり得ます。仮に口入屋の周旋を受けたとしても、それが昔のことだとすれば、話を聞ける者も限られてまいりましょう。その者を捜し出すのも、骨でございます」

藍蔵が口を閉じたのを見て、一郎太はにこりとした。

「いろいろと言いわけを見つけてくれたな。藍蔵、かたじけない」

「いえ、礼をいわれるほどのことではございませぬ。月野さま、では今から弥佑どののお父上の道場に向かうわけでございますな」

「その通りだ。ただし藍蔵」

口調を改めて一郎太は呼びかけた。

「そなたは下谷金杉下町に向かうのだ」

即座に藍蔵が一郎太の意図を覚った顔つきになる。

「岩狭屋に行き、鼓次郎を引っ捕らえるのでございますな」

「鼓次郎はとうに店から逃げ去っているかもしれぬが、とりあえず行ってみてくれ」

「承知いたしました」

「いえ、そうするまでもございませぬ」

不意に弥佑が口を挟んだ。なにゆえだ、と一郎太は思ったが、すんなりと答えは出た。

「そなた、鼓次郎を捕らえたのだな」

「おっしゃる通りでございます」

一郎太を凝視して弥佑が肯定する。

「そうであったか。鼓次郎はどこにおる」

「当て身を食らわせ、気絶させました。山門そばの大木にくくりつけてあります」

「でかした。よし、早速まいろう」

もし鼓次郎が岩狭屋から逃げ去っていたら、藍蔵に北町奉行所に走ってもらい、左門に行方を捜すよう依頼するつもりでいた。

一郎太たちは山門を抜けて道に出た。一郎太は、山門に掲げられた扁額を見上げた。そこには澄明山鳴東寺とかすれた文字で書かれていた。

――このような名であったか……。

前を行く弥佑が、山門から三間ほど進んで足を止めた。

「こちらです」

杉の大木の裏側に、刀の下緒で鼓次郎が縛りつけられていた。うなだれて目を閉じている。今も気を失ったままのようだ。

「藍蔵、岩狭屋を起こすのだ。話を聞かねばならぬ」

「承知いたしました」

藍蔵が杉の前に立ち、鼓次郎の頰をぺしぺしと叩いた。

鼓次郎はすぐには目を覚まさなかったが、やがて重たげにまぶたを持ち上げた。自分がどこにいるのかわからずにぼうっとしていたが、眼前の藍蔵を目の当たりにするや、体をよじらせ、その場から逃れようとした。だが、身動きがかなわないことに気づき、絶望の色を瞳に浮かべた。

藍蔵に代わって一郎太は鼓次郎の前に立ち、にらみつけた。

「岩狭屋、俺のことは覚えておるな」

「もちろんでございます」

気弱げに目を伏せて鼓次郎が肯んじた。

「店でお目にかかりました。月野さまでございます」

「その通りだ。よく聞け、岩狭屋」

一郎太は声を張った。鼓次郎の背筋がぴんと伸びる。

「今からそなたを町奉行所に突き出すつもりでおる。だが、俺たちにも情けはある。そなたがすべてを正直に話すのであれば、考え直してやってもよい」

「ま、まことでございますか」

舌をもつれさせて鼓次郎が問う。瞳に生色が宿った。

「まことだ。そなたにも、やむにやまれぬ事情があったのであろう」

「おっしゃる通りでございます」

我が意を得たりとばかりに、鼓次郎が大きく首を上下させた。

「商売がうまくいかなくなったせいで質の悪い金貸しに金を借りてしまい、その返済のために、どうしてもまとまったお金が入り用だったのでございます」

これが事実とは思えず、一郎太は眉を曇らせた。岩狭屋で初めて会ったときと同様、鼓次郎は相変わらず阿漕さを感じさせる顔をしているのだ。

しかし、それもどうでもよいことだろう。とにかく今は、鼓次郎の口を軽くすることに専心しなければならない。

「借金があったせいで、悪事だとわかっていながら加担したか」

「かなりまとまった金が手に入るといわれまして、悪事でなければよいなとは思っておりましたが、手前の商いは人と人を結びつけることでございますので、つい……」

恥ずかしそうに鼓次郎がうつむく。

「よし、わけはわかった」

両手を軽く打ち合わせ、一郎太は鼓次郎に目を当てた。

「話を聞くぞ。正直に話せば、必ず解き放とう。だが嘘をつけば、即座に町奉行所行きだ。わかったな」

「わかりましてございます」

殊勝な顔で鼓次郎が答えた。

「そなたは、屋形船を襲撃した賊どもと知り合いなのだな」

一郎太はすぐさま問いをぶつけた。

「知り合いというほどのものではありません。腕利きの船頭が三、四人ほどほしいということで、お侍がお一人で店に見えまして」

「店に来たのはこの男か」

藍蔵から人相書を受け取り、一郎太は鼓次郎に見せた。

「さようにございます」

人相書に少し目をやっただけで、鼓次郎が首を縦に振った。

「あの、このお侍も手前と同じように捕まったのでございますか」

「この男は死んだ」

その言葉を聞いて鼓次郎が、ひっ、と喉を鳴らした。

「死んだ……」

「自業自得としかいいようがあるまい。それでそなた、この男の隠れ家を知っておるか」

一郎太は次の問いを発した。鼓次郎の喉が今度は、ごくり、と音を立てた。

「いえ、存じません」

「まことか」

目を光らせて一郎太は質した。

「本当です。嘘はつきません」

実際、その必死の形相からして鼓次郎が偽りを口にしているようには見えなかった。

「この男の名はどうだ。知っておるか」

「は、はい」

鼓次郎が点頭する。

「店に見えたときに、長月秋之介さまと名乗られました」

偽名であろうな、と一郎太は直感した。

「そなたは、岩狭屋に入ってきた俺を見て、はっとしたな。あれは、俺のことを知っていたからだな。ちがうか」

「それまで月野さまにじかにお目にかかったことはございませんでしたが、長月さまから渡された人相書にそっくりな人が入ってきたものですから……」

「その人相書はいつ受け取った」

「昨日でございます。長月さまが見えまして、置いていかれました」

屋形船での戦いの最中か、それ以外のときのことなのか判断はつかないが、俺は顔を覚えられていたのだな、と一郎太は思った。

「昨日、長月はなんといって人相書を置いていった」

「もしこの人相書の男が店を訪ねてきたら、うまく芝居をし、気づかれぬようこの寺へ誘(おび)き出せ、と命じられました」

申し訳なさそうに鼓次郎が首をすくめる。

「なにしろ、前金で十両もいただいたものですから。この寺に来たら本堂にお参りする振りをして、鈴を鳴らせといわれました」

——やはりそうであったか。

「岩狭屋」

一郎太は鼓次郎に目を据えた。

「長月に紹介した四人の船頭は、そなたの知り合いなのか」

「知り合いといえるのは、ただの一人だけでございますが……」

渋々という感じで鼓次郎が認めた。

「その船頭の名と住処(すみか)を教えるのだ」

「あの、名は知っているのでございますが、住処は存じません」

「嘘をついておらぬであろうな」

「嘘などではありません」

まなこを大きく見開いて、鼓次郎が一郎太を見つめる。

「ならば、まずは船頭の名を教えるのだ」

「はい。追い風の孫十さんといいます。自前の猪牙舟を持っており、腕もとてもよい船頭でございます」

「自前の猪牙舟を持っておるのか。追い風の孫十とは、どのような船頭だ」

実のある男のはずがないな、と思いつつ一郎太は問うた。

「大の博打好きでございますよ。女も酒も好きみたいですね。金の遣いっぷりは派手でございます」

案の定だな、と一郎太は思った。

「そなたは、孫十とどういう知り合いだ。もしや賭場で知り合ったのではあるまいな」

「実はその通りでございまして……」

きまりの悪そうな顔で鼓次郎がうなずいた。

「岩狭屋。これまで孫十に、悪事をはたらくような仕事を紹介したことは幾度もあるのか」

「いえいえ、滅相もございません。このあいだのが初めてでございます」

「初めてとは……。本当か」

一郎太は怖い目をつくり、鼓次郎をにらみつけた。

「ああ、すみません、初めてではありませんね。前に二度か三度はあったかもしれません」

鼓次郎があわてて訂正した。そうであろうな、と一郎太は心中でうなずいた。

「腕がよい船頭にもかかわらず、遊び三昧の暮らしをしていたら、金がいくらあっても足りなかろう。孫十は、いつも金に困っている様子ではなかったか」

「おっしゃる通りにございます。あちこちに借金をこさえているようなことをいっていましたが、特に賭場に大きな借りがあるみたいでして。なにか儲け話があれば、必ずつなぎをくれと、いつもくどいほど手前に頼み込んでいました」

そうだったか、と一郎太は顎を引いた。

「孫十に仲間はいるのか」

「いるみたいですね。仲間というより、子分のような者らしいですが……」

「子分は三人か」

「そうではないかと……」

「その三人も猪牙舟を持っておるのか」

「さようにございます」

「孫十たちはどうやって手に入れたのかな。猪牙舟も決して安いものではあるまい」

「昔、四人で悪さをはたらいたときに稼いだ金で買ったようでございますよ」

「四人がどのような悪さをしたのか、そなたは聞いておるか」

「そこまでは存じません。話してもらえなかったものですから……」

　うむ、と首を縦に振って一郎太は少し思案した。

「そなたは孫十の住処は知らぬといったが、仕事を回すときどうやって知らせていた」

「馴染(なじ)みの賭場に、孫十さん宛の文(ふみ)を託しておくのでございます。そうしておくと、孫十さんが来たときに賭場の者が渡してくれます」

「その文を読んだ孫十が、そなたの店にやってくるという寸法か」

「さようにございます」

　腕組みをして一郎太は下を向いた。今から孫十に会い、話を聞くのがよいだろうか、と思案する。

　――孫十は、賊どもを自分の猪牙舟に乗せている。じかに顔を見ているということだ。孫十に話を聞いても損はなかろう。

「その賭場はどこにある」

「あの、行かれるので」

「そのつもりだ。賭場の者が、孫十の住処を知っているかもしれぬ」

わかりました、といって鼓次郎が賭場の場所を告げた。

ほかに岩狭屋に吐かせておかねばならぬことがあるだろうか、と一郎太は自問した。今のところ、見つからなかった。

「よし、これで終わりだ」

それを聞いて鼓次郎がほっとした顔になる。

「あの、手前はすべて正直にお答えいたしましたが、これで解き放っていただけるのでございましょうか」

一郎太は首を左右に振った。

「今すぐというわけにはいかぬ。そなたには、今しばらく付き合ってもらわねばならぬ」

「えっ、どういうことでございましょう」

いかにも心外だといわんばかりの表情で、鼓次郎がきいてきた。

「そなたも我らと一緒に賭場にまいるのだ」

「ええっ」

のけぞった鼓次郎が、幹に後頭部を打ちつけた。いててて、と顔をしかめる。

「我らがその賭場に行ってみたはいいものの、そこは孫十が馴染みにしている賭場ではないかもしれぬ。あるいは、そこに賭場がないかもしれぬ」

「いえ、賭場はまちがいなくございます。手前は嘘などついておりません」

「そうかもしれぬが、岩狭屋、つべこべいわずに一緒にまいるのだ」

有無をいわさぬ口調で一郎太は命じた。しばし鼓次郎は呆然としていた。

「わかりました」

唇を嚙み締めて鼓次郎が低頭する。一郎太の目配せを受けて藍蔵が歩み寄り、鼓次郎の縛めをほどきはじめた。

二

潮が香る大川沿いの道を南に進み、吾妻橋を渡りはじめた。

長さ七十六間ともいわれる橋は、付近の景色に見とれる間もなく終わり、一郎太たちは連れ立って対岸に降り立った。

大川の東岸は、草のにおいが強いような気がした。緑が多いからだろうか、と一郎太は思った。

目の前の道を左に折れれば、向島の名所の三囲神社や牛御前社、長命寺などに行けるが、前を行く鼓次郎は右に曲がった。

もし逃げるような素振りを見せれば背中をばっさりやるとの脅しが効いているのか、あきらめきった風情で一郎太たちを先導している。

すぐに一郎太たちは中之郷竹町に入った。少し進むと、武家屋敷の塀が途切れ、こぢんまりとした寺の前に出た。木戸のような山門の前で、鼓次郎が足を止める。

「こちらでございます」

かたく閉じられた山門に掲げられた扁額を読み取ると、寺の名は三全寺というようだ。門前にやくざとおぼしき者は一人もおらず、どこか閑散としていた。

「この刻限に、賭場はやっておるのか」

一郎太は鼓次郎に問うた。

「はい、やっていると思います。昼の最中に暇を持て余している人は少なくないみたいで、いつもけっこう混んでいるようですよ」

不意に、近くで犬の吠え声がした。一匹ではなく、二匹のようだ。この寺で飼われているのだろうか、と一郎太は思った。

「ならば、入ろう。俺たちは、そなたの連れということにすればよかろう。金はそれなりに持っておるゆえ、安心してくれ」

先ほど鼓次郎に五両をやったから、一郎太は文無しも同然である。藍蔵がきっと持っているだろう、と踏んでいる。

「承知いたしました」

足を踏み出した鼓次郎が、くぐり戸をほたほたと叩く。間髪を容れずに、どちらさまですか、とやわらかな声が返ってきた。これはまたやくざ者とはとても思えぬな、と一郎太は少し驚いた。

「いつもお世話になっております。鼓次郎でございます」

「ああ、鼓次郎さんですか。いま戸を開けますね」

「連れが一緒なんですが、構いませんか」

一瞬、剣呑な気配が漂ったのを一郎太は感じ取った。博打は法度で禁じられているだけに、やはり中のやくざ者たちは知らない者が来るのを警戒しているのだ。

「お連れは何人ですかい」

やや尖った声がきいてきた。

「三人です」

「そのお三人の身元は、確かなんですかい」

「もちろんです。手前が昵懇にさせていただいているお方ばかりですよ。お足もたっぷりとお持ちです。上客といって差し支えないと存じます」

境内から声は返ってこず、少し間が空いた。

「わかりました。いま開けます」

こすれるような音を立ててくぐり戸が開き、先ほどの声に似つかわしくない、すさんだ目つきをした男が顔をのぞかせた。値踏みするような眼差しを無遠慮に当てて、一郎太たちを順繰りに見ていく。

「ほう、三人ともお侍ですかい」

「いずれもご浪人です」

「ふむ、ご浪人ですかい。本当にお足をお持ちなんでしょうね」

「よし、見せよう。藍蔵、頼む」

「えっ」

いきなり一郎太に名指しされてびっくりしたようだが、すぐに冷静な顔になり、藍蔵が懐から巾着を取り出した。四枚の小判をつまみ上げる。

「これでどうかな」

藍蔵が笑顔で男にきく。

「ほう、けっこうお持ちですね。わかりました。お入りください」

一礼して、やくざ者が横にどいた。ふう、と息をついて藍蔵が巾着をしまい込んだ。

一郎太たちはくぐり戸を抜け、境内に足を踏み入れた。狭い境内には、本堂に鐘楼、それに庫裏らしい建物があった。

「まさか月野さまがそれがしの懐を当てにしているとは、思わなんだ……」

「俺は持ち合わせがないのだから、仕方なかろう」

「それがしがもし持っておらなんだら、どうする気だったのでございますか」

「そなたがそこそこ持っているのは、知っておった」

「えっ。まさか、それがしの巾着をのぞき見たのではないでしょうな」

「そんな真似はしておらぬが、いつも四、五両は持っていると先刻承知しておる」

「相変わらず油断なりませぬな」

歩きながら一郎太は、本堂から熱気らしいものが発せられているのを覚った。

ただし、そんなに大勢の客は入っていないようだ。せいぜい五、六人といったところだろう。

またしても犬の吠え声がした。二匹の犬が、鐘楼そばの大木に縄でつながれている。

二匹とも、二頭と数えてもよいような体の大きさだ。まるで熊のような犬だな、と一郎太は思った。

「あれは大館犬ですかな」

二匹の犬を眺めて藍蔵がつぶやく。

「大館犬というと、秋田の佐竹公が闘犬のために飼っている犬だったな」

「さようにございます。戦いに強くするために、大型の雄と雌をつるませていると聞きますな」

佐竹氏は大の闘犬好きだ。

「藍蔵どの、おそらくあの二匹は大館犬ではないでしょう」

静かな声で告げて弥佑がかぶりを振る。

「大館犬はそれがしも存じておりますが、あれほどしきりに吠えませぬ。人にはとてもおとなしく、しかも勇猛で忍耐強い犬でございますから」

「確かに大館犬にしては吠え過ぎる。だとしたら、あれらはなんという犬でござろうか」

「申し訳ないのですが、それがしにもわかりかねます」

弥佑の言葉を聞いて、一郎太はやくざ者に目を当てた。

「いえ、あっしも、あの二匹がなんという犬か、知らないんですよ。うちの親分がどこからかただでもらってきたか、安く譲ってもらったかしたんですよ」

なにゆえあれだけ大きな犬をここで飼っているのか、と一郎太は考えた。

「もしや御上(おかみ)の手入れの際、あの二匹を解き放って、客やそなたらが逃げるときを稼ごうという算段ではないか」

「よくおわかりになりますね」

やくざ者があっさりと認め、感心したような顔つきになる。

「しかし、あの二匹は吠えるばっかりですからね。いざというとき本当に役に立つか、知れたものじゃありませんよ」

すり減った石畳を踏んで、一郎太たちは本堂の回廊に上がった。そこで雪駄を脱ぎ、刀を歳のいったやくざ者に預けた。

こぢんまりとした本堂に入ると、案の定、数人の客が盆茣蓙を囲んでいるに過ぎなかった。所在なげに雑談しているやくざ者のほうが、客よりも多い。

昼間から開いている賭場など、と一郎太は思った。こんなものかもしれない。ほとんどの者は働いている刻限なのだ。

ただし、客が少ないといっても、本堂内は煌々と明るい光で満たされていた。いくつもの百目ろうそくが惜しむことなく灯されているのだ。この賭場がかなり儲かっている証であろう。夜ともなれば、まさに鉄火場と呼ぶにふさわしい雰囲気を醸し出すのではないか。

――そのときにまた来てもよいな。

「どうだ、岩狭屋。いま孫十はおらぬか」

一郎太は鼓次郎にたずねた。

「さて、どうですかねえ。――あっ」

盆茣蓙のほうに、じっと目を向けていた鼓次郎が声を上げた。

「いるのか」

「はい、おります」

「よし、岩狭屋。孫十を、そこに連れてくるのだ」

一郎太は帳場の横を指さした。そこには何枚か座布団が敷いてあり、客に酒を供しているようだ。

今は腰の曲がった年寄りが座り込み、ちろりを傾けていた。

「あの、なんといって、孫十さんを連れてくればよろしいでしょう」

「仕事を頼みたい者がおると、いえばよかろう」

「ああ、なるほど。わかりました」

一郎太たちのそばを離れ、鼓次郎が盆茣蓙へと向かう。一郎太たちが座布団に腰を下ろすと、入れ替わるように年寄りが立ち上がった。必ず勝つという思いを込めているのか、両の拳をぎゅっと握り締めていた。

鼓次郎が、筋骨が隆と盛り上がった男のかたわらにしゃがみ込み、顔を寄せて話しかけるのが見えた。孫十とおぼしき男は少し迷惑そうな素振りを見せたが、すぐに一郎太たちのほうへと顔を向けてきた。

もしかすると孫十に顔を覚えられているかもしれず、一郎太たちはそっぽを向いた。しばらくそうしていたが、人が近づいてくる足音がし、一郎太はちらりと見た。鼓次郎と、孫十とおぼしき男が連れ立ってやってきた。

「孫十さんをお連れしました」

ややかたい顔で鼓次郎が告げ、孫十を一郎太たちに紹介した。一郎太たちを間近で目にしても、孫十の表情に変化はない。

――どうやら、俺たちのことは覚えておらぬようだな。

そのことに一郎太は安堵した。もし孫十が一郎太たちの顔を覚えていたら、まちがいなく逃走を図っただろう。

それを捕らえるのはさして難儀ではないはずだが、できるなら、こんなところで騒ぎを起こしたくはなかった。

「俺は月野鬼一という。この二人は俺の友垣だ。孫十、座ってくれ」

しかし孫十はその言葉に従わず、どこかいぶかしげに一郎太たちを見つめている。

「あの、お侍、どこかでお目にかかりましたかい」

首をひねって孫十が一郎太にきいてきた。

「いや、そなたに会うのは今日が初めてだ。そなた、俺たちと会ったような気がするのか」

「ええ、どこかでお目にかかったような気がいたしますねえ」

「他人の空似かもしれぬぞ」

「まあ、そうなんでしょうね」

納得したように口にし、孫十が一郎太の前に座した。歳は五十前後か、額に幾筋か深い横じわがあった。

猿のような顔をしておるな、と一郎太は思った。いかにも抜け目なさそうな感じがする。

「あの、月野さま。手前は、これで失礼してよろしいですか」

小腰をかがめて鼓次郎がきいてきた。

「店に戻るか」

「そのつもりでございます」

「わかった。戻るがよい」

「ありがとうございます」

鼓次郎が喜色を露わにする。

「だが岩狭屋」

そそくさとその場を去ろうとする鼓次郎を、一郎太は呼び止めた。

「二度と同じような真似はするな。天は見ておるぞ。俺がなにをいいたいか、わかるな」

「もちろんでございます」

「よいか。次は俺たちも容赦せぬぞ」

「肝に銘じておきます」

一礼した鼓次郎が足早に本堂を突っ切り、外に出ていった。

「岩狭屋の野郎、月野さまたちに、なにか無礼な真似でもしたんですかい」

「まあ、そういうことだ」

「あの、あっしに仕事を頼みたいということですけど、岩狭屋の野郎をあいだに立てなくても、よろしいんですかい」

「申し訳ないが、仕事を頼みたいというのは偽りだ」

それを聞いて、孫十の顔が一気に険しくなった。気を立てた猿のように目を吊り上げている。

「で、偽りとはなんのこって」

腹立ちをなんとか抑え込んだか、孫十が冷静な声できいてきた。

「仕事を頼みたいというのは、そなたにここへ来てもらう口実に過ぎぬ。俺はそなたに、この男の話を聞きたくてな」

藍蔵から人相書を受け取り、一郎太は孫十に見せた。それを一瞥するや、孫十がぎくりとした。気づいたように一郎太を見て、あっ、と声を発した。どこで一郎太を見たか、思い出したようだ。

あわてて立ち上がろうとするのを、一郎太はさっと手を伸ばし、孫十の左肩を押さえつけた。それだけで孫十が動けなくなった。くっ、と奥歯を嚙み締め、一郎太をにらみつけてくる。

「よいか、手荒な真似をする気はない。俺はそなたに話を聞きたいだけだ。わかったか」

一郎太はできるだけ優しく語りかけた。

「わ、わかりましたよ」

吐息を漏らして孫十が座り直す。一郎太は孫十の肩から手を離した。

「月野の旦那は、ずいぶんお強いですね」

どこか呆れたようにいって、孫十が自らの左肩を撫でる。

「腕には自信がある。だが、この若い男のほうが俺よりもずっと強いぞ」

一郎太は弥佑を指し示した。弥佑を見た孫十が驚きの表情になる。

「えっ、こんなにお若いのに。しかもずいぶん華奢だ……」

「とにかく剣の天才といってよかろう。ゆえに、この男を怒らせぬほうがよい。素手で、そなたをあっという間に料理できる」

「わ、わかりました。脅かさないでくだせえ」

孫十がげんなりしたように喉仏を上下させたが、すぐに背筋を伸ばし、一郎太を見る。なんでもきいてくれ、という顔つきだ。

「三日前、この男を乗せて屋形船を襲ったな」

一郎太をじっと見て孫十が眉根を寄せた。

「あっしには、月野の旦那がなにをおっしゃっているのか、さっぱりわかりやせん」

「しらばくれずともよい。すでに調べはついておるし、先ほど逃げ出そうとしたのは、俺をどこで見たか思い出したからだろう」

孫十が大仰に首をひねってみせる。

「月野の旦那は、いったいなにをおっしゃっているんですかい」

「よいか。俺たちに、そなたを捕まえる気はないのだ」

辛抱強く一郎太は孫十の説得を試みた。

「俺はただ、この男が何者なのか知りたいだけだ」

その思いが通じたか、孫十が、むう、とうめき声を漏らし、一郎太を見直す。

「月野の旦那、それはまことのことですかい」

「俺は嘘をつかぬ」

それでも、孫十は疑り深そうな目で一郎太を見ている。

「俺はこの男に、槍の石突きでしたたかに殴られた。生死の境をさまよったほどだ。それゆえ、どうしてもこの男の正体を突き止めたいのだ」

どこか同情めいた思いが孫十の面に浮かんだのを、一郎太は見て取った。

「そなた、この男が乗った猪牙舟の船頭をつとめていたな」

「さあ、そいつについてはなんともいえませんが、月野の旦那、まことにあっしを捕らえる気はないんですね。そのお言葉を、信じてもよろしいんですね」

「むろんだ」

強い口調で一郎太は請け合った。

「わかりましたよ。ただし、あっしは屋形船を襲ってなんかいませんぜ。この人相書のお侍に、ただいわれたことをしたまでで……」

「よくわかっておる」

一郎太は深くうなずいてみせた。

「それで、この男はなんという名だ」

「長月秋之介さまといいます」

「それは偽名だ」

「えっ、そうなんですかい。さあ、本名は存じませんねえ。あっしは長月さまと呼んでいましたよ」

わけがわからないというように、孫十がかぶりを振る。

「屋形船を襲う前、そなたはどこで長月を拾った。この男のほかにも十数人の侍がいたはずだが」

「乗せたのは、浅草橋場町を流れる川の桟橋ですよ。あの川がなんというのか知りませんが、大川に注ぎ込んでいる川ですよ」

「その桟橋は鳴東寺の近くか」

「そのお寺は存じませんねえ」

「屋形船を襲ったあとはどうした。どこで長月たちを下ろした」

「ずいぶん遠回りをさせられましたが、元の桟橋ですよ」

「そのとき桟橋に誰か、長月たちの帰りを待っている者はいたか」

「いえ、誰もいませんでしたね」

「そうか……」

「そういえば……」

脳裏によみがえったことがあったのか、孫十がぽつりとつぶやいた。

「いま思い出しやしたが、桟橋が無人なのを見て取って、長月さまが少し残念そうに口にしたんですがね」

「なんといったのだ」

「はっきりとは聞き取れなかったので、それが正しいのかわかりませんけど、兄上はいらっしゃらぬか、といったように思えました」

「長月は、兄上といったのか」

「本当にそういったのか、定かではありませんが、あっしにはそう聞こえました。酒のせいであちこちやられちまってやすが、耳だけはまだまだ達者なんで……」

長月には兄がいるのか、と一郎太は思った。その兄が、屋形船を襲った者の頭といってよいのだろうか。

「あの、そろそろ勝負に戻ってもよろしいですかい」

黙り込んだ一郎太にしびれを切らしたのか、孫十が身じろぎする。

「ああ、もうよいぞ」

「ありがとうございます」

「こちらこそかたじけなかった」

「月野の旦那」

なにか思うことでもあったのか、孫十が座り直した。

「まことに、あっしを捕まえないんですね」

「ああ、その気はない。安心しろ」

「番所にも告げ口はなしですよ」

「もちろんだ。町奉行所の者にもいわぬ。ただし孫十。役人の手は、すでにすぐそばまで伸びているかもしれぬぞ」

「ええっ」

「近ごろの役人は調べが甘いと、おまえはなめているかもしれぬが、あまり見くびらぬほうがよい。役人とは調べをもっぱらにする者たちだ。着実に証拠を積み重ねていくぞ。おまえはいずれ追い詰められるかもしれぬ」

「でしたら、その前に、あっしのほうから出頭したほうがよろしいですかね」

「それだけで、罪は軽くなろうな」

「出頭したら、あっしはどのくらいの罪になりますかね」

死罪だけは免れるかもしれぬ、といおうとしたが、一郎太はその前に孫十にききたいことがあった。

「おまえ、屋形船に乗っていた者が若年寄と北町奉行だと知っていたか」

「なんですって」

あまりに驚きが強かったらしく、孫十がその場でひっくり返りそうになった。

「月野の旦那、それはまことのことですかい」

頬を紅潮させた孫十が、一郎太に勢いよく顔を寄せる。

「やはり聞かされていなかったか」

「そんな御大層な身分のお方とは、まったく知らなかった。大店の商人が二人だということだったのに……」

「大金が入る仕事など、たいてい裏があるものだ。孫十、これに懲りて悪事をはたらくのはやめることだ」

「ええ、ええ、骨身にしみましたよ。しかし今頃、改心してももう遅いかもしれませんね。それにしても、若年寄と北町奉行か。とんでもねえことになっちまった……」

その通りだな、と心でうなずいたが、一郎太はその思いを口には出さなかった。

「おまえの罪だが、出頭すれば、死罪はまずなかろう。遠島であろうな」

「遠島ですかい。そいつはご勘弁ですね」

「では、逃げるか」

「そうさせていただきますよ。なにしろ、島での暮らしは、この世の地獄らしいですからね。しかし、公儀の目をくぐり抜けるようにしてずっと逃げ暮らすのも考えものだ。ひとまずここで勝負して、それからどうするか、じっくりと決めることにしますよ」

再び立ち上がり、孫十が盆茣蓙へとゆったりと歩いていく。なかなか肝の据わった男だな、一郎太は感心した。

「よし、弥佑。今から道場に連れていってくれぬか」

「承知いたしました」

腰を上げた一郎太は藍蔵に、一両を出すようにいった。

「なにゆえでございますか」

「いいから出せ」

「わかりました」

藍蔵から一両を受け取った一郎太は帳場の男に小判を見せた。男が一両分の駒を用意しはじめる。

「いや、よいのだ。今日のところは勝負せず、帰るゆえ。この一両は、その場所を借りた代だ。取っておいてくれ」

「えっ、くつろぎの間を少しお貸ししただけで、一両もいただけるんですかい」

酒を供するために座布団を敷いてあるだけに過ぎないが、くつろぎの間とはよい呼び名ではないか、と一郎太は思った。

「そういうことだ。また来るゆえ、俺の顔を覚えておいてくれ」

「承知いたしました。これほど気前のよいお方を、忘れるはずがございませんよ」

男は心からうれしそうな顔をしている。ではな、と手を振った一郎太は本堂の出入口を抜けて回廊に出た。

「月野さまはずいぶん気前がよろしゅうございますな」

藍蔵は渋い顔をしている。

「まあ、よいではないか。すぐに返す」

「まことに返していただけるのでしょうな」

「当たり前だ。俺がこれまで踏み倒したことがあったか」

「あったような気がいたしますが……」

「それは藍蔵の勘ちがいであろう」

一郎太は歳のいったやくざ者の前に立った。

「おや、もうお帰りですかい」

「うむ、今日は下見のようなものだ。またいずれ来ることにしよう」

「お待ちしております」

愛刀を腰に差し、一郎太は雪駄を履いた。すり減った石畳を踏んで山門を目指す。後ろに弥佑と藍蔵が続く。木につながれた二匹の犬が激しく吠え立ててきた。

その吠え声を背中で聞きながら、一郎太たちは三全寺をあとにした。

三

弥佑の父の剣術道場に一刻も早く着きたくて気が急いたが、途中、小腹が空いた一郎太は藍蔵と弥佑を誘い、いかにも老舗らしい店構えの蕎麦屋に入った。

またぞろ蕎麦か、とも思ったが、病み上がりとはいえ、弥佑は若い分、空腹でならないのではないかと案じたのである。

出汁がよく利いた濃いつゆで食す喉越しのよい蕎麦切りは、格別だった。一郎太たちは満足して蕎麦屋を出た。前を行く弥佑は、穏やかな笑みを浮かべているように見えた。

それから四半刻もかからずに、一郎太たちは市谷平山町にやってきた。この町に弥佑の実家の剣術道場があるというのだ。

まわりは武家屋敷ばかりだが、中根坂と呼ばれる坂に沿って町家が軒を連ね、狭い町地を形づくっている。この町の一角で弥佑の父は、剣術道場を営んでいるらしい。

「市谷平山町ならば、百目鬼家の上屋敷はすぐそばだな」

坂を上りつつ一郎太は藍蔵に語りかけた。

「おっしゃる通りでございます。あちらに見えている大きな屋敷の屋根は、尾張徳川家の上屋敷でございますよ」

尾張上屋敷はここから四町ばかり先にあるが、それと境を接するように百目鬼家の上屋敷は建っているのだ。

――静はどうしているかな。

寄り道をして、妻の顔を見たかった。だが、今はそんな悠長なことをしている場合ではない。腹に力を入れて、一郎太は弥佑に顔を向けた。

「そうか。百目鬼家の上屋敷のずいぶん近くに、弥佑の父上の道場はあったのだな。

知らなんだぞ」

一郎太は前を行く弥佑に話しかけた。

「月野さまがご存じないのも無理はございませぬ」

振り返って弥佑が口を開いた。

「二年ほど前、こちらに越してきたのでございます」

「そうか、越してきたのか」

はい、と弥佑がうなずいた。

「神酒五十八さまとの関わりもあり、父もできれば百目鬼さまのお屋敷に近いところがよいと、長いこと考えていたらしいのですが、ようやく近い場所に、道場として使える家が見つかったのでございます」

「それはよかったな」

「はい、父も喜んでおります」

「弥佑は、こちらで暮らしているのではなかったな」

「はい。それがしは月野さまの警固をする身。それゆえ、根津からさほど離れておらぬところにおります」

ただし、それがどこなのか、一郎太たちにも明かされていない。

中根坂を登りきったところで、弥佑が足を止めた。

「こちらです」

二階建ての家が一郎太の前に建っていた。道場が開けるだけのことはあり、かなり大きな家で、間口は優に五間はある。一階が道場になっているようで、戸口に立てかけられた看板には『斜香流』とあった。

「これは、しゃこうりゅう、と読むのだな」

「さようにございます。戦国の昔から連綿と続いてきた流派でございますが、なにゆえこのような名がついたのか、謂れは残念ながら伝わっておりませぬ」

「ふむ、そうなのか……」

道場からは、人が稽古をしているような物音は聞こえなかった。

「静かだな」

「あと半刻ほどで、夕刻の稽古がはじまりましょう。その頃には門人たちがやってきて、にぎやかになるものと存じます」

「門人はかなりいるのか」

「二百人は超えているのではないかと……」

「それは盛っているな。斜香流では忍びの術も教えるのか」

「はい。斜香流は忍びの術などさまざまな武技を組み合わせることで、敵を圧倒しようという流派でございます。門人の多くは町人でございますが、あわよくば忍びの術を身につけようと入門する武家もかなりいるようでございます」

「斜香流は、実際の戦闘に強いのであろうな。弥佑を見ていれば、よくわかる」

「畏れ入ります」

にこやかに笑って弥佑が頭を下げる。

「では、入りましょうか。父上は二階にいると思います」

一郎太にも、二階にいる人の気配がぼんやりと感じられた。

ごめん、と声をかけて戸を開け、弥佑が中に足を踏み入れる。一郎太と藍蔵はそのあとに続いた。

そこは、大きな沓箱がしつらえられた四畳半ほどの広さの三和土になっていた。その先が、三十畳はありそうな広々とした板敷きの間である。道場であろう。見所が設けられていた。

「父上」

土間の横に口を開けている階段に半身を入れ、弥佑が二階に向かって呼びかける。しかし、応えは返ってこない。もう一度、弥佑が呼ぶ。それにも返事はなかった。

「おかしいな」

首を傾げて弥佑がつぶやいた。一郎太も、妙だな、と思った。人の気配は今も二階から発せられているのだ。

——弥佑の父上の身に、なにかあったのではあるまいな。

「父上」

同じ気持ちを抱いたようで、弥佑が再度呼んで、階段を登ろうとする。

その瞬間、一郎太と藍蔵は背後に人が立ったのを覚り、素早く振り向いた。

歳の頃なら六十前後と思える男が、道場の端に立っていた。

「父上……」

呆然としたように弥佑が言葉を漏らす。ふっ、と男が小さく笑った。しかし、目は笑っていない。

「そなたもまだまだだの」

「はっ、まことに修行が足りませぬ。父上、上にいらしたのではなかったのですね」

「いたさ」

男がさらりと答えた。

「では、いま上にいるのはどなたですか」

「誰もおらぬ。気配だけを残してある」

なんと、と一郎太はその場で跳び上がらんばかりの驚きを覚えた。そんな技を我が物にしている者がこの世にいるとは、にわかには信じられない。

「ああ、そういうことでございましたか」

悔しげに弥佑が唇を噛む。

「父上は、いつ下に降りてこられたのでございますか」

「おまえが戸を開ける少し前だ。階段を使ってな」

「さようにございましたか。まったく気づきませんでした」

「弥佑、修行を重ねねばならぬ」

「よく承知しております」

眼差しを転じた道場主が、一郎太を穏やかに見つめる。気づいたように辞儀した。

「一郎太さま、いえ、月野さまでございますね。お初にお目にかかります。それがしは弥佑の父で、興梠田右衛門、またの名を照元斎と申します。どうぞ、お見知り置きを」

「こちらこそ。照元斎どのと申すのか。よい名だな」

「月野さま、それがしのことは、どうか、呼び捨てでお願いいたします」

「そなたがそれでよいなら、次からはそういたそう。それにしても、俺たちは弥佑にはとても世話になっておる。これほど強い男を育ててくれて、感謝しかない」

この人が弥佑の父親か、と一郎太は改めて思った。弥佑は、まだ二十そこそこである。その父というから四十代から五十代ではないかと、なんとなく考えていたが、予期した以上に歳がいっていた。

「せがれを過分にお褒めいただき、まことに畏れ入ります。まだまだ不束者でございますが、これからも心置きなく使ってやってください」

深くこうべを垂れた照元斎がゆっくりと面を上げる。

「月野さまはずいぶん歳の離れた父子だとお思いになったかもしれませぬが、弥佑の母親は、それがしとちょうど二回り離れておりましてな。もう五年ばかり前に亡くなってしまいましたが……」

悲しみの色が照元斎の瞳に浮かんだ。

「それは残念だ。弥佑の母堂なら、俺も会ってみたかった」

「心根の優しいおなごでございました」

しみじみとした口調で照元斎が述べた。弥佑の華奢な体つきは、母親から受け継いだに相違なかった。照元斎は小柄ながら、かなりがっちりとした体格をしているのだ。

照元斎が優しげな眼差しで藍蔵を見る。

「藍蔵さまも、ご無沙汰しておりました」

ええっ、と藍蔵が驚きの声を上げた。

「前にお目にかかったことがございましたか」

大きく目を見開いて藍蔵がきく。ええ、と照元斎が顎を引いた。

「最後にお目にかかったのは、藍蔵さまが五つくらいだったでしょうか」

「ああ、その頃でございましたか……」

「ですので、藍蔵さまが覚えていらっしゃらぬのも、なんら不思議はございませぬ」

「畏れ入ります」

口元に笑みを宿して照元斎が弥佑を見る。

「弥佑、怪我はもうよくなったのか」

笑みを消して照元斎がきく。

「はい、おかげさまでだいぶ……」

「それならよいのだが……」

照元斎の憂いの色は、晴れたようには見えない。それは一郎太も同感である。

「それで弥佑、今日はなにか用があってまいったのであろう」

弥佑をじっと見て照元斎が問う。

「はい、おっしゃる通りでございます。用と申しますのは——」

これまでの経緯を弥佑が手早く説明する。

「ほう、若年寄と北町奉行が乗った屋形船が襲われ、それを月野さまたちが偶然、お救いになった。その屋形船を襲った賊の中に、つむじ風を巻き起こして相手の体勢を崩す秘太刀を遣う者がいたというわけでございますか……」

「父上は、その秘太刀をご存じではありませぬか」

弥佑にきかれ、腕を組んで考え込む風情だったが、すぐに照元斎が顔を上げて一郎太たちを見た。

「立ち話もなんですから、どうぞ、こちらへいらしてくだされ」

照元斎に案内されて、一郎太たちは道場の見所に上がった。手慣れた様子で弥佑が出してくれた座布団に、一郎太は遠慮なく腰を下ろした。

藍蔵と弥佑、照元斎の三人は畳の上に端座した。それを見て、おのれだけ年老いた者になったような思いを抱いたが、一郎太は気にしないことにした。弥佑だけでなく、自分も病み上がり同然の身なのだ。体はできるだけいたわってやったほうがよい。

「それで照元斎。先ほどの秘太刀のことだが、心当たりはあるのか」

体を乗り出して、一郎太は水を向けた。

「ございます」

重々しさを感じさせる声で照元斎が答える。

「その秘太刀は、おそらく旋雲ではないかと存じます」

「ほう、旋雲というのか。いわれてみれば、旋風のごとき風が渦巻き、重い雲にまとわりつかれて体の動きがまるで自由にならなかった。旋雲は、なんという流派の秘太刀だ」

一郎太にきかれて、照元斎が困ったような顔になった。

「話しているうちに思い出すだろうと軽く考えておりましたが、寄る年波のせいで、そういうわけにはいきませなんだ。ちと失礼して、書物を持ってまいります」

一礼して立ち上がった照元斎が見所を離れ、音もなく二階に上がっていく。待つほどもなく一冊の分厚い書物を手に戻り、一郎太たちの前に静かに座した。

「この書物は四十年ほど前のものでございますが、これに旋雲について載っているはずでございます」

どのような書物なのか、照元斎が一郎太たちに題名が見えるようにした。

書物の表(おもて)には『武技秘術大全』と大きく記され、著者は興梠禅弥斎(ぜんやさい)となっていた。

「興梠というのなら、作者はそなたらの縁者なのだな」

一郎太がきくと、照元斎が首肯(しゅこう)した。

「それがしの祖父にございます」

「ほう、そうだったか。これはそなたの祖父が著した書なのか。それにしても、ずいぶんと厚いな。書き上げるまでに、かなりのときと手間がかかったのであろう」

「さようにございます。およそ三十年がかりだったと聞いております」

「三十年とは……。そいつはすごい」

一郎太は瞠目(どうもく)するしかなかった。

「最後の二年、禅弥斎は病床に臥(ふ)しておりましたが、筆を持ち、必死に書き続けておりました。この書を脱稿して半月もたたぬうちに身罷りましたが、床の中で一心不乱に筆を動かしている姿には、まこと鬼気迫るものがございました」

確かに、すさまじいまでの執念としかいいようがない。知力と体力を、最後の一滴まで絞りきったにちがいなかった。

「その禅弥斎渾身の作に、旋雲という秘太刀が載っておるのか」

「この書には、およそ三百の秘太刀が載っております。ほとんど江戸の流派のものですが……」

「三百とは、それはまたすごい数だな」

一郎太は息をのんだ。

「それほどの数の秘太刀を、禅弥斎はどうやって調べ上げた。秘太刀は一子相伝と相場が決まっており、道場外の者が知ることは、まずもってできぬはずだが」

「月野さまのおっしゃる通りでございます。三百もの秘太刀を調べ上げる労力は、難儀などという通り一遍の言葉ではいい表わせるものではありませぬ。月野さま、これから申し上げることは、他言無用にしていただけましょうか」

「むろんだ」

一郎太が深くうなずくと、横で藍蔵も同じ仕草をしてみせた。

「実は、禅弥斎は夜ごと他道場に忍び入っては、秘太刀が相伝されるそのときを、天井裏からのぞき見ていたのでございます」

　思ってもいない事実を聞かされて一郎太は、なんと、と心がざわめいた。

「そのような真似をしていたのか。禅弥斎は、道場の者に気配を覚られるようなことはなかったのか」

「どうやら、一度もなかった由にございます。禅弥斎は剣術だけでなく、忍びの術においてもすさまじいまでの手練でございました」

「うむ、まことその通りであろうな」

深い息をして一郎太は相槌を打った。

「その『武技秘術大全』は出板されたのか」

「さすがに出板はしておりませぬ。決して世に出せる代物ではございませぬゆえ。わずかに二冊のみつくられ、そのうちの一冊はこれでございます」

「もう一冊はどこに」

「百目鬼さまのお城の書庫に、おさめられております」

「白鷗城の書庫に……」

　それは知らなかったな、と一郎太は思った。書庫にはおびただしい数の書物が積み上げられているが、書物好きの一郎太も、そのすべてに目を通したことはない。

「そうであったか。しかし、なにゆえもう一冊が白鷗城にあるのだ」

「『武技秘術大全』は、禅弥斎が神酒五十八さまの御祖父さまに命じられてつくった書だからでございます」

「五十八の祖父が命じたと……。禅弥斎にそのような真似をさせたわけを、そなたは存じておるか」

話が脇道にそれるのを承知で、一郎太はたずねた。

「五十八さまの御祖父が仕えていらした雄栄院さまは、月野さまの曽祖父でいらっしゃいますが、大の剣術好きでいらっしゃいました」

雄栄院は諱を宗継といい、剣の達人だったという。その血を俺は受け継いでいるのだな、と一郎太は強く思った。

軽く息をついて照元斎が話を続ける。

「雄栄院さまから、江戸の剣術道場の秘太刀を網羅した書物があれば後世に必ず役立とう、というお言葉をいただいた五十八さまの御祖父が、なんとしても秘太刀大全をつくり上げよ、と禅弥斎にお命じになったのだと、それがしは聞いております」

実際、その通りになっている。宗継は、まさに慧眼だったとしかいいようがない。

「しかし照元斎、命じられたからといって、たやすくできる代物ではないぞ。それをうつつのものにしてのけた禅弥斎は、すごい男だとしかいいようがない」

感嘆の思いを露わに一郎太はいった。

「祖父を褒めていただき、それがしはとてもうれしゅう存じます」

「それで照元斎。その書物のどこに、旋雲のことが載っている」

最も知りたかったことを一郎太はきいた。照元斎は二階でだいたいの見当をつけてきたらしく、あっさりとその個処を開いてみせた。

「こちらでございます」

「どれどれ」

一郎太は、照元斎の指が指し示している場所に目を凝らした。

「龍雲一刀流か。鹿毛山道場というところだな。ふむ、槍術も教えているのか……」

頭を石突きで殴られた、苦い思い出がよみがえってきた。

「道場の場所はどこになっておる」

「浅草真砂町でございますな」

「今も同じ場所に道場はありましょうか」

これは藍蔵が問うた。

「四十年前の書物だけに、同じ場所にあるかどうかはわからぬが」

首を振ってから一郎太は言葉を続けた。

「鹿毛山道場は、まちがいなくこの江戸にあろう」

「長月秋之介がその道場で、旋雲の秘太刀を会得したからでございますな」

そういうことだ、と一郎太はうなずいた。

「まずは、浅草真砂町に行ってみることにしよう。そうせねば、なにもはじまらぬ」

一郎太は照元斎に感謝の眼差しを注いだ。

「照元斎、かたじけなかった。まことに助かった」

「月野さまのお役に立てたようで、喜びに堪えませぬ」

「困ったことがあれば、また来るゆえ、そのときはよろしく頼む」

「それがしにできることであれば、なんでもお手伝いいたします。どうか、遠慮なさらずにおいでください」

「うむ、ありがたい言葉だ」

一郎太は照元斎に別れを告げ、斜香流の道場を出た。ちょうど門人らしい町人の姿が、ちらほらと見受けられる刻限になっていた。

「稽古の邪魔にならずに済んだようだな。よかった」

弥佑の先導で、一郎太たちは浅草真砂町を目指し、歩きはじめた。

四

すでに夕暮れの淡い光に包まれてはいたが、浅草真砂町はかなりの人出があった。

まるで祭りでもあるかのように人々は陽気に笑い、さんざめいていた。

町は活気にあふれており、その光景を目の当たりにした一郎太は気持ちが浮つきそうになるのを感じた。ここからが肝心だぞ、気を緩めるな、と自らを戒める。

町の自身番を見つけた藍蔵が障子戸を開けて中に入り、詰めている年老いた町役人に、鹿毛山道場がこの町に今もあるかどうか、たずねた。

耳が遠いのか、町役人が大声で問い返す。

「今なんとおっしゃったのですかな」

藍蔵が同じ質問を繰り返した。

「鹿毛山道場……。ああ、龍雲一刀流でございますな。ええ、ございますよ」

その言葉を聞いて一郎太は安堵を覚えた。弥佑も、ほっとした顔をしている。

「道場への道を教えていただけますか」

声を張って藍蔵が申し出る。よろしゅうございますよ、と町役人が笑顔で答えた。

「ここからですと、そちらの角を左に折れ、次の角を右に曲がって十間ほど進んだところにございます。平屋のかなり大きな建物で、大勢の門人を抱えて盛っていますから、すぐにわかりますよ」

かたじけない、と藍蔵が礼を述べて戸を閉め、一郎太たちのもとに戻ってきた。

「わかりましてございます。さあ、まいりましょう」

町役人の説明通りの場所に、鹿毛山道場はあった。すでに多くの門人が稽古をしているようで、相手を圧す気合や叫び声、竹刀を打ち合う音が響いてきている。

「まことに盛っておりますな」

少し驚いたように藍蔵が目をみはった。

「長月は、本当にこのような道場で修行していたのでござろうか。なにかそぐわぬ気がいたしますな。人があまりおらぬ道場で、師匠と二人、ひっそり稽古に励んでいた姿が、それがしにはしっくりきます」

藍蔵のいいたいことは、一郎太にもわかるような気がした。

「確かにそうかもしれぬ」

一郎太は、龍雲一刀流と記された看板が立てかけられた道場の戸口に近づいた。

「頼もう」

いち早く戸口の前に進んだ藍蔵が、戦場往来の古強者を思わせる大音声を発した。道場内にもその声は響き渡ったようで、気合や竹刀の音がぴたりと止まった。すぐに戸が開き、一人の若者が顔をのぞかせた。道場破りとでも思っているのか、一郎太たちを警戒の目で見ている。

「なにか御用でございましょうか」

虚勢を張ったわけでもあるまいが、背筋を伸ばして若者がきいてきた。

「我らは道場破りではないゆえ、ご安心くだされ。師範にお目にかかりたいのだが、いらっしゃるか」

朗々たる声で藍蔵が告げた。

「師範にどのような御用ですか」

こわばりが抜けた顔で若者がきいた。

「お話をうかがいたいのだ。我らは、さる人物について調べておるのだが……」

「さる人物ですか……」

藍蔵が一郎太をちらりと見る。長月の人相書を見せてもよいか、と目顔で問うてきたのを覚った一郎太は、小さく顎を引いた。

「この人物でござる」

懐から一枚の人相書を取り出し、藍蔵が若者に見せる。

「重大な罪を犯した人物だが、この道場に関わっているのではないかとの疑いが生じたゆえ、我らがまいった次第。むろん、北町奉行から探索の許しは得ておりもうす」

「北町奉行から……。重大な罪を犯した人物でございますか」

つぶやいて若者が人相書にじっと目を落とす。その表情からして、どうやら見覚えのない顔のようだ。

「あの、この人相書を師範に見せてきても構いませぬか」

「もちろんでござる」

藍蔵が快諾してみせる。

「わかりました。あの、お三人のお名をうかがってもよろしいですか」

藍蔵がまず自らの名を口にし、それから一郎太と弥佑を若者に紹介した。

「神酒さまに月野さま、興梠さまでございますね。では、しばしお待ちください」

頭を下げて若者が戸を閉じた。それとほぼ同時に、再び道場に喧騒(けんそう)と活気が戻った。

さほど待つこともなく、先ほどの若者が戸を開けた。

「師範がお目にかかるそうです。どうぞ、お入りください」

若者が藍蔵に人相書を返す。

「かたじけない」

一郎太たちは戸口を入った。そこは土間で、式台(しきだい)の向こう側が優に五十畳はあるのではないかと思える、板敷きの道場になっていた。

数え切れないほどの門人が竹刀を手に、打ち合っている。その光景を目にして、一郎太は血が騒ぐのを覚えた。やはり剣術はいいな、と強く思った。

稽古の手を止めて一郎太たちを見ている者もいるが、それはほんのわずかで、ほとんどの門人はこちらに目もくれずに必死に汗を流していた。

――よい道場のようだ。

雪駄を脱いで式台に上がり、右側に口を開けている廊下を、若者に導かれて歩き出す。

左手にあらわれた腰高障子(こしだかしょうじ)の前で若者が立ち止まり、お連れしました、と中に声をかけた。入っていただきなさい、というやわらかな返事が一郎太の耳に届く。

「失礼いたします」

低頭して若者が腰高障子を開けた。八畳間のやや端に座した男が書見台をどけ、こちらをじっと見る。歳は、五十をいくつか超えているようだ。

――この男が師範か。

遣い手だな、とその姿を見て一郎太は直感した。男も一郎太たちに対して、同じ思いを持ったかもしれない。

男の瞳に、思慮深さを映じた光がたたえられている。それに気づき、一郎太は、聡明(そうめい)で公正な人物なのだな、との考えを抱いた。

――とにかく、悪事をはたらくような男ではないのは確かだ。

そのことがわかり、肩から力が抜けた。長月が修行していたかもしれぬとあって、一郎太には構えるところがあったのだ。

「どうぞ、お座りになってください」

男の前に、すでに三枚の座布団が並べられていた。一郎太たちはその言葉に甘え、

「それがしは鹿毛山半平太と申す。当道場の師範をつとめておりもうす。どうか、お見知り置きを」

座布団に腰を下ろした。

半平太と名乗った男が丁寧に辞儀する。一郎太たちも改めて名乗り返し、頭を下げた。

「それで、先ほどの人相書の男でござるが」

半平太から水を向けてきた。

「紛れもなく、当道場の門人だった人物でござる」

「名はなんというのですか」

間髪を容れずに一郎太はきいた。

「それにお答えする前に、どういうわけでうちの門人だった者を調べているのか、それを教えていただけましょうか。重大な罪を犯したということでござるが」

一郎太はうなずき、どういうことがあり、どんな経緯をたどって自分たちがこの道場にたどり着いたかを、つらつらと語った。むろん『武技秘術大全』のことは秘し、秘太刀に詳しい者から旋雲の話を聞いたとだけ半平太に伝えた。

「なんと」

一郎太の話を聞き終えた半平太の腰が浮き、血相が変わった。

鹿毛山道場の秘太刀を他者が知っていたことに驚いたのではなく、門人だった男が若年寄と北町奉行が乗っていた屋形船を襲った賊の一人だったことに仰天したようだ。

「それはまことでござるか」

半平太の声が上ずる。

「それがしは、嘘はつきませぬ」

「さようにござるか……」

語尾が震えた。

「それで、人相書の男はなんという者なのですか」

身を乗り出して一郎太は問うた。半平太が咳払い（せきばらい）をし、軽く身じろぎした。落ち着いた声音で答える。

「棚尾鉢之助と申す」

「棚尾鉢之助……。いつこの道場をやめたのですか」

そうでござるな、と半平太が少し考えた。

「もう十五年ばかり前になりましょう」

「鉢之助は秘太刀の旋雲の遣い手ですか」

「その通りでござる。しかし、旋雲のことを知っている者が、当道場以外にいるとは、それがしは心から驚きもうした。旋雲の話を聞かれたのは、秘太刀に詳しいお方からといわれたが、そのお方はどうやって旋雲のことを知ったのでござろう」

「はて、そこまではわかりませぬ」

嘘をつくのは一郎太にとって心苦しかったが、今は仕方なかった。

「棚尾鉢之助は今どうしているのでござろう。逃げ回っているのでござるか」

思い直したように、半平太が新たな問いを発してきた。

「死にました」

「なんと」

目をみはり、半平太が呆然とする。

「屋形船を襲った賊どものことを調べていた我らに、斬りかかってまいりました……」

「そこを返り討ちにされたのでござるか」

「さよう」

「鉢之助が返り討ちに……」

半平太は信じがたいという顔をしている。

「鉢之助はまさしく天才剣士でござった。それゆえ、我が父から若くして旋雲の相伝を受けることができたのでござる」

あの腕前からして、さもありなんという気がする。

「鉢之助は、旋雲を使って月野さまたちと戦ったのでござるな。それにもかかわらず、返り討ちにされたのでござるか……」

唇を噛み締めて、半平太が何度か首を横に振った。

「やはり旋雲は無敵というわけではなかったのか。我が流派の秘太刀といえども、すべての敵を屠れるわけではないのだな」

自分に言い聞かせるようにつぶやいてから、半平太が一郎太に眼差しを当ててきた。もっとききたいことがあるか、というような顔をしている。

「棚尾鉢之助がこの道場を十五年ばかり前にやめたとおっしゃいましたが、それにはなにかわけがあったのですか」

「当時、鉢之助は十八でござった」

ならば、死んだときは三十三歳だったことになる。

「棚尾家に養子入りしたのでござる。そのときにすっぱり道場をやめもうした」

鉢之助は部屋住だったのか、と一郎太は思った。

「では、今は棚尾家の当主だったのですね」

「そうではありませぬ」

意外にも半平太がかぶりを振った。

「養子入りして十五年もたつのに、当主ではないと」

情けなさそうに半平太が顔をしかめる。

「棚尾家の当主は、内右衛門どのといいもうした。このお方は鉢之助を娘婿として迎えたにもかかわらず、なかなか家督を譲ろうとしなかったのでござる」

「棚尾家は旗本ですか」

「千三百石という、かなりの大身でござった。内右衛門どのは勘定方に勤めていらした」

今、ござったといったか、と一郎太はそこに引っかかった。

「なにゆえ内右衛門どのは、家督を譲らなかったのですか」

「いつまでも現役で働き続けたいと考える者は、決して少なくありませぬ。奥方はとうに亡くしておりましたが、内右衛門どのも同じ考えの持ち主だったのでござろう」

一郎太は、五十を過ぎた息子がいるにもかかわらず、七十二歳まで出仕し続けた百目鬼家の家臣がいたことを思い出した。誰がなんといおうと頑として家督を譲らず、息子が当主となったのは、彼の死後ようやくのことだった。

間を置かずに半平太が言葉を続ける。

「しかし、あまりに勤めが長すぎた弊が出たのでござろう。内右衛門どのは公儀の金をこっそりと我が物にしてしまいました。しかし、すぐさまそれが露見し、捕らわれて切腹して果てもうした。棚尾家は取り潰しに……」

「なんと」

棚尾家がこの世から消え失せたがために鉢之助は落魄し、屋形船を襲う賊にまで成り下がったということか。

「鉢之助の妻は病身でしたが、内右衛門どのの切腹のすぐあとに亡くなりました。おそらく、気力が尽き果ててしまったのでござろう」

哀れな、と一郎太は思った。

「棚尾家が取り潰しになったのは、いつのことですか」

半平太が少し考える素振りを見せた。

「八月ばかり前でござる。鉢之助がどうしているのか、それがしはずっと案じておったのでござるが、消息はまったく聞くことができなんだ。棚尾家の家臣たちは、鉢之助に剣術を教えてもらい、慕っているという噂は聞いておったのでござるが……」

その家臣たちが、と一郎太は思った。手下を務めていたのかもしれない。

――となると、賊の頭はやはり鉢之助だったのだろうか。

だが、そう断を下すには、まだ早いような気がした。鉢之助にも、仲のよい友垣や先輩がいただろう。他家に養子に出た以上、実の兄弟もいたはずだ。そういう者の一人が、頭だとは考えられないか。兄上はいらっしゃらぬか、と鉢之助がつぶやいたという船頭の孫十の言もある。

「鉢之助は、もともとなんという家の出なのですか」

一郎太は半平太に新たな問いをぶつけた。

「渡瀬家と申す。百五十石取りの御家人の家でござるよ」

それを聞いて一郎太は瞠目した。

「鉢之助は、百五十石の家から千三百石の旗本に養子入りしたのですか」

「さよう。これほど大きな身分ちがいの縁組はまずもってあり得ぬのが通例でござるが、近しい道場同士の親善試合において、十人抜きをものの見事にしてのけた鉢之助の姿を目の当たりにした内右衛門どのが、是非とも我が家の婿にと強く望んだのでござるよ。鉢之助はいったん四百石取りの旗本の家に養子入りしたのち、棚尾家に正式に婿として迎え入れられもうした」

十人抜きか、と一郎太は思った。あれほどの腕ならば、さして難しくはなかったのではあるまいか。

「渡瀬家は今も存在しているのですか」

「ござる。長兄が跡を継ぎもうした」

「鉢之助には、他に兄がおりましたか」

「五つ上の兄がおりもうす」

少し渋い顔で半平太が答えた。

「その人は今どうしていますか」

「与五右衛門という者でござってな、こちらは、新田家という二百石取りの御家人に養子入りしてござる。剣術は鉢之助に劣らず、抜群にできもうしたが、とにかく遊び好きでしてな。まじめな鉢之助は、この与五右衛門どのにとても懐いておりもうした。鉢之助に剣術の手ほどきをしたのが与五右衛門どのでござるゆえ、それでかもしれぬな」

「与五右衛門という者は遣い手なのですね」

ええ、と半平太が首肯する。

「かなりのものですよ。剣術道場はうちではなく、渡瀬家の近所にあった五頭道場に幼い頃から通っておりもうしたが……」

「なにゆえ鉢之助は、与五右衛門どのと同じ道場に通わなかったのですか」

「それがしも不思議に思い、鉢之助にきいたことがござる。与五右衛門どのは鉢之助の腕を見込み、五頭道場のような貧乏道場ではなく、もっと正統な剣術を教える道場に行くべきだと、諭すようにいったそうにござる。五頭一刀流はまっすぐな剣とはいえぬと口にする者は少なくない。いやらしい剣を遣うとも聞きます。それだけでなく、忍びの術まで教えるそうでござるよ」

忍びの術なら斜香流と同じだな、と一郎太は思った。新田与五右衛門という男も、忍びの術を会得しているのだろうか。そして、鉢之助たちの頭なのだろうか。

——そうかもしれぬ。

ならば、新田与五右衛門をじっくりと調べてみるべきではないか。

「新田家は二百石取りの御家人とのことですが、なにか役目についておりますか」

「御広敷膳所台所頭という、大事な役目についておりもうすよ」

将軍の食事をつくる役目で、頭ともなれば、数十人に達する台所人を差配する者だ。役料は百俵と聞いた覚えがある。

もしこの与五右衛門という男が賊の頭だとしたら、その狙いは、と一郎太は思った。最初に考えられるのは、やはり将軍の毒殺だろうか。

それとも、役得に関することか。おのれの利益を貪ろうとして役目を汚し、それが露見しそうになったということなのか。

五

あまりの衝撃に、新田与五右衛門は身じろぎ一つできなかった。

「鉢之助が死んだだと。それは、まことのことか」

喉の奥から声を絞り出し、与五右衛門は梁川二郎兵衛を凝視した。座布団の上で、なんとか身じろぎができた。

「まことにございます」

悔しげに唇を噛んで、二郎兵衛が認めた。屋形船の襲撃にしくじったことなど、鉢之助の死にくらべたら、なにほどのことはない。

「なにかのまちがいではないのか」

「まちがいではありませぬ。それがしは、鉢之助さまが討たれるのを、この目で見もうした」

与五右衛門の体の中で、獰猛な獣が暴れ出しそうになっている。鉢之助を手にかけた男を、この手でくびり殺したくてならない。

屋形船の襲撃を邪魔した男二人を鳴東寺の境内で屠ろうとしたところ、不意にあらわれた三人目の男に、鉢之助は返り討ちにされたというのだ。

「信じられぬ」

与五右衛門には、鉢之助が死んだという実感がまるでない。

「それがしも同じ思いでございますが、鉢之助さまが亡くなったのは、動かしようのない事実でございます」

ふう、と与五右衛門は息を吐いた。

「遺骸はどうした」

「そのままでございます」

「ほったらかしか」

「申し訳ありませぬ」

「仕方あるまい。こうなることは、鉢之助も覚悟していたであろう」

決意を固め、与五右衛門は戦意を全身にみなぎらせた。

「鉢之助の仇を討たねばならぬ」

「はっ、よくわかっております。それがしがやらせていただきます」

覚悟の思いを露わに、二郎兵衛が与五右衛門をじっと見る。

「二郎兵衛、やめておけ」

二郎兵衛を見返して、与五右衛門は首を横に振った。

「なにゆえでございますか」

不満そうに二郎兵衛がきいてくる。

「わしがやるからだ。それに、鉢之助が返り討ちにされたのだぞ。おぬしらが束になってかかったところで、そやつらは討てぬ」

むっ、と二郎兵衛が顔を歪める。

「しかしお頭。それがしも仇を討ちとうございます」

「気持ちはわかるが、無駄死にになるだけだ」

「しかし……」

「わしに任せておけばよい。鉢之助を殺した者は、必ずあの世に送ってやる」

しばらくのあいだ、二郎兵衛が無言でいた。

「わかりましてございます」

ようやく与五右衛門に向かって低頭した。

「それでよい」

不意に疲れを覚え、与五右衛門は脇息にもたれた。

「お頭、いつ仇を討たれますか」

「鉢之助を殺した男たちには、じきに会えるはずだ。そのときに殺る」

「会えましょうか」

「会えるさ」

自信満々に与五右衛門は答えた。

「なにゆえでございますか」

不思議そうに二郎兵衛が問う。

「やつらは今頃、鉢之助の人相書でも描き、身元を必死に調べていよう。鉢之助の正体が知れれば、次にやつらが嗅ぎはじめるのはわしであろう。やつらが、わしの身辺にあらわれるのは疑いようがない。わしのことを調べ回っている最中に襲えば、それで終わりよ。やつらは全員、骸になっておる」

「手強い者どもでありましょう。お頭、お供いたします」

「いらぬ」

強い口調で与五右衛門ははねのけた。

「なにゆえでございますか」

不服そうに二郎兵衛が口を尖らせる。

「戦うことに精神一到したいのだ。おぬしらにちょろちょろされては、邪魔でしかない」

「邪魔でございますか……」

二郎兵衛は心外といわんばかりの表情をしている。

「そうだ。ゆえに、ついてこずともよい。わし一人ですべてかたをつける」

目を伏せて二郎兵衛が黙りこくる。

「わかりましてございます」

二郎兵衛が平伏してみせた。とにかくだ、と与五右衛門は強い口調で二郎兵衛にいった。

「真実を知られる前に、やつらを屠らねばならぬ」

「それがしも、それが肝心だと存じます」

「もしわしたちの悪行を突き止められたら、元も子もなくなる」

顔を上げて、二郎兵衛が与五右衛門を見る。

「お頭、松平伯耆守を討つのは、鉢之助さまの仇を討ってからになりましょうか」

「いや、前にやる」

「前でございますか。いつでございますか」

「今宵にでも……」

「今宵でございますか。松平伯耆守を殺害する手立ては、お考えになりましたか」

「屋敷に忍び込み、寝込みを襲う。ただそれだけだ」

「若年寄の役宅に忍び込まれますか……」

二郎兵衛は危ぶむような顔をしている。

「わしにできぬと思うか」

「いえ、そのようなことはございませぬが、若年寄の役宅には宿直が大勢、おりましょう」

ふふふ、と与五右衛門は自信の笑みを漏らした。こうして笑いが出るなど、とすぐに思った。

――わしは、鉢之助の死から立ち直りつつあるようだ。これでよい。

弟の死はこの上なく悲しい出来事ではあるが、いつまでも引きずってはいられない。

――そんなざまでは、戦うことなどできぬ。

「宿直に気づかれずに武家屋敷に忍び込むなど、造作もない。貧乏道場とはいえ、わしは忍びの術も徹底して教え込む五頭一刀流の免許皆伝だ。松平伯耆守ごときを葬るなど、実にたやすい。眠っている子猫をくびり殺すも同然よ」

与五右衛門の生まれた渡瀬家は、百五十石取りの御家人である。与五右衛門は幼い頃から五頭一刀流道場に通っていたが、めきめきと頭角をあらわすのに、さしたるときはかからなかった。道場の高弟で兄弟子だった新田三造（さんぞう）に腕前を気に入られ、新田家に婿入りしたのだ。新田家は、千代田城の膳所の役人をつとめている。

「二郎兵衛」

与五右衛門は優しく呼んだ。

「はっ、なんでございましょう」

「今宵の宿の当てはあるのか」

「ありませぬ」

二郎兵衛が辛（つら）そうにうなだれた。

「お頭が用意してくださった浅草橋場町の隠れ家は、やつらに見つかったかもしれませぬ。先ほども申し上げましたが、鉢之助さまが亡くなってすぐに、我らはあの家を引き払いましてございます。それから江戸市中でときを潰し、お頭がお勤めから戻られるのを待って、お訪ねした次第」

「そうであったか。ならば、今宵はここに泊まっていけばよい。庭に、今は亡き義父母が暮らしていた離れがある。十五人ほどなら、十分に横になれよう」

「ありがたきお言葉にございます」

「おぬしらは、鉢之助によく仕えてくれた。その礼だ」

二郎兵衛が悲しげに畳に目を落とす。

「もっと早く鉢之助さまが家督を継いでいたら、棚尾家は取り潰しにならずに済んでいたはず……。今さらいうても、詮ないことでございますが」

二郎兵衛が無念そうに肩を落とす。目から涙がこぼれそうになっていた。

六

佐久間小路にある若年寄松平伯耆守の役宅前に着いたときは、日がとっぷりと暮れて、あたりは真っ暗だった。

唯一、暗闇に光の穴を穿っているのは、藍蔵が持つ小田原提灯である。

表門は閉まっていた。この刻限では当たり前であろう。暮れ六つまでは開いているが、それ以降はがっちり閉じられるのだ。

「頼もう」

声を上げて藍蔵がくぐり戸を叩く。小さな明かりが漏れている詰所の小窓が音を立てて開き、門衛らしき男が顔をのぞかせた。

「どちらさまでございましょう」

「夜分、畏れ入る。それがしは神酒藍蔵と申す者、こちらは百目鬼一郎太さまと興梠弥佑どのでござる。ご主人の伯耆守さまにお目にかかりたい」

「お約束でしょうか」

「いや、そうではないが、火急の用件ゆえ、是非お取次ぎ願いたい。我らがやってくるのを、伯耆守さまも首を長くして待っておられるはず」

「殿がお待ち……。承知いたしました。しばしお待ち下さい」

小窓が閉じられ、門衛が走り去る足音が遠ざかっていった。一郎太はあたりに警戒の目を放った。弥佑も同様である。

夜のしじまを破って、犬の遠吠えが聞こえてきた。一郎太は、賭場にいた大館犬のことを思い出した。

「しかし毎度毎度、門衛の戻りを待つのは辛いですな」

顔をしかめて藍蔵がぼやく。

「我らが着く前に、用件がすでに相手に伝わっているような仕組みができぬものですかな。さすれば、こんなふうに待たずに済むと思うのですが……」

「そんな便利な物は、我らが生きているあいだは、まずできまい」

「さようにございましょうなあ」

何度目かの犬の遠吠えが尾を引いて闇の向こうに消えていったとき、人が戻ってくる気配がし、小窓がかたりと開いた。

「お待たせしました。お目にかかるそうでございます」

くぐり戸を素早く抜け、一郎太たちは屋敷内に入った。廊下を進んで、対面の間で松平伯耆守に会う。

「百目鬼どの、よくおいでくだされた」

上段の間から、伯耆守がにこやかに笑いかけてきた。下段の間に座した一郎太たちも、笑みを浮かべて頭を下げた。

「火急の用件とのことだが、どのようなことでござろう」

身を乗り出して伯耆守がきいてきた。一郎太は少し膝を進ませ、これまでにどういうことがあったか、すらすらと説明した。その上で、御広敷膳所台所頭の新田与五右衛門の名を出した。

「いま新田与五右衛門とおっしゃったか」

伯耆守は目を大きく見開いている。

「伯耆守どの、どうかされましたか」

気になって一郎太はきいた。

「うむ、ちと驚いたのだ。だが、それは百目鬼どのの話を聞いてからにいたそう。続けてくだされ」

わかりました、と一郎太はうなずいた。

「御広敷膳所台所頭は、若年寄の差配の下にありますね。将軍の食事を担当する大事な役目。二百石高の御家人で役料は百俵、定員は二名」

「おっしゃる通りでござる」

「御広敷膳所台所頭の一人が新田与五右衛門ですが、伯耆守どのはこの者をご存じか」

「名は存じておりもうす。しかし、じかに会ったことはありませぬ。どのような者かも知りませぬ」

「この新田与五右衛門が、屋形船を襲った賊どもの頭かもしれませぬ」

「なんと」

腰が浮きかけたが、伯耆守がすぐに座り直した。

「実は、先ほどそれがしが驚いたのは、行方の知れぬ徒目付（かちめつけ）の厚山鯛三と臼田耕助の二人が、新田与五右衛門の動きを調べていたらしいとわかったからでござる」

「やはり新田与五右衛門は悪行をはたらいており、二人の徒目付はそれを暴こうとしたゆえに口封じをされたのでしょうか」

その言葉に伯耆守が沈痛な顔になる。

「口封じ……。確かに二人はもはや生きておらぬと、考えるべきなのでしょうな」

「二人の徒目付が新田与五右衛門のなにを調べていたか、おわかりになりますか」

「それについてはまだわからぬが、徒目付が動いた以上、不正の疑いであろう」

「さようでしょうな」

一郎太は相槌を打ち、続けた。

「二人の徒目付が口封じをされたのは、新田与五右衛門のことを調べていたのが、本人に知れたゆえでしょう。新田与五右衛門は、どうやって自分の身に、探索の手が及んだことを知ったのでしょう。徒目付は秘密を保って探索を進めるはずですが」

「それもわからぬ。新田与五右衛門には、そのようなことを知るだけの手蔓があるとしか思えぬ」

どんな手蔓が考えられるだろうか、と一郎太は思った。新田与五右衛門から鼻薬を嗅がされている者は、少なくないのではないか。

「それがしは配下の徒目付に命じ、新田与五右衛門の動向を改めて調べさせようと考えておる。すぐにどんな悪事に手を染めているのか、はっきりするはず」

若年寄が本気で動くつもりでいるのだ。新田与五右衛門が本当に悪行をはたらいているのなら、万事休すであろう。

「それがしも新田与五右衛門のことを調べようと考えているのですが、構いませぬか」

「もちろんでござる。百目鬼どのはどのような手立てを用いてお調べになるおつもりか」

「手立てというようなものは、今のところありませぬ」

にこりと笑って一郎太は口を閉じた。

「さようか。とにかく、どちらが新田与五右衛門の尻尾をつかむのが早いか、競争でござるな」

「互いにがんばりましょう」

励ましの言葉を送りつつ一郎太は、駒込土物店の差配徳兵衛に頼むのがよいのではないか、と思った。槐屋は千代田城に料理の材を入れているはずだ。膳所の役人に知り合いも多いにちがいない。

松平伯耆守の役宅を辞した一郎太はその足で、藍蔵、弥佑とともに槐屋に赴いた。訪(おとな)いを入れると、店の臆病窓が開いた。一郎太たちが名乗ると、くぐり戸がすぐに開けられた。奉公人の案内で、一郎太たちは客間に通された。

待つほどもなく徳兵衛がやってきて、一郎太たちの向かいに座した。

「ようこそいらっしゃいました」

「徳兵衛、夜分に済まぬ」

「いえ、月野さま、いつでもおいでください。我が家は夜明け前から起き出しておりますが、寝るのも遅うございますので。それで、頭の怪我のお加減はいかがでございますか」

「おかげで、だいぶよくなった。もう痛くない」

鳴東寺で棚尾鉢之助と戦ったあと、一度も痛んでいない。むろん油断はできないが、快方に向かっている、なによりの証ではないだろうか。

「それはようございましたな。手前も安心いたしました。月野さまは大丈夫でいらっしゃるかと、はらはらしておったのですよ」

「心配をかけて済まなんだな」

「心配するのは当たり前でございますよ。僭越(せんえつ)ながら、月野さまのことは、せがれのように思っておりますので」

「それはかたじけない」

徳兵衛は、一郎太の怪我がよくなってきつつあることを、我が事のように喜んでくれた。一郎太もうれしかった。

「それで月野さま。今宵はどんな御用があって、いらしたのでございますか」

表情を引き締めて徳兵衛がきいてきた。一郎太は手早く用件を話した。

「わかりました」

あっさりと徳兵衛が承諾した。

「新田与五右衛門さまについて、さっそく調べてみます。御城の膳所には、知り合いが大勢います。手前は新田さまのことも存じておりますよ。あまり評判のよい方とはいえませんが……」

「やはりそうなのか」

「欲の皮が突っ張っているお方でございますな。金に汚いといわれています。手前は賂を求められました」

「応じたのか」

「応じました」

徳兵衛がさらりと答えた。

「払わぬというのも、角が立ちます。賂は、円滑な取引をするための油のような物だと、考えるようにしております」

確かにそういう面はあるかもしれぬ、と一郎太は思った。

「新田さまがいったいどんな悪行をはたらいていたのか明らかにするのに、さほどときはかからぬものと存じます。おそらく明日には、月野さまにつなぎを取れるものと……」

「明日だな。承知した」

やはり夕刻くらいになるのだろうか、と一郎太は思った。できればもっと早いほうがよいが、急がせてもしようがない。

「徳兵衛、くれぐれも無理はせぬようにな。危険な相手だ」

「はっ、わかりましてございます。調べはできる限り慎重に行います」

槐屋を辞すために立ち上がろうとしたとき一郎太は、かたわらに藍蔵が志乃と並んで座り、仲よく話をしているのを見た。その姿を目の当たりにした瞬間、とても似合いの二人ではないか、と心から感じた。弥佑も頬をゆるめて二人を見ている。

――いつか二人が一緒になる日が来たら、どんなによいだろう。

引き離したくはなかったが、今は仕方がない。藍蔵に、帰るぞ、と一郎太はいった。

「わかりもうした」

切なげな顔で、藍蔵が志乃に別れを告げる。志乃の残念そうな表情を見て、一郎太は悪いことをしたような気分になった。

槐屋のくぐり戸を抜けて外に出ようとしたとき、見送りに来た志乃から藍蔵がなにか紙包みをもらったことに一郎太は気づいた。どうやら食べ物のようだ。

「志乃はなにをくれた」

歩き出してすぐに一郎太はきいた。藍蔵が紙包みを持ち上げてみせる。

「うどんでございますよ」

「ほう、うどんか。志乃は俺の好物を知っているのだな」

「そうではありませぬ」

すかさず藍蔵が否定する。

「それがしの好物ということで、志乃どのが今日、打ったばかりのうどんをくれたのでございますよ」

「なんと、志乃が打ったのか。しかも今日か」

「さようでございます。本当は一晩くらい置くともっと味がよくなるらしいのですが、今夜食べても構わないそうでございます」

「それは楽しみだ」

「家に帰ったら、さっそく食してみましょう」

「つゆも、もらったのか」

「いえ、つゆはそれがしがつくります。先ほど志乃どのから教わりました」

「顔を寄せ合って熱心に話しているなと思ったら、そんな話をしていたのか」

「さようにございます」

一郎太たちは根津の家に戻った。中に不審な者が入り込んでいないか、弥佑がまず気配を確かめた。異状はないということで、一郎太たちは家に上がった。

「弥佑も入ればよい。今宵は、ここに泊まっていくのだ」

「えっ、しかし」

「構わぬ」

「月野さま、まことによろしいのでございますか」

「もちろんだ。夜具もあるゆえ、しっかり眠れるはずだ」

「ありがとうございます」

一郎太たちは居間に落ち着いた。

「やはり腹が減りもうしたな」

藍蔵にいわれ、一郎太は同意した。

「うむ、そうだな。藍蔵、うどんをつくってくれるか」

「もちろんでございますよ。約束ですからな」

すっくと立ち上がり、藍蔵が台所に向かう。

その後、四半刻ばかり台所でいろいろやっていたが、やがて出汁のいいにおいが漂いはじめた。

「これはまた、よい香りではないか」

一郎太は弥佑に語りかけた。

「はい、きっとおいしゅうございましょう」

弥佑が顔を輝かせる。

「藍蔵自らつゆを作るというから、案じておったのだが、志乃の教え方がよかったようだな。取り越し苦労だったようだ」

出汁の香りを引き連れるようにして、藍蔵が二つの膳を持って居間に入ってきた。

「お待たせしました」

膳の一つを、一郎太の前に置いた。もう一つを弥佑の前に据える。

「かたじけない」

弥佑が礼を述べる。いったん台所に引っ込んだ藍蔵が、最後の膳を運んできた。それを自分の座の前にそっと下ろす。

「では、いただきましょう」

うむ、と一郎太はうなずき、箸を手にした。藍蔵と弥佑も箸を持つ。

「いただきます」

三人は声を合わせた。藍蔵が心を込めてつくってくれたあたたかなうどんを、一郎太はすすりはじめた。すぐに驚きの声を上げた。

「こいつはうまい」

感嘆するしかなかった。つゆの旨さも、うどんの腰も素晴らしい。弥佑もおいしそうにうどんを食している。

「これはまた、心地よい喉越しでございますね」

にこにこして弥佑がいった。

「やはり志乃どののうどんの出来がよいのでございますな」

うどんを食べながら藍蔵が謙遜する。

「いや、うどんだけではない。つゆも実にいい味をしておる」

「まことでございますか」

「そなたに追従をいってもはじまらぬ」

「それはそうでございますな」

一郎太は、ひたすらうどんをすすり上げ続けた。あと少しで丼が空になるというとき、なんとなく弥佑の顔を見た。

その瞬間、なにっ、と口の中のうどんをもどしそうになった。げほげほ、と激しく咳き込む。

「月野さま、大丈夫でございますか」

心配そうに藍蔵が声をかけてくる。

「ああ、平気だ」

目を何度か瞬かせた一郎太はもう一度、弥佑に眼差しを当てた。弥佑は案じ顔で一郎太を見つめている。

――もう透けておらぬ。

先ほどは弥佑の姿がどういうわけか、透き通ったように見えたのだ。影が薄いというのはこういうことなのか。

見まちがいなどではない。

――まさか、弥佑の身になにか起きるというのか……。

起きても不思議はない。母桜香院の命を奪った東御万太夫（とうみまんだゆう）の短筒（たんづつ）に負わされた深手にも打ち勝った不死身の男ではあるが、今もその影響が華奢な体に残っているのは疑いようがないからだ。

大丈夫だろうか、と一郎太は弥佑の身を案じた。今は、弥佑になにもないことを祈るしかなかった。

七

明くる朝の六つ半を少し過ぎた頃、一郎太は藍蔵と弥佑と一緒に戸口から外に出た。今日は天気がよく、つややかな太陽があたりをまぶしく照らしていた。

藍蔵が戸に錠を下ろす。

「これでよし」

「よし、まいるか」

一郎太たちは、これから北町奉行の飯盛下総守を訪ねるつもりでいる。昨夜は松平伯耆守に、いち早く新田与五右衛門のことを報告したが、飯盛下総守にも伝えておいたほうがよいと判断したのである。

歩き出そうとしたとき、横合いから声をかけられた。

「月野さま」

見ると、徳兵衛が小走りにやってくるところだった。

「ああ、いらっしゃった。よかった」

そばにやってきた徳兵衛が、大きな吐息を漏らした。それから、はあはあ、とあえぎはじめた。よほど急いで来たらしい。

「どうした、なにかあったのか」

徳兵衛の呼吸が落ち着くのを待って、一郎太はたずねた。

「いえ、昨晩、月野さまから頼まれた新田与五右衛門の件の調べがついたので、お知らせにまいったのでございます」

えっ、と一郎太は驚いた。

「もうわかったのか」

「わかりました」

自信たっぷりの顔で徳兵衛が答えた。

「ずいぶん早いな」

月野さま、と徳兵衛が呼びかけてきた。

「手前が、いつ目覚めていると思ってらっしゃるので。七つ前には、もう働きはじめておりますよ」

「七つ前だと。外はまだまっ暗ではないか」

「もちろん、長年の慣れもあるのでございますが。最初は、手前も早起きは辛かった」

慣れか、と一郎太は思った。しかしそこまでの早起きなど、自分にはとうてい真似できない。

「そのような刻限に働いているのは、手前だけではありません。お城のお役人はともかく、同業の者は、ほとんどすべてでございますよ」

「青物市場は朝が早いとは聞くが、さすがにすごいな」

一郎太は感嘆するしかなかった。

「徳兵衛、家に入るか。そのほうが落ち着いて話ができる」

「よろしいのでございますか。月野さまたちは、お出かけになるのでは……」

「そなたが来たことのほうが、今は大事だ」

藍蔵が鍵を使って解錠し、戸を開ける。一郎太たちは家の中に上がり、居間に入った。一郎太の向かいに徳兵衛が端座した。

「それで、新田与五右衛門はどのような悪行をはたらいていた」

顔を突き出し、一郎太は勢いよくきいた。

「同業の者によりますと、料理の材を料亭へ横流ししているようでございます。そのような噂は、昔からあったそうにございますが」

「将軍が食する料理の材を、我が物にしているというのか」

拍子抜けしたが、一郎太はその思いを面にあらわさなかった。

「それだけでなく新田与五右衛門は、城内に勤仕する旗本や御家人相手に余った材を用いて弁当をつくって売っているらしいのですが、これは別に法度ではございません。膳所のお役人はほとんどの方がしていらっしゃることで、つまりは役得でございます」

徳兵衛が一息ついた。

「申し訳ないのですが、つかめたのは今のところ、これだけでございます。果たして若年寄さまを亡き者にするだけのことか、疑わしさはだいぶ残りますが……」

「将軍家の膳に使う材がこれ以上ないほど吟味されているとしても、その横流しで、新田与五右衛門はどのくらい儲かるのだろう」

さて、と徳兵衛がつぶやいた。

「月に十両もあれば御の字かと……」

「年に百二十両だ。馬鹿にならぬ額ではあるが……」

――徳兵衛のいう通り、知られてはまずいことだといっても、若年寄を亡き者にせねばならぬほどの額ではない。

「新田与五右衛門は、料理の材をなんという料亭へ流しているのだ」

一郎太は徳兵衛に問いを投げた。

「『尾花』という料亭でございます」

徳兵衛が即答する。一郎太の聞いたことがない店だ。

「『尾花』というのは、どんな店だ」

「手前もこれまで何度か足を運びましたが、いい店ですよ。かなり高いとは思いますが、なかなかおいしいですし……」

「『尾花』は、新田与五右衛門から料理の材を横流ししてもらって、どんな得があるのかな」

「これ以上ないほど素晴らしい材を、廉価で仕入れられることでしょうか」

それだけだろうか、と一郎太は内心で首をひねった。

「徳兵衛は、『尾花』のあるじを知っているのか」

「ええ、親しい付き合いがあるわけではありませんが、存じております。寿之助さんといいます」

「これから『尾花』に行けば会えるか」

「会えると存じますが、ちと癖のある人物でございます」

「どんな癖だ」

「第一に、金に汚いということが挙げられます。仕入先に難癖をつけたり、苦情をいったりしているようでございますし」

「そうか。あまり好ましい人物ではないようだが、会わねばなるまい。徳兵衛、『尾花』への道順を教えてくれ」

「いえ、そうするまでもございません。手前がご案内いたしましょう」

「よいのか。仕事は大丈夫なのか」

「手前など店にいないほうがよいのでございますよ。手前がおらずとも、奉公人ががんばってくれますから、なんの心配もいりません」

徳兵衛の先導で一郎太は藍蔵と弥佑とともに、浅草諏訪町にあるという『尾花』に向かった。

四半刻ほどで浅草諏訪町に入った。一本の狭い路地を進み、こぢんまりとした寺の裏手に回ると、厚みのある茅葺屋根がのしかかるように迫ってきた。

「あの茅葺屋根の建物が『尾花』でございます」

指をさして徳兵衛が言う。

「立派な店だな」

「あるじに癖があるといっても、名店といって差し支えないのではないでしょうか。料理人も腕がよいらしいですし」

二階の障子が開け放たれており、箒を使う女中の姿が見えた。

「まだ店ははじまっていませんが、寿之助さんは来ているはずですよ」

開け放たれた木戸をくぐり、緑が濃い庭に据えられた石畳を踏んで、一郎太たちは戸口に進んだ。

打ち水はされているが、戸は閉まっていた。徳兵衛が訪いを入れる。

返事があって戸が開き、若い男が顔をのぞかせた。

「まことに申し訳ないのですが、まだ支度中でございます」

「いや、手前どもは客ではないのだ。あるじの寿之助さんは、いらっしゃるかな」

にこやかに徳兵衛がきいた。えっ、と声を発して、若い男が愕然とする。

「どうされたかな」

すぐさま徳兵衛が質した。

「あの、実は……」

いいにくそうに若い男が口を閉ざした。

「どうされました」

徳兵衛が重ねてきくと、若い男が辛そうにうつむいた。

「うちの旦那さまは、ここ数日、お姿が見えないのでございます」

なにっ、と一郎太は思った。

「寿之助さんの行方が知れない……」

「はい。四日前の夜に、一人で出かけられて、それっきりでございます」

「寿之助はどこへ行ったのだ」

前に出て一郎太は問うた。

「それがわからないのでございます」

一郎太を力のない目で見返して、若い男は途方に暮れたような顔になった。

「寿之助は、誰にもなにもいわずに出ていったのか」

「あの晩もお店に来ていらしたのですが、いつの間にか、いらっしゃらなくなっていたのです。近所に飲みに出かけられたのではないかと誰もが思っていたのですが、ちがっていました」

もしかすると、と一郎太は思った。新田与五右衛門に殺されたのかもしれない。むろん、口封じであろう。

「近頃、寿之助になにか変わった様子はなかったか」

一郎太は別の問いをぶつけた。

「気が塞いでおられるように、手前には見えました……」

「なにゆえ寿之助が沈んでいたのか、そなたにわけはわかるか」

「いえ、残念ながらわかりかねます」

「寿之助が行きそうな場所は、すべて当たってみたのか」

「はい、当たりました。しかし、旦那さまはどこにもいらっしゃいませんでした」

「寿之助に女房はいるのか」

一郎太は新たな問いを発した。

「いらっしゃいましたが、七年ばかり前に亡くなりました」

「妾(めかけ)は」

「おりますが、旦那さまは、おいでにならなかったようです」

そうか、と一郎太はうなずいた。

「そなた、新田与五右衛門という男を知っておるか」

軽く息を吸って一郎太はずばりきいた。

「お名は存じております。御広敷膳所台所頭でいらっしゃいます」

「そなたは、なにゆえ名を知っている」

「旦那さまのお知り合いです。お名は旦那さまの口から何度も聞いたことがあります」

「新田与五右衛門が、この店に来たことはあるのか」

「あります」

「繁く来ているのか」

「繁くかどうかはわかりません。うちは月に二度、店をお休みにするのですが、その休みのときにいらしているところを見たことがあります。手前が忘れ物を取りに来たときのことです」

「新田与五右衛門は、店の休みの日になにをしに来ていたのだ」

「会合を開いているのだと、そのとき旦那さまからうかがいました」

「会合だと。どのような集まりかわかるか。何人くらい来るのだ」

「ああ、いえ、旦那さまからこの会合について、決して他言しないようにいわれておりますので……」

申し訳なさそうに若い男が頭を下げたとき、その背後に人影が立った。

「岐三郎、いつまでお客人と話をしているんだい。厠の掃除がまだ終わっていないだろう。旦那さまがいらっしゃらないからといって、怠けるのは許さないよ」

「済みません、番頭さん」

岐三郎と呼ばれた若い男が番頭にあわてて謝る。

「では、仕事に戻ります。手前はこれにて失礼します」

一郎太たちに辞儀し、岐三郎が丁寧に戸を閉めた。

あと少しだったような気がしたが、無理強いはできない。一郎太たちは敷石を踏んで外に向かいはじめた。

「会合というのは、やはり気になるな」

つぶやき、一郎太は顎を撫でさすった。

「まったくでございます」

即座に藍蔵が鼻息も荒く同意する。

「なにしろその会合には、新田与五右衛門が来ていたのですからな」

「しかも、奉公人がいない休みの日を選んでおる。その会合と料理の材の横流しには、なんらかの関わりがあるのではないか」

「どんな関わりでございましょう」

「考えやすいのは、会合というのは実は贅のかぎりを尽くした宴だったのではないか。その宴に来た客に、横流しの材を使って料理を供している。だが、それだけのことで若年寄を亡き者にしようとするとは、さすがに思えぬな」

足を運びつつ一郎太は徳兵衛を見た。

「徳兵衛は、『尾花』の馴染み客に知り合いがおらぬか。上客がよいのだが」

「上客でございますか……」

「もし新田与五右衛門が秘密の宴を開いているとしたら、上客しか招かぬのではないか、と思ったのだ」

なるほど、と徳兵衛が納得の顔になった。下を向いて考え込む。

「しかし、横流しとはいえ、将軍さまのお口に入るものですからな、宴の代金はひどく高いのでございましょうな」

一郎太を見つめて藍蔵がきいてきた。

「最上の材だけが使われているのだからな。しかし、いくらくらいするものか、俺には見当がつかぬ」

「それがしなら、五両は払ってもよろしゅうございますぞ」

「五両だと」

一郎太は目をむいた。

「とんでもなくうまい料理だといっても、その値は俺にはあり得ぬな」

「それでも、一生に一度くらいなら、よろしいのではございませぬか」

「一生に一度なら、そんな贅沢もよいかもしれぬが、そのような機会はまず巡ってこぬであろう」

「ああ、そうかもしれませぬ」

うつむいて思案している様子だった徳兵衛がふと顔を上げた。

「『尾花』の上客でございますが、大店の隠居を一人、思い出しました。その人に、話を聞くことができるかもしれません」

「今から行って会えるかな」

「会えましょう。暇を持て余していると、前にぶつぶついっておりましたから」

四半刻ばかりで目当ての神田仲町一丁目に着いた。池尻屋といって店は醤油を扱っていた。

かなり繁盛しているようで、荷車がひっきりなしにやってきては樽を下ろし、人足たちが店の中に運び込んでいく。その逆に、店から運び出されていく樽も少なくない。小売もしているらしく、一郎太が見ているあいだ、客が途切れることがなかった。

店先で帳面を手にしている奉公人に徳兵衛が近づき、まず名乗った。

「えっ、槐屋さんでございますか」

奉公人がびっくりしている。駒込土物店の差配をしており、さらに江戸の草創名主でもある槐屋徳兵衛の名は、醤油問屋の奉公人も知っている様子だ。

「ご隠居の源右衛門さんは、いらっしゃいますか」

「はい、少々お待ち下さい」

　奉公人があわてたように店内に引っ込んでいく。

　一陣の風が吹き渡り、路上の砂埃を巻き上げていった直後、奉公人が徳兵衛のそばに戻ってきた。

「ご隠居がお目にかかるそうでございます。どうぞ、いらしてください」

　深く腰を折って、奉公人が徳兵衛を招き入れようとする。

「こちらのお三人は手前のお連れさまですが、一緒に入っていただいても構いませんかな」

　一郎太たちを手のひらで指し示して、徳兵衛が奉公人にきく。

「あっ、はい。もちろんでございます」

　池尻屋に足を踏み入れた一郎太たちは、客間に案内された。

　待つほどもなく、五十をいくつか過ぎていると思える男があらわれ、低頭して一郎太たちの前に端座した。

「槐屋さん、よくいらしてくださった」

　ややしわがれた声で男が挨拶した。この男が源右衛門か、と一郎太は思った。大店の隠居らしく、福々しく、ゆったりとした恰好をしていた。

「源右衛門さん、急にお邪魔して、申し訳なく存じます」

「いえ、いえ、そんな堅苦しいことをおっしゃらず。槐屋さんなら、手前はいつでも喜んでお迎えいたしますよ」

「ありがたきお言葉」

一度、頭を下げた徳兵衛が顔を上げ、一郎太たちを紹介した。

「月野さま、神酒さま、興梠さまでございますね。手前は源右衛門と申します。どうか、お見知り置きを」

こちらこそ、と一郎太たちは会釈した。

「お侍が三人もお顔を揃えられて、今日はどのようなご用件でいらしたのですか」

興味津々という顔を、源右衛門が一郎太たちに向けてきた。退屈しのぎになるのではないかとの気持ちが、面にくっきりとあらわれている。

「『尾花』のことだ」

さっそく一郎太は切り出した。

「『尾花』でございますか……」

源右衛門が少し戸惑ったような表情になる。

「そなたは店の馴染みだな」

「はい。値は高うございますが、『尾花』は手前の舌に合っているようですので……」

「そなたにききたいのは、月に二度、『尾花』が休みの日に開かれている会合のことだ」

えっ、と声を上げ、源右衛門の腰がわずかに浮いた。それに気づいて咳払いをし、ごまかすような素振りで座り直す。

「その会合はどのようなものだ。料理の会なのではないか」

「さ、さようにございます。最上の料理が出されます」

「なにゆえ休みの日にやるのだ。『尾花』の包丁人は休みにも店に出て、その会合のための料理をつくるのか」

「いえ、『尾花』の包丁人は休みでございます」

「ならば、誰が最上の料理をつくっている」

「そ、それは……」

源右衛門が答えに窮した。首筋に汗をかいたか、しきりに手拭きでぬぐいはじめた。

「あの、そのことは、口にしてはまずいのでございます」

「なにゆえだ」

「下手に口にすれば、笠(かさ)の台が飛びかねないといわれておるのです」

やはりそうであったか、と一郎太はまったく意外に感じなかった。

「それは、新田与五右衛門に口止めされているのだな」

「さようにございます。『尾花』の主人の寿之助さんからも……」

「寿之助は死んだぞ」

「ええっ」

信じられないといいたげに源右衛門が口を開けた。

「ま、まことでございますか」

「俺は嘘をつかぬ」

これまでなにが起き、どのようにしてここまでやってきたか、一郎太は淡々とした口調で語った。

「えっ、新田与五右衛門さまが、屋形船に乗っていた若年寄さまと北町奉行さまを襲わせたですと」

源右衛門の驚きはさらに増し、顎ががくがくと上下した。

「そ、それもまことのことにございますか」

泡を食ったように源右衛門がきいてきた。

「屋形船の一件は読売(よみうり)にも載らず、ほとんど知られておらぬようだが、まちがいなく新田与五右衛門の仕業だ」

少し身を乗り出して、一郎太は源右衛門をじっと見た。

「正直にいえば、寿之助はまだ死んだと決まったわけではない。四日前の晩から行方知れずになっているのだが、俺は新田与五右衛門に口封じをされたのだとにらんでおる。なにゆえ口封じをされたか、そのわけはわからぬが」

「さようにございますか。寿之助さんが新田さまに殺されたのでございますか」

「そなたは、新田与五右衛門が主宰している宴に出ておる。脅かすつもりはないが、下手をすれば、そなたも新田与五右衛門と同罪ということになるかもしれぬ」

「同罪とは。手前はなにもしておりません。『尾花』で、おいしい料理をいただいただけでございます」

必死の顔で源右衛門がいい募る。

「しかし、その料理を食したのも、笠の台が飛びかねぬことは承知の上だったのであろう。悪事であるとわかっていたはずだ」

「は、はい。確かにおっしゃる通りでございます……」

力なげに源右衛門がうつむいた。

「よいか、そなたが助かる道はただ一つ」

一郎太が強くいうと、源右衛門が顔を重たげに上げた。

「『尾花』でどのような宴が開かれていたか、我らにしっかりと真実を教えることだ。さすれば、若年寄の松平伯耆守どのや北町奉行飯盛下総守どのに、俺から口添えしてやろう」

「月野さまがお取りなしくださると……」

源右衛門の面にわずかに生気が戻った。

「俺たちはその両名から頼まれて、この一件を調べている。ゆえに、口添えするのはたやすい」

「若年寄さまと北町奉行さまから頼まれて……。あの、『尾花』での宴についてお話しすれば、手前の罪は軽くなりましょうか」

必死の顔つきで源右衛門が問う。

「きっとなろう。だからこそ、嘘偽りなく話すことこそが肝要だ。わかるか」

「わかりましてございます」

唇を湿した源右衛門が、背筋をすっと伸ばした。それでも顔がこわばり、右の眉毛がぴくぴくと動いている。

「よし、話してくれ」

一郎太が促すと、はい、と源右衛門が顎を引いた。

「新田さまは将軍さまの御名を謳って馴染みのお大尽だけを『尾花』に集め、商売にしているのでございます」

「将軍の名を謳って、というのはどういうことだ」

間髪を容れずに一郎太はたずねた。

「新田さまは『将軍御膳の会』という秘密の宴を、『尾花』で開いていたのでございます」

『将軍御膳の会』とは、と一郎太は目をみはった。思い切った名をつけたものだ。

「将軍の御膳に出されるはずだった材を使うがゆえに、そのような名をつけたのか。その宴の代はいくらだ。金持ちだけを集めているのなら、安くはあるまい」

「おっしゃる通りでございます」

どこかいい淀む様子で、源右衛門がごくりと喉仏を上下させた。

「一人百両でございます」

「なんとっ」

驚愕の声を発したのは藍蔵である。

「百両とは、また法外な……」

「横流しした料理の材だけで、それほどの代を取るのか。確かに高すぎるな」

「あの、料理の材だけではないのです」

ぽつりと源右衛門が言葉を漏らした。

「その宴には公儀の包丁人がじきじきにまいりまして、腕によりをかけて料理の数々をつくるのでございます」

だから『尾花』の包丁人は休みなのだな、と一郎太は納得した。

「将軍の包丁人まで使って、新田与五右衛門は宴を開いていたのか。そのために百両も取っていた……」

一郎太は息をのむしかなかった。

「その宴には、一度に何人の客が来る」

「いつもきっちり十人でございます」

いずれも金持ちなのだろう。

「では、一度に千両の売上があるのだな。月に二度で二千両か……」

「一年で、二万四千両でございますな」

新田与五右衛門め、と一郎太は思った。

──いくらなんでもやりすぎだ。これでは、公儀に目こぼしなどされるはずもない。役得で得た料理の材を横流しし、さらに将軍の包丁人まで使って、莫大(ばくだい)な利を手にしていたことが露見すれば、公儀から切腹が言い渡されるのは確実だ。新田与五右衛門は破滅である。

──それゆえ、死を宣せられる前に、若年寄を殺そうとしたのか。徒目付の調べが入った以上、『尾花』でのことは、遅かれ早かれ公儀の知るところになったであろう。屋形船を襲撃したことが、逆に新田与五右衛門の首を絞めることになったな……。

あの、と源右衛門がおずおずと一郎太に声をかけてきた。

「もし手前が『将軍御膳の会』に参加していたことがご公儀に知れたら、いくら月野さまのお口添えで罪が軽くなったとしても、この店は潰されませんでしょうか」

潰されてもなんら不思議はなかろうな、と一郎太は思った。

「多分、金でかたがつくのではないか。自ら御用金を支払う気持ちをはっきりと見せるのが、よい手立てかもしれぬ。公儀には、金さえ払えばよしとする、という風があるゆえ。一度は死んだ身だという思いで、思い切った額を公儀に示すことが肝心であろう。むろん、俺もできるだけ力添えをする。これは約束しよう」

「どうか、よろしくお願いいたします」

両手を畳につき、源右衛門が深々と頭を下げた。

「うむ、わかった。源右衛門、正直に話をしてくれ、ありがたかった」

こうべを垂れて一郎太は礼を述べた。

「あっ、いえ、あまりにもったいのうございます」

すぐさま源右衛門がはっとし、おかしいなといわんばかりに首を傾げる。

「手前にこのような言葉をいわせるとは、月野さまはいったいどのようなご身分のお方でございますか」

「どこにでもいる浪人に過ぎぬ」

「そのようなお方には見えません。どこにもいない、といういい方のほうが、正しい

「まこと、大した男ではない。——源右衛門、町奉行所の者が近いうちに来るかもしれぬが、決して逃げ隠れするな。堂々としておればよいのだ。では、俺たちはこれで失礼する」

「はい、ありがとうございました」

うむ、とうなずいて一郎太は立ち上がった。藍蔵と弥佑が一郎太に続く。

「そうだ、源右衛門。『将軍御膳の会』の料理はうまかったか」

「焼物、煮物、お造りなど、さまざまな料理が次から次に出てくるのですが、まさに極楽でございました。あれは、まさしく饗宴という名がふさわしいと存じます」

「百両という代だけのことはあったのか」

「ございました。饗宴は一度に十人に限られておりましたから、年にせいぜい二度か三度しか参加できませんでした。手前は、そのときが待ち遠しくてなりませんでした」

「そうだったか……」

——将軍は毎日、それだけの食事をしているのか……。

一度くらいは食べてもよいが、一郎太はさしてうらやましいとも思わなかった。

池尻屋の外に出ると、空には雲がかかり、少し暗くなっていた。ずいぶん涼しいではないか、と思った途端、一郎太は身震いが出た。

「よし、これから北町奉行所に行くとするか」

藍蔵と弥佑に一郎太は声をかけた。

「徳兵衛はどうする。一緒に来るか」

「いえ、手前はここまでにさせていただきます。申し訳ないのですが、やはり店のことが気になってまいりまして……」

ふふ、と一郎太は笑った。

「人というのは、だいたいそういうようにできておる」

「さようにございますな。では、手前はこれにて失礼いたします」

徳兵衛が深く辞儀する。

「徳兵衛、助かった。そなたのおかげで、探索が一気に進んだ」

「いえ、手前など、大したことはしておりません。やはり月野さまが持っておられる、人としてのお力が大きいのでございましょう」

「人としての力……」

「ええ、もっとわかりやすい言葉で申し上げますと、ご器量でございましょうか。その大きな器に惹きつけられて、大勢の人が力を貸してくれるのでございましょう」

では失礼いたします、と低頭して徳兵衛が去っていく。

その姿をしばし見送ってから、一郎太たちは北町奉行所に向かった。

八

北町奉行所に着く頃には、頭上にあった雲はすべて北へ流れ、江戸の町は再びまばゆい明るさに包まれていた。肌寒さも同時に去っていた。

陽射しが強くなり、むしろ暑いくらいだ。全身に汗をかきつつ一郎太は大門をくぐった。奉行所内が、異様に重い空気に覆われていることに気づき、顔をしかめる。

「なにかあったようでございますね」

後ろにいる弥佑が勘よくいう。

「なにがあったのだろう」

一郎太の胸は騒ぎはじめた。背伸びをするようにして、藍蔵が奉行所内を見渡す。

「妙に粘っこい気が、とぐろを巻いておるのを感じますな」

奉行所の玄関前に駕籠が置かれ、供らしい者が控えているのが見えた。北町奉行の飯盛下総守はこれから出仕するようだ。

ふと、玄関から一人の男があらわれたのを、一郎太は目にした。

「藍蔵、あれは左門ではないか」

「ああ、服部どのでございますな」

こちらに向かって歩き出したが、左門はすぐに一郎太たちを認めたようで、小走りに近づいてきた。血相を変えているのが一郎太にはわかった。

「月野さま」

立ち止まって左門が辞儀した。藍蔵と弥佑とも挨拶をかわす。

「奉行所内がひどく落ち着かぬようだが、いったいなにがあった」

鋭い口調で一郎太がきくと、はい、と左門が首を縦に動かした。額に浮いた汗を手の甲でぬぐう。

「信じられぬことですが、昨夜遅く、松平伯耆守さまが亡くなったのです」

「なんだと」

一郎太は我知らず声を荒らげていた。藍蔵と弥佑も呆然としている。

「なにかのまちがいではないのか」

「いえ、まちがいではありませぬ」

むう、と一郎太はうなり声を上げた。

「松平伯耆守どのは、まさか殺されたのではあるまいな」

あの優しい風貌が思い出され、一郎太は涙が出そうになった。

――この世は、いい人から死んでいくようにできておる……。

「それが詳しいことは、まだわかっておりませぬ。先ほど急な知らせを受け取ったお奉行は、今からお城に向かわれるところです」

「お奉行は城中で詳しい話が聞けるのであろうな」

「そういうことになりましょう」

――松平伯耆守どのは、新田与五右衛門に殺られたのではないだろうか。

そういえば、と一郎太は思い出した。新田与五右衛門が通っていた五頭道場では、忍びの術を教えていたというではないか。

――新田与五右衛門が役宅に忍び込み、松平伯耆守どのを亡き者にした……。

そうにちがいない、と一郎太は確信を抱いた。まるで計ったような頃おいで、若年寄が死んだのだ。偶然などあり得ない。一郎太の中で、怒りがふつふつと湧いた。

――許せぬ。

まだ一度も顔を見たことがない男だが、憎しみが一郎太の全身を包み込んだ。殺してやりたい、と強く思った。

「あの、月野さま。ずいぶん怖い顔をされておりますが」

左門の言葉で一郎太は冷静さを取り戻した。

――頭に血を上らせていては、勝てる勝負も勝てなくなる。

「左門、今からお奉行にお目にかかれるか」

「今からでございますか」

玄関前の駕籠が、ちょうど動きはじめたのが一郎太には見えた。三十人近い供も、ぞろぞろと歩き出している。

こちらに近づいてきた駕籠に左門が足早に近寄り、お奉行、と声をかけた。

「その声は左門か」

引戸が開き、飯盛が顔を見せた。飯盛の合図で行列が止まった。左門が地に膝をつき、一礼する。

「月野さまがおいでにございます。大事なお話があるとの由」

駕籠の中に座す飯盛の目が動いた。一郎太は会釈し、左門の横で腰をかがめた。

「松平伯耆守どのの件は聞きもうした。危急のときゆえ、どうか、お進みくだされ。歩きながらお話しいたす」

「かたじけない」

飯盛の合図で、再び行列が動き出した。駕籠の横について一郎太は、これまでの調べでわかったことを飯盛に語った。

聞き終えた飯盛が驚きの顔になる。

「では、御広敷膳所台所頭を務める新田与五右衛門という者が、すべての黒幕ということでござるな」

「さよう。新田与五右衛門は、いま城内におるのではないかと思うのですが」

「わかりもうした。登城し次第、それがしがお目付に話します。さすれば、すぐに捕縛に至りましょう」

「かたじけない。それがしは千代田城の外に控えております。なにかあれば、知らせていただけましょうか」

「もちろんでござる。必ずお知らせいたす」

「では、よろしく頼みます」

「お任せあれ」

一礼して一郎太は駕籠から離れた。飯盛が引戸を閉める。

一郎太たちは行列の後ろに回った。

「それがしは町廻りに出ます」

近寄ってきた左門が、申し訳なさそうな顔で一郎太に告げた。

「松平伯耆守さまが殺されたかもしれぬとはいえ、町方のそれがしにできることは、ほかにありませぬので……」

「左門、気にすることはない。そなたは自分の職分を尽くせばよい」

「畏れ入ります」

こうべを垂れて、左門が一郎太たちから遠ざかっていく。

飯盛の行列を追いかけるようにして一郎太たちが歩き続けると、千代田城が迫ってきた。

行列は千代田城内に吸い込まれ、見えなくなった。一郎太たちは、大手門がよく見える場所で足を止めた。

「新田与五右衛門を捕らえることができますかな」

大手門を見やって、藍蔵が首をひねる。

「新田与五右衛門に千代田城内におられては、我らが手出しなどできぬのはよくわかっておるのですが、こうしてじっとしているのは、ちと辛うございますな」

「仕方あるまい」

一郎太は小さく首を振った。弥佑も、しようがないな、という顔をしている。

「できれば城内に入りたいが、仮に入れたとしても、藍蔵がいうようにできることはなにもない。新田与五右衛門が大暴れすれば、俺たちの出番となるかもしれぬが、それを待ち設けるわけにもいかぬ。じれったくてならぬが、今は待つしかあるまい」

そのまま半刻ほどが経過した頃、一人の若侍が、一郎太たちに向かって足早に近づいてきた。

「月野さまでございますね」

一郎太の前に来て、若侍がきく。

「そうだが、そなたは飯盛どのの使いか」

「さようにございます。お奉行から伝言でございます。新田与五右衛門は、御城内におらぬとのことでございます」

「逃げたのか」

「いえ、そうではなく、今日は非番らしいのです」

「ならば、新田屋敷にいるのか」

おそらく、と若侍が首肯する。

「二人の御目付が配下を引き連れて、新田屋敷に向かった由にございます」

目付率いる捕手とおぼしき者たちが大手門を出ていったところを、一郎太は目にしていない。多分、ほかの門から千代田城外に出ていったのだろう。

「二人の目付は、どれほどの人数を従えていった」

「それぞれが十人ばかりの配下を、と聞いております」

合わせて二十人か、と一郎太は思い、眉根を寄せた。少なすぎるのではないか、と危惧を抱かざるを得ない。新田与五右衛門は相当の遣い手のはずなのだ。

――俺たちも行かねばならぬ。

「そなた、新田屋敷の場所を知っているか」

「知っております。場所をきかれるかもしれぬゆえ調べておくように、とお奉行に命じられました」

新田屋敷の場所を若侍が話す。一郎太はそれを頭に叩き込んだ。

「かたじけない。俺たちは新田屋敷に出向く。お奉行に伝えてくれ」

「承知いたしました」

地を蹴って一郎太は走り出した。藍蔵と弥佑がすぐさまついてくる。

目指すは、新田屋敷がある浅草元鳥越町である。

九

一郎太は足を止めた。少し息切れがしているが、大したことはない。頭も痛くない。

「ここでございますな」

確信のある声音で藍蔵がいった。目の前には、さほど広いとはいえない屋敷が建っている。両側の武家屋敷も大した広さではない。いずれの屋敷もぐるりを築地塀が巡っていた。

「うむ、そのようだ」

一郎太の鼻は、強い鉄気臭さを捉えている。これは中で惨劇が行われている証ではないか。しかし、屋敷内からは剣戟の音は聞こえてこない。静かなものだ。

――目付たちは無事なのか。

一郎太は目付の安否が気にかかった。血のにおいの濃さからして、目付はもはや生きていないかもしれない。

計二十人の配下はどうしたのか。さすがに全員が死んだとは思えないが、すでに多くの者が血を流しているのではあるまいか。

一郎太は精神一到して、中の気配を嗅いでみた。人がいるのは、すぐにわかった。それも一人ではない。大勢いる。

――それならば、なにゆえ戦いになっていないのか。

目付側は全滅してしまったのか。気配を醸しているのは、新田与五右衛門とその配下たちなのか。

――そういうことかもしれぬ。

一郎太は唇を噛んだ。手を振り、藍蔵と弥佑をいざなう。

「よし、入ろう」

表門は閉じられているが、脇のくぐり戸を藍蔵が押すと、不快なきしみ音を立てて開いた。漂い出てくる血のにおいがいっそう強まり、一郎太は顔をしかめた。

「それがしが行きます」

弥佑が宣し、鯉口(こいぐち)を切りつつ、くぐり戸に身を沈めた。中から手招きしてきた。

一郎太は弥佑のあとに続いて敷地内に足を踏み入れた。最後に藍蔵が入り、くぐり戸を閉める。

平たくて四角い石が、玄関まで続いていた。血のにおいは相変わらず強いままだが、あたりに骸らしいものは見当たらない。

三間ほどで敷石が切れ、一郎太たちは暗い玄関に入った。その途端、血のにおいがむせ返りそうになるほど濃くなった。

広い式台に大量の血がべったりとつき、その上の廊下に、刀を握り締めた死骸が二つ横たわっていた。

二人とも鉢巻に襷(たすき)がけをし、股立(ももだち)を取っていた。おそらく目付配下の徒目付だろう。

「一刀のもとに斬られております」

弥佑がささやきかけてきた。うむ、と一郎太はうなずき返した。

一郎太たちは廊下に上がり、そろそろと奥に向かった。襖(ふすま)や障子が倒れ、血しぶきが付着していた。畳には、いくつもの血だまりができている。

いたるところに骸が転がっている。徒目付たちのものだけでなく、与五右衛門の配下とおぼしき平服姿の侍も混じっていた。

おびただしい数の骸を踏まないように気を配りつつ、一郎太たちはさらに奥に進んだ。

するると、人の気配が強く感じられるようになった。次の間に、何人かの人がいるのはまちがいない。

一郎太たちはゆるゆると歩き、その部屋の前に立った。襖に手をかける。

二十畳ほどの広さの間に、十人ほどの侍が立っていた。首のない死骸が二つ、部屋の真ん中に横たわっている。

二つとも身なりが立派だ。目付ではないか、と一郎太は思った。右側の床の間に二つの首が置かれている。

「誰だ、きさまら」

返り血を全身に浴びた男が叫んだ。一郎太を見て、はっとなる。

「いや、返事は要らぬ。きさまらが何者か、もうわかったゆえな。我らの邪魔をした者どもだな。ついにここまでたどり着いたか」

「おぬしが新田与五右衛門か」

平静な声で一郎太は問うた。

「そうだ」

胸を張って与五右衛門が答える。

「今日にもきさまらを殺すつもりでいた」

「おぬし、目付衆を全滅させたのか」

「このくらい、わしにはたやすいことだ」

与五右衛門は、さも当然だといわんばかりの顔をしている。

「わしらは、二人の目付やその配下たちと剣の饗宴を繰り広げていたのだ。『尾花』での饗宴は極楽だったが、ここでの饗宴は目付どもにとって地獄になったな」

血塗られた真っ赤な顔で笑う与五右衛門は凄惨そのものだ。

「きさま、名はなんという」

笑いをおさめて与五右衛門がきく。

「月野鬼一だ」

「きさまが我が弟を殺ったのか」

「いえ、お頭。棚尾どのを斬ったのは、右側にいる男です」

与五右衛門の配下が弥佑を指さす。あやつは、と一郎太は男を見つめて思った。鳴東寺に、鉢之助とともにあらわれた四人のうちの一人だ。

与五右衛門が、じろりと弥佑を見る。

「ほう、ずいぶん若いな。その若さで鉢之助を倒したというのか」

「きさまを倒すのもたやすかろう」

嘲るように弥佑がいった。

「大口を叩くものよ」

「大口かどうかは、戦ってみればわかる」

「きさま、名はなんという」

「興梠弥佑だ」

「興梠だと。確か斜香流とかいう道場のあるじが興梠といったと思うが、血のつながりでもあるのか」

「斜香流の道場主は父だ」

「なんと、せがれだったか。ならば、きさまも忍びの術を遣えるのか」

「当たり前だ」

「興梠、わしと刃（やいば）を交える気でおるのか」

顎を撫でさすって与五右衛門がきいた。

「いや、俺が相手をしよう」

一郎太はずいと前に出た。

「きさまがやるというのか。わしに勝てると思うておるのか」

「勝つに決まっておる」

与五右衛門を見つめて一郎太は断じた。

「よかろう。どうせ、きさまは骸になる。そのあとで、興梠と戦えばよい。弟の仇を討たねばならぬからな」

仇討ちとは、厳密には目上の者が殺されたとき目下の者が報復することをいう。その形であるならば公儀に認められており、人を殺しても罪にならない。今の与五右衛門は、罪になろうとなるまいと、殺された弟のために仕返しをしてやろうという気になっているだけだ。

「よし、二郎兵衛。おまえたちは興梠ともう一人の相手をせよ。倒せるのなら、倒してもよいぞ」

「わかりましてございます」

二郎兵衛と呼ばれた男が目を血走らせて勇んだ。

畳の上に置いてあった刀を拾い上げ、与五右衛門が大股に一郎太のほうへ進んできた。一郎太も愛刀摂津守順房を引き抜き、正眼に構えた。

一郎太を見て、与五右衛門が目を見開く。

「なかなかやるな。大口を叩くだけのことはある。だが、わしのほうが強いぞ。見せてやる」

深く踏み込んでくるや、与五右衛門がいきなり刀を突いてきた。まさか大技でくるとは一郎太は思っていなかった。一瞬で刀尖が胸に届きそうになる。

一郎太は、それを愛刀の腹で弾き上げた。がきん、と音がし、一郎太の腕にしびれが走った。じんじん、と腕の奥に響くような痛みである。

――なんだ、これは。突きを弾き上げただけなのに。

愛刀を正眼に戻しつつ一郎太は戸惑いを覚えた。

与五右衛門が袈裟斬りを振り下ろしてきた。一郎太はそれを打ち返した。すると、今度は足に鋭い痛みが来た。

むう、と声が出そうになる。なにしろ、錐で刺されたかのような痛みなのだ。あまりに痛みがひどく、両の膝に力が入らず、割れそうになる。

さらに与五右衛門が胴に刀を薙いできた。体勢を崩しながらも、一郎太はその斬撃をなんとか受け止めた。その直後、今度は腰がひどく痛くなった。

与五右衛門の刀を受けるたびに、いろいろなところがしびれたり、痛んだりする。

――こやつの斬撃は受けぬほうがよい。すべてかわさなければならぬ。

これが与五右衛門の秘太刀なのだろうか。そうかもしれぬ、と一郎太は思った。

――とにかく容易ならぬ相手だ。

与五右衛門が上段から刀を振り下ろしてきた。一郎太はそれを後ろに下がってよけた。

ふん、と鼻を鳴らした与五右衛門が刀を旋回させ、速さを増した袈裟懸けを一郎太に見舞ってきた。

一郎太には、後ろに下がったり、横に動いたりする余裕はなかった。やむなく愛刀で与五右衛門の斬撃を受け止めた。

強烈な衝撃が両腕を襲い、それが肩や顔にも響いてきた。一郎太は頭の中が揺れたような気がした。

与五右衛門がさっと刀を引いた。一郎太は正眼に構え直そうとして、あっ、と声を上げた。いきなり与五右衛門の姿が消えたのだ。

自分の目が利かなくなったのを、一郎太は知った。見えているのは暗黒のみである。

「瞳にはなにも映っておらぬであろう」

与五右衛門の嘲笑するような声が聞こえてきた。

「冥土の土産に教えてやろう。今のは奪眼剣という。こちらの攻めを刀で受けるたびに、痛みのせいで体が動かなくなり、四撃目でついに目が見えなくなる」

この世にはすさまじい秘太刀があるものだ、と一郎太は思った。

「久しぶりに遣ってみたが、うまくいったようだ。月野、覚悟せよ」

じり、と与五右衛門が近づいている足音がした。弥佑も藍蔵も与五右衛門の配下と激しく戦っているらしく、一郎太の危機に気づいているかもしれないが、近づくことはできないようだ。

これはまずい、と思ったが、すぐに一郎太は、おや、とわずかに首を傾げた。不思議なことに、与五右衛門がどこにいるのか、わかったのだ。今は横にじりじりと動いて、一郎太の左手に出ようとしている。

――これが心眼というものか。

与五右衛門の位置がわかるのなら、怖れることなどなにもない。

「死ねっ」

だん、と畳を蹴り、与五右衛門がまっすぐ突っ込んでくる。だが、それは囮の動きに過ぎず、実際には一郎太の左側から刀を振り下ろそうとしていた。

目が見えない一郎太をなめきっているらしく、与五右衛門の振りは大きくなっているのが知れた。

斬撃を心眼で避けつつ一郎太は与五右衛門の懐に飛び込み、がら空きの胸に愛刀を突き立てた。

秘剣滝止である。

「なにっ」

信じられぬといいたげな声を、与五右衛門が発した。一郎太が愛刀を引き抜くと、大きな音を立てて与五右衛門が畳の上に倒れた。同時に一郎太の目が見えるようになった。

両手両足をじたばたさせ、与五右衛門がもだえている。畳に、新たな血だまりができていく。

両手を懸命にかいて、与五右衛門が必死の形相で立ち上がろうとする。だが、もはやそれだけの力はないようだ。

「な、なにゆえ。まさか、わしの姿が見えたわけではあるまい」

顔を上げて与五右衛門が一郎太を見る。

「見えたのだ」

心の目でな、とは一郎太はいわなかった。

その頃には、弥佑と藍蔵が一郎太のそばに来ていた。二人で与五右衛門の配下を片付けたのだ。すべて峰打ちにしたようで、誰もがもがき苦しんでいた。

「終わったな」

一郎太は二人に安堵の声をかけた。

「ご無事でなによりでございます」

藍蔵は心からほっとしているようだ。よほど一郎太の身を案じていたのだろう。

「新田与五右衛門」

一郎太はしゃがみ込み、与五右衛門に語りかけた。与五右衛門はじき息絶えるだろうが、まだ命の炎はわずかながらも揺らめいている。

「おぬしは、なにゆえあれほどの大金を稼がなければならなかったのだ」

くっ、と与五右衛門が奥歯を嚙み締めた。

「最初は女だ。わしは、とにかく女に目がなくてな。金がいくらあっても足りなかった。『将軍御膳の会』で大金が稼げるようになったら、女はいくらでも手に入った。それよりもむしろ、金を稼ぐことがおもしろくなって『将軍御膳の会』をやめられなくなった」

そういうことだったのか、と一郎太は合点した。

「もう一つきくぞ。なにゆえきさまは、自分の尻に火がついたことを覚ったのだ」

ふふふ、と顔を歪めてはいるものの、楽しげに与五右衛門が笑う。

「徒目付がわしの周りを嗅ぎ回っておった。それに気づいたに過ぎぬ。『将軍御膳の会』のことも知られたようでな。だから徒目付を始末した。それだけのことだ」

「徒目付の骸はどうした」

「埋めた」

「どこに」

「忘れた」

「若年寄を殺ったのも、きさまだな」

「ああ、かかる火の粉は払わねばならぬからな」

それで命が尽きかけたようだが、与五右衛門は渾身の力を振り絞ったらしい。面を上げて、一郎太を見つめた。

「よいか、これで終わったと思うな……」

与五右衛門が、げほっ、と血の塊を口から吐いた。一郎太が気づいたときには息絶え、新たな血だまりに首を落としていた。

――新田与五右衛門は、いったいなにをいいたかったのか。まだこの先も続くぞ、といいたかったのか。ふむう、わからぬな。

気になったが、一郎太はあまり考えないことにした。気に病んでもしようがない。もしまだこの先もなにかあるのだとしたら、今はそのときを待つしかない。

十

明くる日、一郎太はお艶と待ち合わせて、初めての賭場に出かけた。深川佐賀町にある賭場である。

今日、藍蔵はいない。さすがに休んでいたいと、疲れたようにいってきたのだ。むろん、一郎太に賭場行きを無理強いする気などなかった。

弥佑も今日は用事があり、父親の道場に行くといっていた。

お艶とともに賭場に入り、盆茣蓙のそばに座した途端、一郎太は、おや、と首をひねった。なにやらこれまで覚えたことがない妙な感じがあった。

それがなにか、すぐにわかった。これまではっきり見えていた壺の中の賽の目が、なにやら霞んで見えているのだ。

いや、ときの経過とともに霞は濃くなり、賽の目は見えなくなっていく。

――これは……。

一郎太は狼狽せざるを得なかった。

――俺になにが起きているのだ。

まさか、頭を石突きで打たれたせいではないだろうな。それとも、昨日の心眼と引き換えに賽の目が読めなくなったのか。

――心眼と引き換えなら、まだよいが……。

賽の目の見えない勝負は、一郎太には怖くてならなかった。このままでは虎の子の金を失ってしまいかねない。

「お艶、今日は失礼する」

一郎太がゆっくりと立ち上がると、お艶が目をみはった。

「えっ、もう帰られるんですか」

「済まぬ」

一郎太はそそくさと賭場をあとにした。お艶は呆然としているように見えた。

――なんということだ。

歩きながら一郎太は途方に暮れた。

根津の家に戻るや理由(わけ)を話し、藍蔵に賽を振ってもらった。

「やはり見えぬ」

一郎太は愕然とした。一時のものではないようだ。これから永久に続くのではないか。

「これは、博打をやめるよう神さまがおっしゃっているのでございましょう」

気安い調子で藍蔵が笑いかけてきた。

「簡単にいってくれるな。藍蔵、もう博打では稼げぬのだぞ」

「働けばよいのでございますよ」

「そうはいってもな……」

これからの暮らしをどうするか。どうすればよいのか。一郎太は不安になった。

——いや、待て。

すでにおのれの気持ちの中に、変化があらわれているのに一郎太は気づいていた。

これまで、確かに博打が面白くてならなかった。しかし、どこかで醒(さ)めてもいた。

当然だろう。勝つとわかっている勝負が心底、おもしろいわけがない。

勝つか負けるかで極楽と地獄。そのちりちりするような切迫した思いが博打の醍醐(だいご)味(み)にちがいないのだ。

「まあ、きっとなんとかなろう。これまでも、なんとかなってきたからな」

面を上げ、一郎太は藍蔵に向かってにこりとした。悩んで暮らしていくより、明るく生きるほうがずっとよい。

「それはまた能天気な物言いでございますな」

うれしそうに藍蔵が笑みをこぼした。

「そなたが人のことを、能天気などといってよいはずがないぞ」

そのとき外から一郎太を呼ぶ声がした。

「あれは左門ではないか」

「そのようでございますな」

藍蔵が応対に出たが、すぐに戻ってきた。左門を従えて、北町奉行の飯盛下総守が姿を見せた。頭巾（ずきん）をかぶっている。どうやらお忍びでやってきたようだ。

「月野さま、折り入って頼みがある」

頭巾を取るやいなや飯盛が切り出した。

「わしは、月野さまの剣術と探索の腕を高く買っておる。町奉行所はとにかく人手が足りぬ。わしは、町奉行所の手が及ばぬ一件の探索を月野さまに頼みたく思っている。むろんただとはいわぬ。役料は支払わせていただく」

一郎太はそれがいくらなのか気になったが、さすがに口には出せない。

「どうだ、引き受けてくれぬだろうか」

かしこまって飯盛が頼み込んでくる。

「わかりました。引き受けましょう」

一郎太は快諾した。今の一郎太にとって正直、渡りに船としかいいようがない。

一郎太の言葉を聞いて飯盛が破顔する。

「それはありがたい。では、これが手付けでござる」

袂に手を入れた飯盛が、一郎太に袱紗包みを差し出してきた。

これで、と一郎太は安堵の息をついた。これからの暮らしの目処がたった。

飯盛と左門が帰ると同時に、一郎太は袱紗包みを解いてみた。中には、小判の包み金が二つあった。

「大枚五十両か。実に気前がよいな」

一郎太は我知らず笑いが出た。藍蔵も白い歯を見せる。

「これだけの金があれば、しばらくは暮らしに窮するようなことはないな」

「それがしは飛び跳ねたい気分でございます」

「藍蔵、賭場でこれをさらに倍にするという手もあるぞ」

「滅相もない。月野さま、おやめくだされ」

藍蔵があわてて止める。

「そうだな。やめておいたほうがよいな」

「はい、それが賢明かと……」

そのとき、またしても戸口に誰かがやってきた気配があった。一郎太は金を袱紗にしまい込んだ。

藍蔵が応対に出るまでもなく、左門が血相を変えて飛び込んできた。

「どうしたというのだ」

膝を立てて一郎太はきいた。

「今そこの角で、番所の使いから聞いたのでござるが……」

悲しげな顔の左門がもたらしたのは、弥佑が無残に斬られ、死骸となって見つかったという知らせだった。

「なんだとっ」

一郎太は立ち上がっていた。

「なにかのまちがいではないのか」

左門をにらみつけて一郎太は質した。

「いえ、まちがいありませぬ」

左門に断言され、一郎太は言葉を失った。そういえば、と思い出す。

藍蔵がつくってくれたうどんを食べたとき、弥佑が透けて見えていた。影が薄かった。

――それにしても、弥佑が斬られたとは。いったい何者が……。

どれほどの遣い手が弥佑の命を奪ったのか、一郎太には見当がつかない。

――昨日の新田与五右衛門の言葉は、このことを指していたのだろうか。

とにかく、正体がまったくつかめない何者かが、立ちはだかったのはまちがいない。

その黒々とした巨大な影が、一郎太には目に見えるようだった。

小学館文庫
好評既刊

突きの鬼一

鈴木英治

ISBN978-4-09-406544-2

美濃北山三万石の主百目鬼一郎太の楽しみは月に一度の賭場通いだ。秘密の抜け穴を通り、城下外れの賭場に現れた一郎太が、あろうことか、命を狙われた。頭格は大垣半象、二天一流の遣い手で、国家老・黒岩監物の配下だ。突きの鬼一と異名をとる一郎太は二十人以上を斬り捨てて虎口を脱する。だが、襲撃者の中に城代家老・伊吹勘助の倅で、一郎太が打ち出した年貢半減令に賛同していた進兵衛がいた。俺の策は家臣を苦しめていたのか。忸怩たる思いの一郎太は藩主の座を降りることを即刻決意、実母桜香院が偏愛する弟・重二郎に後事を託して単身、江戸に向かう。

小学館文庫
好評既刊

突きの鬼一
夕立

鈴木英治

ISBN978-4-09-406545-9

母桜香院が寵愛する弟重二郎に藩主代理を承諾させた百目鬼一郎太は、竹馬の友で忠義の士・神酒藍蔵とともに、江戸の青物市場・駒込土物店を差配する槐屋徳兵衛方に身を落ち着ける。暮らしの費えを稼ごうと本郷の賭場で遊んだ一郎太は、九歳のみぎり、北山藩江戸下屋敷長屋門の中間部屋で博打の手ほどきをしてくれた駿蔵と思いもかけず再会し、命を助けることに。そんな折、国元の様子を探るため、父の江戸家老・神酒五十八と面談した藍蔵は桜香院の江戸上府を知らされる。桜香院は国家老・黒岩監物に一郎太抹殺を命じた張本人だった。白熱のシリーズ第２弾。

小学館文庫
好評既刊

突きの鬼一
赤蜻 あかとんぼ

鈴木英治

ISBN978-4-09-406631-9

弟・重二郎に藩政をまかせ、江戸に出奔した博打好きの殿さま・百目鬼一郎太(どうめきいちろうた)は、ひとまず、駒込土物店(こまごめつちものだな)を差配する槐屋徳兵衛(さいかちやとくべえ)の世話で根津に身を落ち着ける。重二郎可愛さに、嫡男・一郎太の命を狙う実母桜香院(おうこういん)とその腹心の国家老・黒岩監物(くろいわけんもつ)。江戸家老・神酒五十八(みきいそや)によれば、黒岩家の用人が密かに羽摺り(忍び)の隠れ里に向かったという。一方、一郎太と暮らす五十八の嫡男・藍蔵(らんぞう)の心配をよそに、江戸の賭場八十八か所巡りを企てる一郎太。監物の放った羽摺り四天王との息詰まる死闘。いま明らかになる、突きの鬼一こと一郎太の秘剣・滝止(たきどめ)の由来！　大好評シリーズ第3弾。

突きの鬼一 岩燕

鈴木英治

ISBN978-4-09-406645-6

突きの鬼一こと百目鬼一郎太と供侍・神酒藍蔵の江戸暮らしは風雲急を告げていた。実母桜香院とその腹心の国家老・黒岩監物が放った羽摺り四天王の生き残りが虎視眈々と一郎太の命を狙っている。そんな最中、草創名主・槐屋徳兵衛の一人娘・志乃の幼馴染みで、女郎屋から逃げ出してきたお竹が助けを求めてくる。さらに旗本屋敷の賭場帰り、一郎太の乗った船に武家娘が悲鳴を上げて飛び込んできた。じりじりと包囲網を狭めてくる羽摺りの者との激闘！　秘剣滝止が快刀乱麻を断つと思われたのだが……。大好評！　突きの鬼一2ケ月連続刊行、シリーズ第4弾。

突きの鬼一 雪崩

鈴木英治

ISBN978-4-09-406696-8

次男・重二郎を溺愛するあまり、なりふり構わぬ振舞いに出る実母・桜香院に腹心の江戸家老・黒岩監物が目を剝いた。北山藩の財政は、伊豆国諏久宇の飛び地に産する良質の天草から作る寒天収入に支えられていた。桜香院が跡目相続の御沙汰を得んと、幕府に飛び地返上を申し出たというのだ。城下の寒天問屋から多額の賄賂を手にしていた監物が黙って見ているわけがない。母の命が危うい。これまでの確執、母子の恩讐を越えて嫡男一郎太が立ち上がった。だが、それは北山藩を揺るがす大騒動の序章にすぎなかった。累計15万部突破！　大好評「鬼一シリーズ」第5弾。

突きの鬼一
春雷（しゅんらい）

鈴木英治

ISBN978-4-09-406788-0

城下の寒天問屋から賄賂を手にしていた江戸家老・黒岩監物が牙をむいた。それまで手を組んでいた桜香院の殺害を忍びの頭・東御万太夫に命じたのだ。一郎太は母・桜香院を訪ね、子細を伝える。時あたかも、国元より一郎太の弟・重二郎の一粒種・重太郎が病に倒れたとの報に接した桜香院は、甲州路を美濃へ向かう。道中警固につく一郎太と神酒藍蔵。隙あらば、と機を窺う万太夫。一郎太の身を案じ、後を追う正室の静。北山藩を揺るがす大騒動は目前に迫っていた。大好評書き下ろし痛快時代小説第６弾。累計20万部！　突きの鬼一シリーズ前半のクライマックス！

若殿八方破れ（一）

鈴木英治

ISBN978-4-09-406818-4

信州真田家の若殿、俊介が江戸上屋敷の寝所で襲われた。誰の仕業か分からぬまま、無二の忠臣にして友垣の寺岡辰之助とともに犯人探索に乗り出す。だが、旧知の東田道場師範代・皆川仁八郎に頼まれ、やくざの出入りに加勢する羽目になるやら、錺（かざり）職人殺しに巻き込まれるやら、なかなか思うようにいかない。そんな中、こともあろうに辰之助が胸を一突きにされ殺される。悲嘆にくれる俊介に殺害犯の名を告げたのは、意外や意外、俊介の寝所を襲った男で――。逃げる真犯人が向かった先は九州・筑後久留米。全ては亡き友垣のため、御法度の仇討ち旅が今、始まる！

小学館文庫
好評既刊

若殿八方破れ（二）
木曽の神隠し

鈴木英治

ISBN978-4-09-406828-3

名門真田家の若さま俊介は、忠臣を殺した仇敵・似鳥幹之丞を追い仲間とともに江戸を出た。中山道に別れを告げ、下街道・釜戸宿へとたどり着く。しかし突如、母の薬を買うため帯同していたおきみが姿を消してしまう。幹之丞にかどわかされたのか、それとも神隠しに遭ったのか。行方を捜すべく俊介は名古屋へ向かう。そこで柳生新陰流の遣い手・井戸田保之助や同心の稲熊郷蔵の協力をあおぐも、手がかりは摑めなかった。そんな矢先、一行に声をかけてきた男がいた。江戸で俊介の寝込みを襲った弥八だった。仇を求め諸国を巡る痛快時代小説シリーズ白熱の第二弾！

若殿八方破れ（三）
姫路の恨み木綿

鈴木英治

ISBN978-4-09-406853-5

仇敵・似鳥幹之丞を追い、西を目指す名門真田家の若さま俊介とその仲間たち。姫路城下へ入った一行は、旅籠の女中から、このところ木綿問屋が立て続けに押し込まれた、と耳にする。その夜、旅籠の隣にある木綿問屋・都倉屋に不穏な動きが。いち早く気づいた俊介が駆けつけたが、押し込み犯は、あっという間に遁走する。この一件をきっかけに木綿の専売制を敷いて姫路酒井家を立て直した筆頭家老・河合道臣の知己を得た俊介一行は、城下に蠢（うごめ）く大陰謀に巻き込まれていく。それは明石宿で俊介がなした人助けと思わぬ糸で繋がっていた。白熱の若殿シリーズ第３弾！

小学館文庫
好評既刊

若殿八方破れ（四）
安芸の夫婦貝

鈴木英治

ISBN978-4-09-406887-0

仇敵・似鳥幹之丞を追い、西を目指す真田俊介とその仲間たち。一行は広島・才蔵寺で小指を切り取られた女の死体を発見する。しかも女は投宿先の隣の旅籠で働く飯盛女だった。死骸の発見者として俊介の取り調べにあたった広島町奉行所の町廻り同心・上迫広兵衛は、俊介たちに事件が解決するまで広島に留まることを厳命する。もとより知らぬ顔などできようのない俊介は、上迫に探索の協力を申し出る。一方、そんな俊介たちを付け狙う男がいた。男はかつて中山道馬籠の茶屋に立ち寄った俊介を銃撃した、あの善造であった──。傑作廻国活劇、大興奮の第四巻！

小学館文庫
好評既刊

看取り医 独庵

根津潤太郎

ISBN978-4-09-407003-3

浅草諏訪町で開業する独庵こと壬生玄宗は江戸で評判の名医。診療所を切り盛りする女中のすず、代診の弟子・市蔵ともども休む暇もない。医者の本分は患者に希望を与えることだと思い至った独庵は、いざとなれば、看取りも辞さない。そんな独庵に妙な往診依頼が舞い込む。材木問屋の主・徳右衛門が、なにかに憑かれたように薪割りを始めたという。早速、探索役の絵師・久米吉に調べさせたところ、思いもよらぬ仇討ち話が浮かび上がってくる。人びとの心に暖かな灯をともす、看取り医にして馬庭念流の遣い手・独庵が悪を一刀両断する痛快書き下ろし時代小説。

万葉集歌解き譚 くさまくら

篠 綾子

ISBN978-4-09-407020-0

万葉集ゆかりの地、伊香保温泉への旅は、しづ子と母親の八重、手代の庄助に小僧の助松、それに女中のおせいの総勢五人。護衛役は陰陽師の末裔・葛木多陽人だ。無事到着した一行だったが、多陽人が別行動を願い出た。道中でなにか気になったものがあるらしい。しかし、約束の日時が過ぎても戻ってくる気配がない。八重の命で捜索に向かった庄助と助松の胸に、国境の藤ノ木の渡しの流れで目にした人形祓いが重くのしかかる。この烏川の上流になにかあるにちがいない。勇を鼓して川を遡り始めた二人が霞の中に見たものは——。「万葉集歌解き譚」シリーズ最新刊。

本書のプロフィール

本書は、小学館文庫のために書き下ろされた作品です。

小学館文庫

突きの鬼一 饗宴

著者 鈴木英治

二〇二一年七月十一日 初版第一刷発行

発行人 飯田昌宏
発行所 株式会社 小学館
〒一〇一-八〇〇一
東京都千代田区一ツ橋二-三-一
電話 編集〇三-三二三〇-五九五九
販売〇三-五二八一-三五五五
印刷所 ― 中央精版印刷株式会社

ISBN978-4-09-407037-8